本书编写组

组　长：马文胜

副组长：韩丽萍　杨　宁　王巨新

主　编：王巨新

副主编：杨明清　张　文

顾　问：丁龙嘉

参加编写人员：（以姓氏笔画为序）

刘树燕　刘晓凤　孙　炜

孙希江　邱存梅　张衍霞

姜艳英　葛　丽　薛良建

山东省党员教育培训教材丛书

山东红色文化故事

本书编写组　编著

《共产党宣言》中文首译本的广饶传奇

《跟着共产党走》和《沂蒙山小调》的诞生

杨子荣传奇

“胜利是人民用小车推出来的”

……

党建读物出版社

图书在版编目（CIP）数据

山东红色文化故事 /《山东红色文化故事》编写组编著 . — 北京 ：党建读物出版社，2021.6

（山东省党员教育培训教材丛书）

ISBN 978 – 7 – 5099 – 1390 – 1

Ⅰ . ①山…　Ⅱ . ①山…　Ⅲ . ①革命故事—作品集—中国—当代　Ⅳ . ① I247.81

中国版本图书馆 CIP 数据核字（2021）第 081360 号

山东红色文化故事

SHANDONG HONGSE WENHUA GUSHI

本书编写组　编著

总 策 划： 马文胜

策　　划： 韩丽萍　杨宁

责任编辑： 廖灵艳

助理编辑： 刘靖

责任校对： 张学民

装帧设计： 也在

出版发行： 党建读物出版社

地　　址： 北京市西城区西长安街 80 号东楼（邮编：100815）

网　　址： http: //www.djcb71.com

电　　话： 010–58589989 / 9947

经　　销： 新华书店

印　　刷： 北京新华印刷有限公司

2021 年 6 月第 1 版　2021 年 6 月第 1 次印刷

710 毫米 ×1000 毫米　16 开本　20.75 印张　256 千字

ISBN 978 – 7 – 5099 – 1390 – 1　定价：49.00 元

前　言

党员教育培训是党的建设基础性工作。习近平总书记指出，“我们党依靠学习创造了历史，更要依靠学习走向未来”，强调“增强党员教育管理针对性和有效性”。2019 年，中央印发《中国共产党党员教育管理工作条例》，中央办公厅印发《2019—2023 年全国党员教育培训工作规划》，为加强新时代党员教育培训工作指明了方向，提供了遵循。

为深入学习贯彻习近平总书记关于党员教育重要指示精神，落实党中央关于党员教育培训工作部署要求，不断丰富党员教育教材体系，提升党员教育的针对性和有效性，山东省委组织部从 2020 年开始，计划用 3 年左右时间组织编写一套具有山东地方特色的党员教育培训教材丛书。该丛书编写围绕学习贯彻习近平新时代中国特色社会主义思想这一首要政治任务和落实政治理论教育、政治教育和政治训练、党章党规党纪教育、党的宗旨教育、革命传统教育、形势政策教育、知识技能教育等 7 个方面基本任务，深入总结挖掘山东丰厚的党员教育资源，创新教材形式载体，力求内容图文并茂，语言通俗易懂，好看好学，务实管用，满足广大基层党员的学习需要。

《山东红色文化故事》主要讲述了新民主主义革命时期，

山东党组织在中共中央领导下，团结带领山东人民同国内外反动势力英勇斗争的革命故事，反映了革命战争年代山东党组织和广大党员听党话跟党走，为了理想抛头颅洒热血的革命情怀和勇往直前、无私奉献的奋斗精神。从故事中解读入党初心，从历史中汲取前行力量，该书在庆祝中国共产党成立一百周年之际出版，为党员教育培训工作提供了特色教材，必将激励引导广大党员弘扬革命传统，传承红色基因，赓续共产党人精神血脉，以昂扬姿态投身全面建设社会主义现代化国家新征程。

中共山东省委组织部党员教育中心

2021 年 6 月

目　录

第一编
党组织的创建和大革命时期

齐鲁大地，孔孟之乡，山东自古多名士，忠臣良将、文人雅士绵延不绝。鸦片战争以后，国破民衰，救国救民成为历史主流。从“誓死力争，还我青岛”的一声呐喊，到“打烂旧世界，民族才振兴”的自我觉醒，再到“工人站起来，革命打先锋”的奋起反抗，山东一直都处在反帝反封建的前沿。这是一片红色的土地，1919 年五四运动因山东问题而起，1921 年春济南共产党早期组织在这里诞生，被称为“大胡子的书”——《共产党宣言》中文首译本的广饶传奇，以及风起云涌的青岛工运风暴，构成这一时期的壮丽画卷。

“誓死力争，还我青岛”
——五四运动在山东

1919年5月4日，北京大学等十几所学校的学生3000余人集聚天安门前举行示威游行。他们提出“外争主权、内惩国贼”“废除二十一条”和“还我青岛”等口号，以学生斗争为先导的五四运动如火山爆发般地开始了。而在这之前山东人民已经开始了不屈的斗争，率先点燃了反帝爱国的火焰，他们始终站在这场运动的最前沿，推动着运动不断向纵深发展。

五四运动前山东人民的不屈抗争

五四运动是由巴黎和会上中国外交的失败而引发的，其中一个重要原因是山东问题。因此，五四运动与山东密切相关。

1897年，德国强占胶州湾，次年强迫清政府签订了租期为99年的《胶澳租借条约》，山东成为德国的势力范围。第一次世界大战期间，日本借口对德宣战，出兵山东，占领原来为德国所强占的青岛和胶济铁路。

为了独吞中国，1915年1月，日本政府向袁世凯提出了旨在灭亡中国的“二十一条”，其中要求中国政府承认日本继承德国在山东的一切权益，山东省不得让与或租借他国。袁世凯为了取得日本对他复辟帝制的支持，屈服于日本的胁迫，5月9日，在秘密谈判中接受了大部分条件。

1918年11月，第一次世界大战以英、美、法等协约国的胜利而宣告结束，山东人民为打败德国而有望收回主权感到高兴。1919年上半年，第一次世界大战中取胜的协约国在巴黎举行“和平会议”。中国代表在会上提出废除外国在中国的势力范围、撤退外国在中国的军队等七项希望和取消“二十一条”及换文的陈述书。会议拒绝了中国的合理要求，把德国在山东的特权全部转交给日本。北洋军阀政府屈服于帝国主义列强的压力，准备在和约上签字。

消息很快传出，全国舆论激愤。山东人民更是从希望的顶峰坠入失望的深渊。

2月10日，山东省议会致电巴黎和会中国代表：山东问题务必坚持，万勿退让，鲁民誓作后盾。3月31日，山东省议会、省教育会等团体通电巴黎和会及中国专使，严正声明：青岛和胶济铁路等只能由德国直接交还中国，山东人民不承认中日间的密约。并致电北洋军阀政府“力主取消”“陷山东于没世不复之惨”的中日密约。4月1日，山东外交商榷会派省议会前议长孔祥柯和许汉章为代表由济南出发，专程向巴黎和会请愿，要求巴黎和会主持公理。山东由此成为全国唯一向巴黎和会直接派出请愿代表的省份。4月5日，山东省议会、教育会、商会、工会、农会致电巴黎和会中国代表，要求取消中日密约；致电巴黎和会美、英、法、意4国代表，希望“力持公道，勿惑浮言”。6日，又致电美、英、法、意4国首脑和伦敦国际联盟，要求本着民主主义与各国自主主义两原则，将德国强占的青岛及胶济铁路直接交还中国。8日，致电各省，呼吁一致行动，争取山东利权。4月中旬，北洋军阀政府代表曹汝霖、章宗祥、陆宗舆等人的卖国罪行被揭露，山东人民的抗争也更加激烈，迅速进入了建立团体、举行大规模集会、请愿的阶段。

4月12日，山东学生外交后援会成立，致电总统和外交部，恳请政府代表在巴黎和会上力争主权。13日，山东省议会及各界社团代表在省议会举行会议，商定成立山东国民请愿团。同时，山东外交商榷会致电北京山东同乡会和山东籍将领王占元、卢永祥、吴佩孚等人，要求其“转电和议专使，据理力争，坚勿退让”，并向全国发出《山东外交商榷会为青岛问题泣告全国父老书》。

4 月 20 日，驻济南各界代表在演武厅广场召开“山东国民请愿大会”，陆续到会者约 10 余万人。工人、学生、商人等各界代表 30 余人登台演说。王艺圃在会上介绍了一位十几岁的中学生啮指血书之事，当他展示出用鲜血书就“力争主权”4 个大字的白布时，全场群众无不落泪。大会还推举各界代表 11 人前往省长公署请愿，恳请政府力争主权。国民请愿大会之后，山东各界又向北京派出常驻请愿代表，联络在京山东籍人士为收回山东主权共同抗争。“山东国民请愿大会”的消息随媒体迅速传到全国各地。济南“四二〇”国民请愿大会是五四运动爆发前，全国最早的万人群众集会。

山东问题及中国外交失败是五四爱国运动爆发的导火索，而 4 月 20 日在济南召开的山东国民请愿大会则成为五四运动的先声。

山东各界民众奋起救国

山东是响应五四运动最早的省份之一。运动爆发后，山东各界的爱国斗争更加激烈地开展起来，全省迅速掀起了一个以济南为中心，以声援北京学生和“外争主权、内惩国贼”为主要内容，以发表通电和集会示威游行、街头演讲宣传、抵制日货为主要形式的群众爱国运动。据不完全统计，仅在 1919 年 5 月上旬，山东各界发给总统徐世昌和北京政府、国会、巴黎专使及各省议会、社团、群众团体以及巴黎和会和美、英、法、意 4 国首脑、专使等的电报就达 200 余份。

各界民众发起拒签和约运动 1919 年 5 月 4 日下午，山东暨济南各界代表在山东外交商榷会开会，听取北京外交协会代表关于青岛外交情形的报告后议决：致电巴黎专使，如不交还山东，切勿签字；致电北京政府主持并电饬巴黎专使勿让步签字；等等。5 月 7 日，山东暨济南各界 62 个团体 35000 余人手持书有“勿忘国耻”“力争主权”等口号的小旗，在山东省议会举行“山东国耻纪念大会”。愤怒的群众不顾会场内外布满的便衣军警和日本暗探，争相登台演讲，泣血陈词。山东省立第一师范学校学生张兴三演讲到激愤处，当场咬破中指，血书“良心救国”4 个大字，把会场的悲壮气氛推向最高潮。5 月 22 日，济南各界群众 10 万余人云集南门外大校场，共商收回山东主权办法。6 月 10 日，曹汝霖、章宗祥、陆宗舆被罢免。此后，五四运动的目标集中到拒签和约上来。18 日，由 7 个团体的 85 名代表参加的山东各界请愿团正式组成，19 日启程，济南人民万人空巷前往送行，车站上出现了易水悲歌的场面，代表们向送行者沉痛表示，不达目的，誓不生还。20 日，北京天气晴朗炎热，山东请愿代表手持白旗，列队抵达新华门前，要求晋见总统徐世昌，被卫兵拦住。军阀政府的态度使山东代表失望至极，想到青岛一丢，山东不保，山东亡而国必随之，想到山东父老的重托，代表们不由双膝跪地失声痛哭，一时哭声震天。北京市民极为同情，围观者越来越多，许多人泪湿衣衫。由于过于激动和天气酷热，有的代表晕厥在地。北京的市民们给代表们送来食物和茶水，代表们拒而不用。下午 2 时许，一场滂沱大雨随雷声骤然而至，代

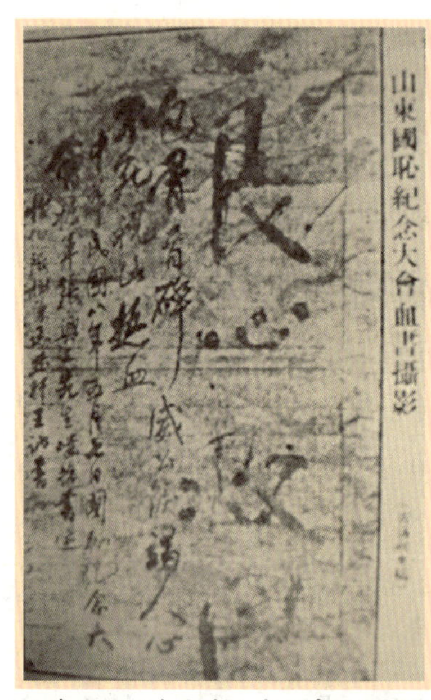

山东国耻纪念大会血书“良心救国”

表们顶着倾盆大雨，齐跪于新华门前泥淖之中，衣衫湿透而无一人起立。直到深夜，徐世昌才答应次日由代总理接见。随着巴黎和约签字时间的迫近，拒签和约的呼声越来越高，全国各地也纷纷派出代表赴北京请愿。27日，山东各界第二批请愿团一行76人抵京，与北京、陕西、天津代表一同赴总统府请愿，徐世昌百般推诿后，被迫应允次日晨接见请愿代表。结果各地请愿代表拒绝离开，在新华门前通宵坐待，却没有得到明确答复。

青年学生始终走在运动前列　1919年5月5日早晨，济南市各高校得知北京五四运动的消息后，立刻响应，纷纷组织学生会，选出学生会长，率领学生集聚于西门大街，分赴商埠、城郊进行爱国宣传。7日晚，济南21所中等以上学校学生代表70余人召开会议，议决电请北京政府释放被捕学生，严办曹、章、陆，并于2日内答复，否则一律罢课。8日，济南各校推出代表50余人，赴天津与学生串连，为力争山东主权而呼号。10日，济南21所中等以上学校万余名学生，不顾反动当局禁令，汇集在省议会举行大会。11日，济南学生外交后援会成立。12日，济南各校代表再次举行会议，正式成立济南学生联合会，统一领导济南暨山东学界爱国运动。23日，在济南学生联合会的组织领导下，21所中等以上学校学生举行总罢课，并发表《罢课宣言》。青年学生王尽美参与了宣言书起草工作。25日，山东公立工业、农业、商业、法政、医学专门学校，各组成救国十人团5组，在城内外宣传演讲。27日，济南中等以上学校学生组成50个演讲团，轮流在城内外演讲宣传。

除济南外，还有30余个县、市举行了不同种程度的集会和示威游行，其中曹州、蓬莱、青州、烟台、潍县等规模较大。24日，青州各界近万人召开国民大会，数十人发表演说。

为推动全省学生爱国运动，济南学生联合会从各校学生中选派代表，于5月30日出发，回本县联络群众参与力争主权的斗争。在济南学生的推动下，烟台、兖州、沂州、青州、潍县、诸城、武城等地学校及蓬莱省立第八中学、泰安省立第三中学和萃英中学、掖县省立第九中学、济宁省立第七中学、聊城省立第二中学和省立第三师范、德县博文中学、高密县立中学、历城高等小学等，先后举行集会、示威游行和罢课，并组成演讲宣传团，深入街道、工厂、农村进行爱国宣传，会同商界查抵日货。

在风起云涌的反帝爱国大潮中，勇立潮头的不仅仅是须发男儿，一群群短发、白衣、黑裙的女学生先后冲出校门，投身到反帝反封建的滚滚洪流中。1919 年 5 月 29 日，省立女师等多所女子学校的师生，在女师操场召开抵制日货大会。刚从女师毕业到女师附小任教的张惠真，讲到个别奸商为一己私利，置民族利益于不顾，偷偷将国货商标贴在日货上继续出售时，悲愤地用剪刀剪破自己的左手中指，蘸血奋笔疾书“凭良心提倡国货，沥血诚泣告同胞”14 个大字。6 月 15 日，济南开市。开市之日，济南学界和商界以西门大街为起点，分别往东西方向沿街游行宣传，女校学生跟在男校学生之后向东行走。游行队伍刚走到芙蓉街南头，忽然下起大雨，行人和围观的市民纷纷避散。女学生中年龄大的也不过 20 岁，大多是十几岁的小姑娘，她们全然不顾衣衫湿透，继续

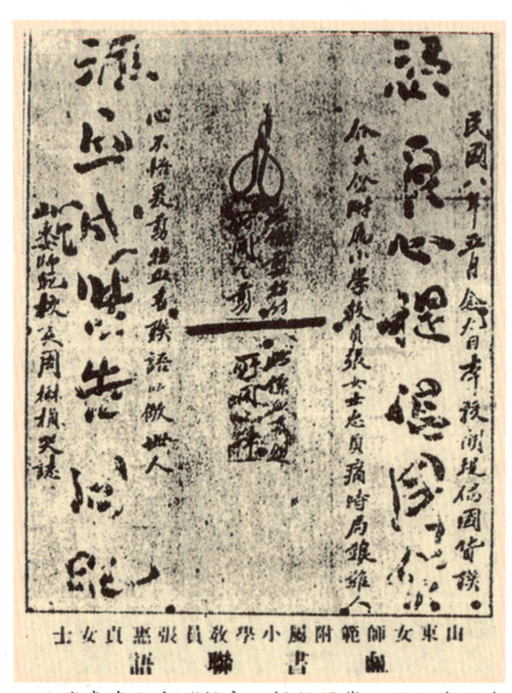

张惠真血书“凭良心提倡国货，沥血诚泣告同胞”

冒雨行进。行至竞进女校门口时，校长请女学生们进校避雨，女学生们齐声回答：“吾侪热心爱国，枪刀且不惧，何况降雨！”雨越下越大，随队的老师恐年小体弱的学生染病，也竭力劝她们暂时回校，女学生们大义相告：“今日出行，原为惊醒国民耳目，若这点艰苦都不能忍受，他日国家灭亡了，恐怕想来受这个苦也做不到了。今天纵使天降刀兵制于死，我们也要按原定路线游行完毕。”这一天女学生们一路行走，一路演说，往返 8 小时，行程 10 余公里，廊下避雨的军警羞愧地说：“此等学生非大家小姐即大家姑娘，今竟不怕雨湿，奔走国事，岂不令我辈愧死。”

爱国商人抵制日货、罢市 五四运动爆发后，济南广大爱国商人不顾经济损失，积极参与了抵制日货和罢市的爱国活动。1919 年 5 月 6 日，山东国货维持会召开各界群众大会，决定在全省开展抵制日货运动。16 日，济南各界 62 个团体的代表举行会议，议决统一领导抵制日货斗争。26 日，济南各洋广行 300 余人在湖广会馆开会，成立济南洋广行维持国货联合会，并议决将在青岛、大阪等地的购货人员一律撤回，限期 3 个星期断绝日货来源；3 个星期后再到的日货一经查出即充公入会。城内商埠各银号钱业也议决：所有日本各银行纸币等，概不兑换；凡有与日商往还账项，限 1 星期结清，不得再通往来。一时间，“抵制日货”“提倡国货”的标语贴满街市，各商家写有“力争青岛，杀敌图存”等标语的旗帜在风中飘扬。北京“六三”大逮捕后，济南的反帝爱国运动进入了一个新阶段，商界由抵制日货发展到全面罢市。6 月 9 日，商界派出 5 名代表去见济南商会会长，要求会长允许全体罢市的行动。晚上 8 点，各商家再次开会讨论，与会商人 1000 多人“继续演说，声泪俱下，遂决定于翌日全体罢市”。10 日早 6 时，济南商界全体罢市。上午，各界人士在省议会筹商坚持罢市办法，与会商人表示“自愿罢市以作后盾”；学生们则手举写有“勿忘国耻”“良心救国”“力争主权”等字样的小旗，到市区监督罢市。

继济南之后，东昌、济宁、潍县、周村等城镇也举行了罢市，并在学生的支持下，与当局进行了激烈的斗争。

工人阶级成长为运动的主力军　五四运动前，具有强烈反帝爱国意识的济南工人迅速行动起来，并很快成为反帝爱国运动的一支重要生力军。5月8日，济南劳动界集会演说，到会者1000多人。车夫李风林、赵强东，炊事工人李又生，竹货工人刘视雄等先后发表演说。6月10日，济南开始进行“三罢”斗争。面粉业工人率先响应罢工，很快形成送面工人不给日人送面、送水工人不给日人送水、车夫不拉日人的局面。当局要调动驻军和辛庄营盘的第五骑兵队去镇压学生集会时，津浦铁路济南大槐树机厂1000多名工人，冲出工厂堵住了辛庄营盘的两个出口，组成人墙，挡住了前往镇压学生的骑兵马队。骑兵用马鞭抽打工人，工人们毫不畏惧，厉声质问他们身为国家士兵为何镇压爱国学生。当军官下死令要马队冲出营盘时，济南的学生、市民、工人已在西门广场汇成人山人海，军警最后被愤怒的人群所吓退。大槐树机厂工人随即全体罢工。

益都、聊城、惠民、曲阜、济宁、临沂、高密、日照等地的工人，也纷纷起来集会、罢工，投入到反帝爱国运动中。

山东工人阶级在斗争中表现出特有的组织性和坚定性，已由过去自发的经济斗争向自觉的政治斗争转变，开始作为一支独立的政治力量登上历史舞台。山东工人不畏强权英勇斗争的精神，充分显示出工人阶级特有的阶级实力和高度的政治觉悟。通过建立“劳动五人团”和“救国十人团”等组织，山东工人阶级认识到组织起来的力量和作用，从而为接受马克思主义、建立工人团体打下了基础。同时，工人阶级在斗争中表现出的高度组织纪律性和彻底不妥协的革命精神，引起初步具有共产主义思想的知识分子的重视。此后，进步知识分子逐渐走进工厂，接触工人，马克思主义与工人运动的结合由此迈出了第一步。

五四运动是近代革命史上具有划时代意义的事件，标志着新民主主义革命的伟大开端。五四运动唤醒了全中国，更唤醒了山东民众，山东人民在运动中经受了前所未有的锻炼和考验。运动中，涌现出一批为追求民族独立和国家富强而积极探求救国救民真理的先进分子。中国工人阶级以巨大的声势参加了反帝爱国运动，开始作为一支独立的政治力量登上历史舞台。五四运动的爆发，标志着一场新的伟大的反帝反封建斗争的开始，并由此引起一场广泛的深层次的马克思主义传播运动。

（邱存梅）

济南共产党早期组织的创建

1920 年至 1921 年，受五四运动影响较大、工人比较集中，同时有一批初步接受共产主义思想知识分子的城市——上海、北京、武汉、长沙、济南、广州等地建立了共产党早期组织。济南是全国建立共产党组织最早的地区之一，在中国共产党早期历史上占有重要地位。

济南早期马克思主义者的成长

中国共产党早期组织能够在济南成立，关键因素之一是在济南这片热土上成长起早期的马克思主义者，诞生了共产主义的举旗人。经过五四运动的风雨洗礼，一批先进知识分子开始倾向于马克思主义，学习和研究马克思主义，逐步坚定了马克思主义的信仰。王尽美（1898—1925）和邓恩铭（1901—1931）是其中的优秀代表。

王尽美

1898 年 6 月 14 日，在莒县北杏村（今属诸城市）一个佃农家庭里，王尽美出生了。在他出生前的4个月，父亲已在贫病交加中与世长辞。祖母、母亲在极度悲痛中捧着他这棵“独苗”挣扎度日，一家三代仅靠婆媳二人纺线的微薄收入聊以糊口。

王尽美长到七八岁时，贫寒的家庭是无论如何也没有能力供他读书的。母亲多方求人说情，王尽美才得到一个给地主儿子陪读的机会。陪读期间，聪慧好学的王尽美屡遭地主的嫉妒和刁难，即使这样艰难的学习机会，不久也因前后两个地主少爷的暴病身亡而失去了，而且被地主认定是他“尅”死了他们的孩子，受到了许多无端的指责和辱骂。

1910年春，北杏村办起了村塾，主要招收贫寒子弟入学，失学3年的王尽美重新获得学习机会。1913年，王尽美升入枳沟镇高级小学。在这儿，王尽美遇到了影响了他一生的老师王新甫。王新甫毕业于山东法政学堂，在省城接受过一些新思想，倾向革命。他常在课堂上发表一些激进的言论，给学生讲铁路风潮、武昌起义等事件，介绍黄花岗七十二烈士、邹容等人物的事迹，还向学生推荐介绍《天演论》《革命军》《民报》等当时流行的书籍和刊物。进步教师的启迪，革命事件、革命人物和革命书刊的感染，把王尽美的思想引向了一个新的境界，他渐渐明白了一些革命道理，越来越关心国家大事。

王尽美在家乡学习时期，正是中华民族危机四伏、觉醒的中国人以各种方式探寻救亡图存道路的时期。这时的诸城、枳沟，也正在发生历史性的变化。辛亥革命前，革命党人就在诸城地区活动。辛亥革命后，各省纷纷脱离清朝廷宣布独立。1911年11月13日，在革命高潮压力下，山东巡抚孙宝琦被迫宣布山东独立。10余天后，孙宝琦在袁世凯的支持下，又宣布取消独立，恢复旧制。革命党人云集青岛，计议在青岛、安丘、高密一带发动独立，特别是诸城，多山近海，可战可守，被选做革命根据地。枳沟镇是诸城、莒县、沂水三县交界处有名的大镇，又是潍县、高密通往临沂、徐州的交通要道。一些革命党人、进步知识分子经常聚集在枳沟高级小学，互通各种信息，纵论国家大事，形成一个革命、反抗的舆论氛围。这一切，使渐渐长大的王尽美隐隐约约地感到，世道正在发生变化。少年王尽美的心，为这种变化而振奋。

1916 年 5 月 17 日，中华革命军东北军马海龙支队进入诸城县，在广大民众的配合下，攻克县城，宣告独立，并开监放人，开仓济民。也是这一年，郑耀世组织民众在白龙山树起农民起义大旗，反抗封建压迫。在这种形势影响下，附近的佃户接连两三年没有给地主交租。王尽美感到，自己应当在这个变动的时代，进一步学习新知识，有所作为。于是，他决定远离家乡，到文化发达、消息灵通的大城市去探索救国救民的真理。1918 年春夏之交的一个早晨，王尽美背起简单的行装，依依不舍地告别饱经风霜的祖母、母亲和刚刚结婚不久的妻子，踌躇满志地奔赴济南。在临行前，他登上村前的乔有山之巅，眺望家乡，思绪万千，吟诵出铿锵有力、气势磅礴的诗句："沉浮谁主问苍茫，古往今来一战场。潍水泥沙挟入海，铮铮乔有看沧桑。"表达了自己在踏上新的人生征途之际，对不公平社会的无比愤懑和改造现实社会的远大志向。

抱着"将来能把我四万万同胞的腐败脑筋洗刷净尽，更换上光明纯洁的思想"的愿望，王尽美考取了山东省立第一师范学校，进入北园分校预科班学习。不久，五四爱国运动爆发了。王尽美投入到波澜壮阔的五四爱国运动中，参加了请愿、罢课、游行等斗争，并在运动中脱颖而出，成长为领导济南学生运动的负责人之一。

经过五四爱国运动的洗礼，王尽美的思想进一步成熟，特别是马克思主义在济南的传播，使孜孜求索的王尽美于漫漫长夜中看到了黎明的曙光。在王乐平开办的齐鲁书社里，王尽美如饥似渴地学习着各种介绍苏俄革命、宣传马克思主义和民主自由思想的书籍、报刊。在这里，他和同怀报国之志的王乐平的联系密切起来，还和山东省立一中学生邓恩铭、山东公立工业专门学校学生王象午、育英中学教师王翔千等共同探讨救国救民、改造社会的道路和方法。

在探讨马克思主义的过程中，王尽美与北京信仰马克思主义的革命者建立了联系，并结下了深厚的友谊。1920 年 3 月，北京大学马克思学说研究会成立后，经罗章龙引荐，王尽美成为研究会的通讯会员。

在阅读、研究马克思主义，与马克思主义者联系的过程中，王尽美逐步接受了马克思主义，并开始用马克思主义的立场、观点、方法来分析社会问题。1920 年 10 月以后，王尽美发表了一系列用阶级分析的方法剖析旧教育制度的论文，指出反动统治阶级办的教育“不是要去提高平民的知识，是要造出些鱼肉乡民的小绅士”，“握乡村教育大权的，不是有教育经验的教育者，是横行乡曲的绅士。因为办乡村学校，首感困难的就是经济。可怜那些贫民的孩子，不到七八岁的时候，就要帮助他父兄去田地里，操起沉重的工作，日未出即下地，夜深方回家，终年勤勤恳恳，不敢偷一点闲暇，结果凭血汗所得到的食料、衣料，还要让强有力者尽量掠夺了去，什么赋税、租粒……割肉敲骨，卒致自己还不免冻饿死亡。嗳！教育，教育，也不过是宝贵人家的专利品，一般平民哪里敢梦想得到”。句句满含哲理和激情的文字表明，王尽美已不只是把马克思主义当成单纯的学理进行探讨，而是把它作为观察社会的工具。

与王尽美大约在同一时期完成世界观转变，成长起来的另一位革命者是水族的优秀儿女、省立一中的学生邓恩铭。

1901 年，邓恩铭出生于贵州省荔波县一个名叫水堡的寨子里。在故乡的土地上，他度过了少年时代的 16 个春秋。艰辛勤劳的家庭熏陶，优秀民族文化的浸润，以及爱国主义教育的影响，使邓恩铭

邓恩铭

逐步萌发出民主革命思想。

16岁那年，邓恩铭的命运发生了变化，他走出了世世代代生活的村寨，作千里远行。投奔其在山东任县官的二叔黄泽沛，到山东求学。黄泽沛其实姓邓，其父邓锦臣与邓恩铭的祖父邓锦庭是亲兄弟。由于他过继给姑母家，于是改姓黄。邓恩铭到了叔父家，也取了个黄姓名字，叫“黄伯云”。金秋八月，邓恩铭在奔赴遥远的山东之时，不禁引吭高歌：“男儿立志出乡关，学业不成誓不还。埋骨何须桑梓地，人间到处是青山。”

1918年，邓恩铭考入山东省立第一中学。1919年春天，邓恩铭开始钻研《北大学生日刊》，并常常把《日刊》中的新思想讲给同学们听，和同学们一起探讨。

就在邓恩铭初步接受新思潮的时候，五四爱国运动爆发了。带着浓重贵州乡音的邓恩铭带头讲演和组织抵制日货，被同学们推举为省立一中学生自治会领导人兼出版部部长，并被选为全市学生代表去天津、北京联络。

五四爱国运动以后，俄国十月革命、马克思主义的宣传深深地吸引着邓恩铭。他频繁地出入齐鲁书社，带着头脑中久存的各种问题在进步书刊、文章中寻找答案。经过一段时间的学习和思考，他豁然开朗：马克思主义既然能在俄国取得胜利，也应该能够指引中国革命走向胜利。以马克思主义指导中国革命，发动群众，以斗争方式彻底改变现状的思想在邓恩铭心中日益强烈。1920年10月，

邓恩铭（前排右四）与省立一中第三期学生会职员合影

邓恩铭在《灾民号》上发表《灾民的我见》一文，文章开头就一连提出6个问题，撞击着读者的心灵。接着指出，社会上人们贫富阶级的悬殊，“就是因为一般军阀、官僚、政客、资本家‘横征暴敛’、‘穷奢极侈’”造成的。《灾民的我见》不是单纯地谈论灾民问题，而是公开号召、鼓动灾民进行社会革命，铲除贫富悬殊的不平等现象，使中国永远不再出现灾民，实际上是向旧世界宣战的檄文。文章字里行间透着青年学生邓恩铭已经开始用马克思主义的观点和方法分析问题、观察社会，邓恩铭已成长为一名初步具有马克思主义思想的青年知识分子。

济南早期马克思主义者的探索

济南早期的马克思主义者虽然多是青年学生，但他们不囿于书斋，不是坐而论道，而是运用马克思主义这一武器，观察和改造中国社会。

1920年夏秋之际，王尽美、邓恩铭组织一批向往共产主义的青年学生，秘密成立了“康米尼斯特（英文‘共产主义’音译）学会”。他们以齐鲁书社为基地，收集并阅读有关共产主义的书籍。学会的成员主要有：省立一师学生王尽美、王志坚，省立一中学生邓恩铭、李祚周、王克捷、赵震寰，济南工专学生王象午等。这是山东历史上第一个研究、宣传马克思主义和共产主义的团体。

为了促进新文化运动的发展和马克思主义的传播，1920年11月，“康米尼斯特学会”的会员王志坚、吴健隼、王尽美等11人又发起筹建励新学会。11月14日，发起者举行会议，推举王尽美、于其惠、陈汝美、谢凤举4人起草详细会章，决定出版刊物，定名《励新》，为半月刊。励新学会总会设在齐鲁书社。21日，励新学会在济南商埠公园（今济南中山公园）大厅召开成立大会，全体会员到会，王乐平、李舸梁、王晴霓等作为来宾参加了会议。励新学会的宗旨是“研究学理，促进文化”，引导青年学习、研究新文化、新思潮，并试图用马克思主义阶级观点分析剖析中国社会现实。正如12月25日出版的《励新》发刊词中所言：“新思潮发生以来，各处有人树起极显明的旗帜来，高倡文化运动，思想界受了这种影响，发生了空前大变动，凡少有觉悟的人，都照着这条路上走了。”“新思潮蓬蓬勃勃过来以后，便与前大不相同了。大多数青年，已经有了觉悟，便觉着老实读书以外，个人和社会、和人类还有种关系，非常重大，已注意到这上头，便对于从前一

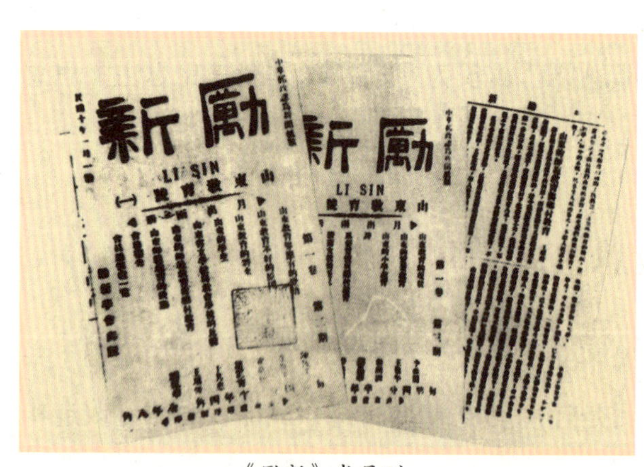

《励新》半月刊

切的制度、学说、风俗……等等都发生了不满意，都从根本上怀疑起来。”“对于种种的问题，都想着一个一个的，给他讨论一个解决的方法，好去和黑暗环境奋斗。”“我们所以要发行这种半月刊，就是为的这个。”

励新学会创办的《励新》半月刊，是会员发表文章的主要园地。其刊载的文章，大多是有关山东教育和妇女解放的内容。但是，也有相当多的文章主张社会革命，强调工农劳动者在社会改造中的作用。他们通过具体事实来剖析社会，揭露社会的黑暗，痛斥反动当局的罪恶，抨击社会时弊，借以启发青年人的思想，尤其是在后期刊物，可以深刻地感受到他们的马克思主义倾向和无产阶级的意识。

邓恩铭在《改造社会的批评》一文中，对当时流行的各种各样的改造社会的态度进行了分析。他认为：“自从新思潮流到中国以后，社会上就有了一种不安静的样子，于是改造社会的声浪，一天比一天高。按我们中国的社会情形说起来，这种改造的事情，一定免不了的，那么改造社会这种事情确乎是我们中国的一线生机了。”他对劳苦大众改造社会的强烈要求给予高度评价，最难能可贵的是，在文章中提出了西方理论要与中国现实社会相结合、要适合中国社会状况的思想。“我们一般要去改造社会的，不能不仔细想想，要知道近来一般人说到西洋学说来，什么也是好的，不用心研究，要知道西洋社会情形与我们中国不同的地方很多，情况既是不同，那么，在西洋社会适合的，拿到中国来，更是洪水猛兽了。所以我们研究一种学说，必定要拿来与我们的比较，究竟不同之点在哪里，然后取长补短，才不至于徒劳无功……所以现在我们一般高唱改造社会的，总要多多注意实际才好。”

会员李法田在《我们的真自觉》一文中指出：“无论劳心、劳力，我们能办的事，能为的事就去做，我们的人生观就是持着‘劳动神圣’，即是‘额上不出汗，不许吃面包’的主义。”

在《励新》杂志第5期上，还发表了工人的稿件，表现出杂志贴近工农大众的倾向。

从“康米尼斯特学会”到励新学会，济南早期的马克思主义者积极参与其中并发挥着骨干作用。王尽美曾任《励新》半月刊编辑部主任，邓恩铭担任励新学会庶务，王象午为交际员。通过他们的工作，越来越多的进步青年加入到这一队伍中来，会员很快发展到了二三十人。励新学会因此被当时的新闻媒体誉为“济南文化运动之曙光”。

济南早期马克思主义者组织的先进社团，不只是把马克思主义当成单纯的学理进行探讨，而是以其为指导，关注社会问题，试图把马克思主义同改造中国的具体实践相结合，这是社会现实的需要，也是济南早期马克思主义者的一个优点。

济南共产党早期组织成立

马克思主义在中国的传播并且日益同中国工人阶级相结合的过程，也就是酝酿、准备建立中国共产党的过程。最早酝酿在中国建立共产党组织的是陈独秀和李大钊。

1920年春，正当中国先进知识分子积极筹备建党的时候，经共产国际批准，俄共（布）远东局海参崴（今符拉迪沃斯托克）分局外国处派出全权代表维经斯基、秘书马迈耶夫及翻译杨明斋等一行来华，了解中国革命的情况，并同中国的革命组织建立联系。

4月下旬，维经斯基和杨明斋来到上海，他们和陈独秀举行了多次密谈，陈独秀还先后召集不少名人和青年参加座谈。5月，上海成立马克思主义研究会，陈独秀为负责人。在维经斯基等人的帮助下，陈独秀以上海马克思主义研究会为基础，加快了建党工作的步伐。1920年8月，在上海法租界老渔阳里2号《新青年》编辑部，上海共产党早期组织正式成立，取名“中国共产党”。这是中国的第一个共产党组织，其成员主要是马克思主义研究会的骨干，陈独秀为书记。

1920 年 10 月，北京共产党早期组织在北大红楼李大钊的办公室正式成立，取名为“北京共产党小组”，党组织的最初成员主要有李大钊、张申府、张国焘 3 人。

在共产党早期组织成立的初期，陈独秀和李大钊始终保持着密切的联系，在商讨上海和北京建立党组织事宜的同时，也在关注着全国其他地区党组织的创建情况。

上海共产党早期组织成立后，“首次决议推陈独秀担任书记，函约各地社会主义分子组织支部”。“于是由陈独秀函约李大钊在北平组织，王乐平在济南组织”。不久，张申府到上海同陈独秀商谈建党工作。陈独秀希望李大钊“从速在北方发动，先组织北京小组”，再向山东、山西、河南、天津、唐山以及东北、西北等广大地区发展。

五四爱国运动以后，山东的王乐平不但得到新文化运动主将陈独秀的赏识，而且与上海先进知识分子之间的往来日渐增多。1919 年 11 月，王乐平作为山东代表出席了在上海召开的全国各界联合会成立大会，并与刘清扬、张国焘等一起在该会共事一段时间。在驻沪期间，王乐平不仅与陈独秀和《新青年》杂志社保持着密切联系，而且与参与上海共产党早期组织筹建活动的戴季陶、沈玄庐、邵力子等人来往密切。戴季陶、沈玄庐主编的《星期评论》和邵力子主编的《民国日报》副刊《觉悟》都是齐鲁书社售书部推销的重要刊物。上海共产党早期组织在济南寻找发起人，首先想到王乐平是自然的事了。

济南因“会当京沪文化带之要冲，地扼山东半岛之咽喉”的特殊地理位置，先进知识分子早在五四爱国运动中就与北京先进知识分子有了来往联系，“山东人到北京来，北京的公民到山东、上海去。共同的目的是外而争回青岛，内而惩罚国贼”。在传播马克思主义和建党中，“陈独秀也曾约请李大钊帮助山东建党”。王尽美作为北京马克思学说研究会的外地通讯会员参加活动，并与北京的共产主义者李大钊、张国焘、罗章龙、刘仁静等时有接触。

王乐平收到陈独秀让其在济南组织共产党的信函之后，委托青年学生王尽美和邓恩铭承担此重任。

济南共产党早期组织的创建，还得到了经共产国际批准、俄共派来的维经斯基一行中的杨明斋的指导。杨明斋，1882 年 3 月出生于山东省平度县马戈庄。1901 年因家境艰难勇闯海参崴。1908 年到西伯利亚矿区做工。他在俄国加入了布尔什维克党，参加了十月革命。十月革命后，进入莫斯科东方劳动者共产主义大学学习。1920 年 4 月作为维经斯基的翻译和向导回到了祖国。1920 年秋，杨明斋从上海回山东省亲，路过济南，专门会见王乐平、王尽美和邓恩铭，指导济南党组织的创建。

王尽美、邓恩铭在上海、北京共产党早期组织的指导和帮助下，于 1921 年春，建立了济南共产党早期组织。济南共产党早期组织的成立，标志着革命的火种在齐鲁大地上点燃了，从而开启了济南乃至山东人民走向光明的新时代。

（邱存梅）

《共产党宣言》中文首译本的广饶传奇

在山东省广饶县有一座名为“宣言”的陈列馆。这座纪念馆不在城里，也不在镇上，而是在一个村里，这个村就是刘集后村。为什么陈列馆建在这里？因为这个村建立的党支部是山东省乃至全国最早的农村党支部之一，还因为这里曾长期保存着一本《共产党宣言》的中文首译本。这本《共产党宣言》作为一级革命文物和“国宝”现珍藏在东营市博物馆。岁月的侵蚀和战争的硝烟，早已使其发黄变质、脆弱不堪，但透过厚重的历史，仍能看到当年在广饶流传的背影和一世的传奇。

位于山东省广饶县的《共产党宣言》陈列馆

“大胡子的书”走进广饶

1920年的早春，浙江的义乌仍然春寒料峭。年仅29岁的陈望道正在家里日思夜想、字斟句酌地翻译《共产党宣言》，一个月的忙碌是充实的，因为“真理的味道非常甜”，何况还有家中老母亲的一日三餐。最终，浸润着陈望道革命理想和语言学家才华的第一个中文首译本《共产党宣言》诞生了。

4月底，陈望道带着译好的《共产党宣言》来到上海。8月，《共产党宣言》正式出版。翌年8月，到上海参加党的一大的王尽美和邓恩铭，携带其中一本，跨越长江，带回济南。回到济南后，他们把书交给济南党组织专司党报发行和保管的张葆臣。后来，张葆臣把自己的印章印在了这本《共产党宣言》扉页的右下角。

而盖有“葆臣”红色印章的这部《共产党宣言》首译本，之所以能传到刘集村，与一个叫刘雨辉的女共产党员有着十分重要的关系。

刘雨辉，广饶县刘集村人，是东营市第一个女共产党员，1924年曾在济南的一所女子养蚕讲习所学习，期满后南下考入江南苏州女子产业学校。1925年夏季，学成归来的刘雨辉被济南女子职业学校聘为教员。她是个敢想敢干的女子，也有一颗忧国忧民的心。她在济南女子师范学校参加一些进步活动时，结识了王辩、侯玉兰、于佩贞等一些女共产党员。于佩贞在1925年底，介绍刘雨辉加入了中国共产党。这群活跃的女共产党人，经常与刘俊才、延伯真、张葆臣等男同志一起开会学习，开展活动。张葆臣发现，刘雨辉非常热爱学习，就把这本书传给了刘雨辉。于是那本盖有“葆臣”印鉴的《共产党宣言》便到了刘雨辉手上。

1926年春节，刘雨辉回到老家刘集村，与她同行的还有这本

《共产党宣言》广饶藏本

《共产党宣言》。从此以后，这本薄薄的《共产党宣言》就与刘集村结下了不解之缘。

此时，刘集村已建立了党支部，这个党支部是中国最早的两个农村党支部之一，其支部书记是刘良才。刘良才，刘集村人，出身富裕农民家庭，上过 3 年私塾，有同情心，具有革命精神。1925 年春节，在济南从事党的工作的刘子久回到刘集，对他讲了许多革命道理，向其介绍了中国共产党的宗旨和活动情况。刘良才认识到，只有革命才是中国人民翻身解放的唯一道路，只有共产党才是劳苦大众光明前途的希望所在。于是，他迫切要求进步。1925 年 2 月，经刘子久介绍加入中国共产党。入党后，他积极发展党员。同年春，他介绍本村刘英才、刘洪才、刘春山等人入党，建立了中共刘集支部。此后，他又以串亲访友、外出揽活为名，到菜园、耿集、吕庄、延集、黄丘、封庙等村，宣传革命道理，秘密发展党员，建立党组织。

一个晚上，刘雨辉与弟弟刘考文到了刘良才家，刘良才很高兴，刘雨辉见多识广，也很健谈，他们越聊越投机，最后，刘雨辉从衣袖里拿出了这本《共产党宣言》，并嘱咐道：“这本书就留给你吧，外面的人很多都在看，你也好好学学，书里有很多大道理，都是说给我们穷人听的。”

刘良才带着好奇心，伸出双手郑重地接了过来，他拿过书看了又看，指着封面上的像，笑着说：“这大胡子，咱们村可没有。”刘雨辉也笑了：“他叫马格斯，不是中国人，是一位大思想家、大革命

中共刘集村支部第一任书记刘良才

家。”刘考文也很好奇，接过书，一翻，看不懂，就说：“咱们是庄稼人，看不懂这书，何况又是外国人写的。”刘良才一听这话，倔脾气就上来了，说：“谁写的不要紧，关键是说的是不是有道理。如果说得对，再难我们也要弄懂它。”刘雨辉笑着说：“还是良才大哥说的在理儿，没有谁生下来就会。再说，这本书很神奇，就算只看懂里面的几句话或者几段话，也会有很大的收获。”

刘雨辉的一席话，让刘良才心动不已，他点上油灯，读到了天亮。可自己文化有限，别说读懂了，就是里面的字和词语，都认不全。可这难不倒他，农村的汉子，从骨子里就透着一股韧劲和顽强。他把不认识的字写在纸上，有时也记在手掌上，随时向别人请教。

“大胡子”的第一句话，就看蒙了刘良才——“有一个怪物，在欧洲徘徊着，这怪物就是共产主义。旧欧洲有权力的人都因为要驱除这怪物，加入了神圣同盟。罗马法王，俄国皇帝，梅特涅，基佐，法国急近党，德国侦探都在这里面。”刘良才反复阅读，仔细琢磨，甚至到了能背诵的程度，但是对于其中的词汇与人名，还是不得其解。到底是啥意思啊？他自言自语，不断地在屋内走来走去。不知不觉，夜已深。妻子姜玉兰看在眼里，急在心里，劝他说：“别瞎想了，赶紧睡吧，等明天去问问子久兄弟吧，他能给你解释得清楚。”妻子的一席话，提醒了刘良才。他赶紧手拿《共产党宣言》，箭也似地出了家门。此时的刘子久正在家里思考着什么，忽然听到敲门声，心里一惊，开门一看，原来是良才，再仔细一瞧，手里还拿着一本

《共产党宣言》，不用问，刘子久便知良才的来意。于是，两人便坐下仔细讨论起来。在交流过程中，刘子久很是吃惊，因为有些话，良才居然能够背下来。看来刘良才是下了功夫的，但因为学识与见识的原因，刘良才理解起来很吃力。于是，刘子久深入浅出地为刘良才讲解了《共产党宣言》中的一些大道理，包括为什么会有阶级压迫、怎么起来革命、什么时候实现共产主义等，刘良才听得很认真，也很兴奋，不知不觉中天已蒙蒙亮。

随着学习的逐渐深入，刘良才慢慢地悟透了《共产党宣言》的道理，他觉得光自己懂还不行，还要大家都懂。刘良才把支部成员召集到家里，来共同学习《共产党宣言》。大家围坐在一起，非常好奇地看着这本薄薄的小册子，有些人不认识字儿，看不懂书名，但封面中间的“大胡子”却非常抢眼。大家纷纷问刘良才，这是谁啊？怎么这么大胡子啊？不像本地人啊！刘良才耐心地向大家解释道：“‘大胡子’叫马格斯，不是本地人，也不是中国人，是外国人，这本书就是他和安格尔斯合写的。里面讲了很多大道理，为咱们穷人指明了出路，大家好好学吧。”

刘良才给大家边读边解释，大家边听边思考，边思考边讨论。大家对第二章的最后一句话非常感兴趣——“我们要废去阶级对抗和阶级所组成的旧式资本家社会，换上各个人都能够自由发达，全体都能够自由发达的协同社会。”读完这句话，大家都七嘴八舌地议论开了，刘良才见状，顺势引导说：“这句话好，是马格斯为我们描绘的未来的美好社会，在这样的社会里，没有阶级，没有压迫，没有地主，没有资本家，人人平等，人人幸福，人人有饭吃，人人有学上。”大家一听有这样美好的社会，纷纷竖起了耳朵，又问道：“那这样的社会怎么才能实现啊？”刘良才见大家来了兴致，忙说：“这个问题，‘大胡子’也给我们说了啊，就在书里。”大家急忙让刘良才找出来读一读。刘良才翻到书的最后一页，念道：“万国劳动者团

中共刘集村支部旧址刘世厚塑像

结起来呵！”紧接着，刘良才解释道：“这样的社会不会自己到来，我们自己要去争取。咱们穷人家走得慢了穷撵上，走得快了撵上穷，不快不慢往前走，扑通一声还是掉进穷窟窿。我们再也不过这样穷人家的日子了，我们要团结起来，拧成一股绳，和地主斗，和压迫我们的人斗，这样我们才会有好日子过。”

坐在旁边的一个中年汉子突然发话：“‘大胡子’的话，说得对，咱们不能单打独斗，要团结起来！”大家扭头一看，原来是世厚大哥。刘世厚与刘良才同龄，平日里沉默寡言，不引人注意，是一个厚道人。刘世厚这么一说，又坚定了大家的信心。后来刘世厚的孙子刘洪业老人曾讲：“由于首译本封皮印有一幅水红色的马克思半身像，当时的刘集村人更习惯称其‘大胡子’。人们把《共产党宣言》叫做‘大胡子的话’，本名倒少有提及。”

大家你一言我一语地交流着，全然忘记了时间，这样的学习交流不知进行了多少次，慢慢地，人们的热情上来了，觉悟提高了。“大胡子的话”像一把思想启蒙的钥匙，打开了人们沉寂多年的心扉，他像一盏明灯，指引着刘集村人前进的方向。

人在书在

大革命失败后，白色恐怖笼罩着山东，广饶形势急转直下，敌人到处封禁各种进步书刊，肆意捕杀共产党人。在这种情况下，刘良才只能将党的各种文件和学习资料进行销毁。但当看到这本与他朝夕相处的良师益友《共产党宣言》时，他犹豫了，想了许久——这是自己革命道路上的指明灯啊，是自己的命啊，怎么舍得放进火堆付之一炬呢！于是，他就把《共产党宣言》藏好，放在不易被人发觉的地方。

1931 年 2 月，根据革命形势需要，党组织调刘良才到潍县工作。临行前，刘良才放心不下的还是这本《共产党宣言》。思虑再三，他决定把这本书转交给刘集村党支部委员刘考文，并嘱咐其一定要"人在书在"。对党组织的重托，刘考文不敢怠慢，他精心地把书藏在只有自己才知道的角落里。

在白色恐怖的年代里，共产党的组织以及党的活动都转入了地下，载有共产党的主张的报纸书刊统统被列为"禁书"，《共产党宣言》更是被列为"禁书"之首。形势越来越严峻，刘考文预感到自己有可能被捕，这时，他想到了刘良才的托付，思考再三之后，他将这本《共产党宣言》转交给忠厚老实、不易引人注意的老党员刘世厚保存。刘世厚看到这本自己经常学习、朝夕相伴的《共产党宣言》，感到责任重大、责无旁贷，毫不犹豫地接下了这个任务。从此，守护《共产党宣言》就成了刘世厚一生的初心与使命。

刘良才在潍县的处境也很凶险，但他信仰坚定，意志坚强，与敌人进行了不屈不挠的斗争。1933 年 7 月，刘良才不幸被捕，壮烈牺牲。消息传至家乡刘集村，刘世厚悲痛不已。每当夜深人静的时候，他就悄悄地取出"大胡子的书"，一段一段地读，一页一页地看，耳畔仿佛又听到了刘良才生动的讲解。

敌人对《共产党宣言》的搜查，从来就没有停止。他们知道这本书就在广饶，可他们就是不知道具体在哪儿。经过多次搜寻，仍旧一无所获。他们万万没有想到，《共产党宣言》就在刘集村一座破旧的小院里，在那里完完整整、安安静静地等待着黎明的来临。

革命的火种一旦种下，就永远不会熄灭。抗日战争时期，拥有深厚群众基础的广饶刘集一带又成了中国共产党领导抗日斗争的重要根据地。面对穷凶极恶的日军，英勇的广饶人民进行了不屈不挠的斗争。刘集村曾经历过日军的几次大“扫荡”，村内断壁残垣、瓦砾遍地，但这本《共产党宣言》却一次次地逃过劫难，不得不说是一个奇迹。1941 年 1 月 18 日，日军制造了震惊全国的“刘集惨案”，刘集村化为一片废墟。在这场惨案中，刘世厚本已逃到村外，等他回头看时，全村已是一片火海。但他忽然想起了《共产党宣言》还藏在家里。于是，他冒着生命危险跑回家中，在烈火中爬上屋山墙，将这本书抢救出来。

解放战争时期，广饶刘集地区仍不太平，刘世厚不得不经常变换藏书地点。新中国成立后，刘世厚把快散架的书用线缝好，再用一块粗蓝布包起来，重新装进木匣，外面又套了个木箱。直到 1975 年，这本《共产党宣言》的命运又一次出现了转折。

“国宝”《共产党宣言》

《共产党宣言》中译本，一直牵动着周恩来总理的心。1975 年 1 月，四届全国人大一次会议召开期间，已重病在身的周总理见到《共产党宣言》中文版的首译者、时任复旦大学校长的陈望道时，紧握着他的手问道，《共产党宣言》最早的译本找到没有？那是马列老祖宗在我们中国的第一本经典著作，找不到它，是中国共产党人的心病啊！陈望道看着总理期待的目光，遗憾地摇了摇头。

1975 年，广饶县革委会下发了《关于抢救革命文物的通知》。当时广饶县文物所所长颜华来到刘集村，召集当时参加过革命的老人开座谈会，希望他们能捐献一些革命文物。大家热情很高，有捐献马灯的，有捐献红缨枪头的，还有捐献篮子的，等等。坐在一旁的刘世厚老人抽着旱烟，一言不发，到了最后，老人说了一句，“我那里有本《共产党宣言》”。老人不是不想捐献，他也知道党和国家保管着，比自己保管着更好更安全。可这本“大胡子的书”是同志们一生的寄托，每年清明他都要带着书来到烈士墓前，与牺牲的战友们拉家常，向战友们汇报，“大家伙儿，放心吧，书我保管得好着呢”。经过长时间的思想斗争，老人依依不舍地把《共产党宣言》交给了国家。那一刻，老人泪流满面。

老人捐献的这本《共产党宣言》，不仅承载了自己一生的革命理想，还填补了革命史上的一段空白，这是一件名副其实的“国宝”。

《共产党宣言》自问世以来，版本众多，因为时间久远，最早的中文译本的时间，已成了一桩悬案。毛泽东曾多次讲过他于 1920 年 4 月或春天第二次到达北京时，阅读过陈望道翻译的《共产党宣言》；陈望道本人也曾回忆说，该书是 1920 年 4 月在上海出版的。因此，长时期以来，人们一直以为《共产党宣言》最早中文译本的出版时间是在 1920 年 4 月或春季。但是，中国革命博物馆陈列的是浅蓝色封面的 1920 年 9 月的再版本，中共中央编译局保存的也是 1920 年 9 月的版本，中央档案馆保存的则是 1924 年 6 月的第三版的版本。至于 1920 年 4 月或春季的版本，则一直未被发现。

后来，北京图书馆收集到一本《共产党宣言》，经陈望道辨认，认为是 1920 年 8 月的版本。但它是一个残本。1980 年初，上海发现了 1920 年 8 月出版的《共产党宣言》陈望道译本。此版本的发现，引起了学术界的极大关注。这很可能说明，《共产党宣言》最早中文译本的出版时间不是 1920 年 4 月或春季，而是同年 8 月。但由于上海版本是孤本，没有对证，对其出版时间，人们仍持怀疑态度。

随着媒体的不断报道，刘世厚老人捐献的这本《共产党宣言》慢慢地进入了人们的视野，引起了学术界的注意。1984 年的一天，时任华东石油大学副教授的余世诚到广饶出差，听说广饶博物馆收藏了一本早期的《共产党宣言》，就立即前往查看。经过仔细研究，余教授认为这应该就是《共产党宣言》的最早中文译本。余世诚的结论让已是博物馆馆长的颜华感觉到了这本《共产党宣言》的特殊性。后来经过多方努力，1986 年 2 月 21 日，时任中共山东省委副书记、山东省省长的李昌安作出批示：要好好地鉴定和保护革命文物《共产党宣言》。后来，中央编译局马恩室副主任、资深翻译家胡永钦赶到广饶，他还随身携带了一本蓝色封面的《共产党宣言》。

经鉴定，广饶这本《共产党宣言》长 18 厘米、宽 12 厘米，封面中间印有水红色马克思半身像，封面上方是自右至左的横排字，共 4 行，从上到下依次印着“社会主义研究小丛书第一种”“共党产宣言”“马格斯安格尔斯合著”“陈望道译”字样。在封面下方，从右至左印着 3 个横排字：“马格斯”。封面字体都很小，其中“共党产宣言”字体最大。全书共 56 页，内文以 5 号铅字竖排。封底自右向左，依次印有 5 列竖排字：“一千九百二十年八月出版”“定价大洋一角”“原著者马格斯、安格尔斯”“翻译者陈望道”“印刷及发行者社会主义研究社”。

胡永钦鉴定完之后，拿出 9 月版的《共产党宣言》与之对照，发现广饶收藏的 8 月版本和自己带来的 9 月版本仅有两处不同，其他完全一样。8 月版的封面颜色是淡淡的水红色，9 月版本改为了浅蓝色；9 月版本纠正了 8 月版本的封面书名错误。8 月版本应是“共产党宣言”，却印作“共党产宣言”，两字颠倒。为什么会出现这种现象呢？经分析，这应该是排版或校对疏忽所致。这一排版失误，却成了《共产党宣言》最早版本的显著标志。当第一版售罄后，9 月份再版时，则不存在这一问题了。经过比对，广饶本与上海本完全是同一个版本，最初出版时间都是 1920 年 8 月。广饶本的出现，使上海本再也不是“孤本”了。

1991 年，俞秀松的日记在上海被发现。据其日记记载：“1920 年

6月27日，夜，望道叫我明天送他译的《共产党宣言》到独秀家里去”；“28日，九点到独秀家，将望道译的《共产党宣言》交给他”。从俞秀松的日记中，我们可以明确推断出，陈望道所译的《共产党宣言》出版时间应是在1920年7月之后。有了俞秀松日记的佐证，中文版《共产党宣言》的最早出版时间已无争议。

如今，广饶藏本《共产党宣言》已被定为国家一级革命文物，成为让广饶人骄傲的“国宝”。《共产党宣言》在广饶的传播是一个传奇，传奇中的波澜壮阔、壮怀豪情，成为今天广饶人投身改革、勇挑重担、一往无前、再创辉煌的不竭动力和精神食粮。《共产党宣言》犹如一盏明灯，照耀着过去，同时也照亮光明的未来。

（张文）

青岛工运风暴

中国共产党建党以后，从中央到地方的各级组织都以主要精力从事工人运动。中国的工人运动也随着局势的发展而呈现出生动的局面。其中，在山东乃至全国工人运动发展史上，20 世纪 20 年代发生在青岛这片热土上的工人运动就是浓墨重彩的篇章。

黄海之滨燃星火

青岛，素有“黄海珍珠”之称，风景秀丽，气候宜人，独特的地理位置和区位优势决定了其所蕴含的巨大军事和经济价值，同时也让其成为西方列强的觊觎之地。1897 年，德国以“巨野教案”为借口，派兵舰开进胶州湾，制造了历史上震惊中外的“胶州湾事件”。第二年，德国武力逼迫清政府签订《胶澳租界条约》，将青岛纳入其势力范围。强占青岛后，德国进行了野蛮的经济掠夺。对青岛觊觎已久的日本也在处心积虑寻找染指青岛的机会。1914 年，第一次世界大战爆发，日本以对德宣战为名，出兵山东，占领原为德国所强占的青岛和胶济铁路，终于达到了其侵占青岛的目的。德国和日本等列强对青岛的野蛮掠夺，一方面破坏了山东的市场，冲击了山东的民族工业，给青岛乃至整个山东的社会经济带来巨大的摧残，但同时也在客观上促进了青岛近代工商业的发展。在德国统治青岛的近 17 年时间里，青岛的工人总数达万人以上，工人阶级队伍初步形成，其中产业工人约有五六千人。

五四运动中，青岛成为中国人民反帝反封建斗争的前沿阵地。但残酷的现实是，青岛民众的生活，青岛人民的处境，并没有因为中国政府从日本手中收回青岛而有丝毫改观，迎来的反而是胶澳督办频繁更换和疯狂压榨。谁能救民于水火，解百姓于倒悬？历史的重任落到了年轻的中国共产党身上。1922 年 5 月，中共济南独立小组建立，并派人分赴淄川、张店、青岛等地开展工作。中共二大后，中共中央派特派员指导山东工作。1923 年 1 月前后，中共党员王象午、王复元相继到青岛开展工作。此后，邓恩铭受济南党组织派遣，到青岛筹建党团组织。邓恩铭到青岛后，与王象午取得了联系，共同筹备建立青岛党团组织。随后，中共青岛组织成立，邓恩铭担任书记。青岛党组织的建立，给黑暗中的青岛带来了光明。

苦心改造圣诞会

“青岛好像一片干净的腴土，随地可以种植，故我到此后即作种植计划。”这是邓恩铭关于青岛工运工作等问题致刘仁静信中的内容。诚如邓恩铭所言，当时的青岛，确实是一片“干净的腴土”，有着很大的发展空间。

青岛党组织开展工人运动是从改造四方机厂工人的自发组织——圣诞会开始的。四方机厂，是当时青岛最大的综合性机车厂。该厂原系德国人建造，1914 年 11 月被日本人接管。北洋军阀政府接收青岛、胶济铁路后，经交通部核准，四方机厂隶属胶济铁路管理局机务处管辖。之所以选择四方机厂作为开展工人运动的突破口，是因为该厂工人斗争性较强，并有固定组织。1924 年 3 月，邓恩铭在致刘仁静的信中专门提到该厂：“四方在青岛要算一最大的机厂，工人将近二千。此二千人大半系德管时代遗留下来，故其根基颇深。因根基深，故近年来陆续新开之大小工厂，大概都和他们有关系。水道局工人与电灯公司工人更密切，港口且早已成了四方的分会。总而言之，四方机厂工会俨然就是青岛总工会的象征。”

在德、日侵略者统治青岛期间，四方机厂工人生活异常艰苦。为了反抗殖民者的统治，工人们按宗族、地域等组成了各种各样的帮派，进行自发的斗争，也举行过罢工。北洋军阀政府接管工厂以后，甚至作出了将原来规定的春节三天假和年终奖金全部取消的决定，激起了工人的愤怒，工人们决定采取行动开展针锋相对的斗争。

1923 年 1 月，四方机厂工人郭恒祥等人以“崇敬祖师，互敬互助”“提高工人人格，辅助路务进行”的名义，联络一部分工人成立了圣诞会，有数百名技工参加。郭恒祥被推选为会长，张吉祥为副会长，郭学濂、耿华山为评议长，并按工种负责日常的联络工作。圣诞会同时规定会员每人每年捐一日的工资作为活动费用，每年旧历二月十五为圣诞日，会员每人获得有“圣诞会”字样的银制牌一枚。会长郭恒祥，1894 年生于山东章丘县埠村一个贫苦农民家庭。早年曾赴辽宁南满铁厂学徒，1913 年到四方机厂做机械钳工。因其胸怀豁达，具有反帝爱国思想，深得工人们的信任与尊敬。

由于圣诞会在处理工人与领班、工头之间的纠葛等方面的重要

青岛胶济铁路四方机厂内景

作用，在群众中有很高的口碑，威信也日渐树立起来，获得了胶澳警察厅和胶济铁路管理局的承认，成为一个公开活动的工人群众团体。

1923 年 4 月，中共北方区委派王荷波来到青岛，以全国铁路总工会“五路联合会”（京汉、粤汉、津浦、正太、道清）的名义，与圣诞会的领导人郭恒祥取得联系。圣诞会虽是仿照旧式民间行会组织起来的工人团体，但是有着鲜明的反帝意识，具有良好的思想基础。王荷波在了解了相关情况以后，建议圣诞会要为工人兄弟多办好事，团结起来与统治者进行抗争，并着手对圣诞会进行改造。在王荷波的努力下，圣诞会逐步摒除了关门主义、迷信色彩等种种弊端，改为徒工、技工兼收，规模逐步壮大，并办起了工人图书室、工人夜校等。改造后的圣诞会成为具有现代工会性质的组织。圣诞会也在王荷波的建议下加入了“五路联合会”。

改造后的圣诞会，与厂方进行了形式多样的斗争。1923 年 8 月，胶济铁路管理局以四方机厂丢失东西为借口派路警对四方机厂 4 名工人进行搜查，几名工人被诬陷为“嫌疑犯”，送交法庭审讯。随后，路局方面将这 4 名工人开除。圣诞会为此事与路局进行交涉，但遭到拒绝，因此决定罢工。经过斗争，路局最终决定恢复 4 人的工作。此场斗争的胜利，迅速扩大了圣诞会的影响力。1924 年 2 月，郭恒祥作为胶济铁路工人代表出席了全国铁路总工会成立大会，并被选为副委员长。回到青岛后，郭恒祥更加积极地投入

郭恒祥像

圣诞会的领导工作，取得相当成绩。特别是在邓恩铭的努力下，圣诞会不但得到了整顿，而且迅速向外发展，活动范围不断扩大，影响力也越来越大。9月8日，圣诞会被胶济铁路管理局强行取缔。此后，邓恩铭以《胶澳日报》记者的身份为掩护，组织四方机厂的工人积极分子开会，总结圣诞会的经验教训，秘密酝酿成立工会。会后，工人积极分子立即分头秘密进行组织发动工作。到1925年初，全厂有800余名工人秘密加入了工会。邓恩铭在四方机厂的这一系列工作，在全国产生了重大的影响，在中国工人运动史上留下了浓墨重彩的篇章。

胶州湾畔工潮起

1924年9月，江浙战争爆发。胶济铁路管理局以局势紧张，“过激派乘机煽惑鼓动风潮”为借口，下令取缔了圣诞会。10月，邓恩铭以圣诞会秘书身份召集四方机厂30余名工人活动分子开会，号召大家组织起来，建立了四方机厂秘密工会，继续推动工人运动深入发展。1925年初，胶济铁路管理局发生了山东地方势力派和江浙派争夺局长职位的内讧。中共青岛组织和此时正在青岛的王尽美研究决定利用统治阶级的内部矛盾发动全路员工和四方机厂工人大罢工，以最大限度争取工人利益。在四方机厂工会的基础上，随后成立了胶济铁路总工会以及更大规模的四方工人联合会，青岛工人运动开始走向高潮。突出的表现就是青岛日商纱厂工人三次大罢工。

实际上，中国虽然收回了青岛主权，但日本在青岛的殖民利益几乎未受任何触动。在1925年1月的一篇《佑民关于工运情况的报告》的文献中就有这样的表述：“此地重要工作，除运输工人外，就是纱厂工人了。我们一向并没有忽视，只以人手太少，忙不过来罢了；加以立于重心地位的路会成立不起来，纱厂简直没法着手。”“青岛计有纱厂七家。四方三家：大康、银月（内外）、隆兴；沧口四家：钟渊、富士、宝来、华新（中资）。以上七家，只华新一家是中国资本，其余六家都是日资。这六家里面要数大康、钟渊规模大。总计七家要有工人三万。现在我们就从大康、钟渊着手。”报告中还特别提到“如果大康起来，内外、钟渊就马上跟着起来了”。事实上，长期以来，在日本厂主的残酷剥削和压迫下，纱厂工人的处境异常悲惨，日本厂主想尽一切办法盘剥工人的剩余劳动价值。在这些日商纱厂里面，纱厂工人被招入时必须先在卖身契式的《誓约书》上画押，还要遵守各种苛刻至极的规章，如不领出恭牌不准上厕所，请假逾 10 天开除等，还有各种残酷的体罚，以及数不尽的罚款制度，本来就是对抗性的劳资关系终于再度恶化，斗争时刻都会爆发。

1925 年 2 月，上海日商纱厂工人罢工，工人成立了工会，建立纠察队，形成罢工高潮。消息传到青岛后，青岛日商纱厂工人深受触动，迫切要求组织工会，改变现状。三四月间，大康及内外棉、隆兴等纱厂工会相继建立。得知信息后，大康纱厂日本厂主惊恐万分。随后，地方军警采取突然袭击的方式，强行搜去了工会会员登记名册并将其交给日本厂主，日本厂主遂开除了一批工会骨干。由此，中共青岛支部决定组织工人开展罢工斗争。在罢工取得初步胜利以后，5 月 10 日工人开始复工，坚持了 22 天的罢工宣告结束。此次罢工得到了社会各界的广泛关注与支持。期间，日本厂主勾结胶澳当局在泰山路 13 号以鼓动工潮首领之名逮捕了中共青岛支部书记邓恩铭，并将其驱逐出境。随后，中共山东地执委立即派刚从苏联回国，被中央派到山东工作的李慰农，以胶澳铁路总工会宣传指导员、青岛地委书记的身份来青岛，接替邓恩铭领导青岛党的工作。李慰农，1895 年生于安徽巢县。1919 年 12 月赴法国勤工俭学。1922

青島日紗廠華人罷工

警察逮捕嫌疑犯二人
二萬工人將全入漩渦

青島二十日電，日人所設之大康紡紗廠華工，約三千人，因工廠拒絕彼等所提出之增加工資等二十一條要求，於昨晚實行罷工。此間紡紗界亦大爲此事所搖動，警察逮捕認爲煽動者二人，聞係上海學生。此間尚有紡紗工人一萬七千名，恐亦將被波及云。

青岛大康纱厂工人联合其他日商纱厂工人罢工的报道

年与周恩来等人一起成立并参加了旅欧中国少年共产党，后转为中共党员。李慰农回国后即被中共中央派到山东工作。李慰农不负众望，在较短时间内就建立起中共四方支部，并任书记。

第一次罢工结束以后，日本厂主处心积虑寻找机会，伺机进行反扑。工人复工后，日本厂主拒不履行之前签署的复工协议，而且寻机宣布开除51名工人代表，包括司铭章、苏美一、李敬铨、阎思栋等工运骨干和工会负责人。他们还想方设法铲除工会这个眼中钉肉中刺，通过各种渠道强烈要求中国政府取缔工会组织。在日本人的唆使下，胶澳当局于5月25日派出军警包围了四方3家纱厂，并派出保安队强行摘去各厂的工会牌子。日本厂主又以关厂来威胁工人，四方3家日本纱厂上万名工人遂根据工会的命令全部停车，举行了第二次同盟罢工。面对此种情形，日本政府通过外交途径向北洋军阀政府施加压力，日本驻华公使也多次向北洋军阀政府提出所谓的“抗议”，要求中国政府出面以武力平息这场工潮。此时，山东的政局也发生了变化，奉系军阀张宗昌带兵入鲁，成为山东督办。在日本帝国主义的威逼之下，北洋军阀政府及胶澳当局急电张宗昌从速镇压罢工，张宗昌遂进行了严密部署，决计“以严厉之手段，作最后之解决”，酿成了死伤惨重的“五二九”惨案。惨案发生时，邓恩铭正在胶济铁路沿线巡视工会工作。得知惨案发生的消息，他即于6月上旬秘密返回青岛。回到青岛后，便与李慰农一起，以青岛党组织的名义，给刚离青不久的刘少奇写信汇报了惨案的经过，同时，根据中央和山东地执委的指示，联络各社会团体，组织建立青岛沪案后援会。在邓恩铭、李慰农的指导下，铁路工人成立了胶济铁路总工会沪青惨案后援会。6 月 14 日，邓恩铭、李慰农组织胶济铁路工人举行了一次声势浩大的示威游行，把青岛各界人民的反帝爱国运动推向了高潮。他们还指示傅书堂以胶济铁路总工会代表的身份与青岛学生联合会代表一起，联络各界代表人物，成立了青岛各界联合会，促进了青岛各界的反帝爱国斗争。

青岛日商纱厂工人第二次同盟罢工被镇压以后，日本厂主为了彻底制服工人，采取了更加变本加厉的措施，终止复工协议，大批招募新人（童工、女工及破产农民等），命令工人重新登记，并填写严苛的保证书。7 月 23 日，大康纱厂厂主将一名 12 岁童工无辜打成重伤，激起全厂工人义愤。在提出的 10 项要求未获回应后，大康纱厂工人于限时过后立即进行了全厂罢工，内外棉、隆兴工厂工人闻讯响应，进而掀起了青岛纱厂工人第三次同盟罢工。日本厂主又要求胶澳当局镇压。此时正在青岛的张宗昌在接受了巨款贿赂后决定再度大开杀戒。7 月 29 日，中共四方支部书记李慰农、《青岛公民报》主笔胡信之就义于团岛。李慰农是在青岛最早牺牲的中国共产党党员。胡信之，被誉为“青岛报界一巨子”，他主编的《青岛公民报》在日本纱厂工人罢工运动和五卅反帝运动过程中发挥了“工人的喉舌”的作用，因此

李慰农

胡信之

招致帝国主义和地方反动派的忌恨。

1925 年青岛日商纱厂工人三次同盟大罢工，经历了波澜壮阔的发展历程，标志着青岛工人阶级在中国共产党的领导下已经登上了历史舞台。罢工虽然被反动势力联合镇压，但沉重打击了日本侵略者和反动军阀，并为党培养了一大批工运骨干，在山东工人运动史上书写了光辉的篇章。

（孙希江）

第二编
土地革命战争时期

大革命失败后，国民党反动派实行白色恐怖和残暴杀戮，中共山东地方组织连遭破坏，甚至与上级党组织失去联系，一批批共产党人血染刑场。然而，信仰坚定的共产党人，没有被敌人的疯狂屠杀所吓倒，没有忘记自己的初心和使命。面对党组织的连遭破坏，山东各地共产党人坚韧不拔，前赴后继，顽强独立地坚持斗争，坚定地重建山东党组织。这是一段沉痛厚重而前途无限光明的历程，在血雨腥风和困难挫折面前，中国共产党人无所畏惧，昂首向前，铸就了惊天动地的“四五”忠魂，锻造了百折不摧的党组织，锤炼了大批具有钢铁般意志的共产党人。

济南惨案和党领导的反日斗争

每年5月3日上午10点，在济南的人都会清晰地听到悠长而哀切的防空警报声，这是为了纪念1928年发生在济南的五三惨案（又称济南惨案），警醒生活在幸福中的人们铭记历史，警钟长鸣。

东方帝国梦

日本是一个岛国，国土狭小、资源贫乏，但为了满足其不断对外扩张的野心，他们便将贪婪的目光投向了近邻——辽阔富庶的中国，妄想在此建立日本统治下的东方大帝国。而长达几百年的幕府统治使日本武士道精神盛行，逐渐培养出一批集体性狂热尚武的嗜血之徒，成为对外侵略扩张的疯狂鼓噪者和推动者。

济南五三惨案纪念园

日本对中国觊觎已久。早在16世纪后期，丰臣秀吉统一日本后，就制定了扩张主义政策。到了德川幕府时代，“海外雄飞论”甚嚣尘上，一批野心家们不仅确定了对外侵略的目标，还规划了侵略的步骤，甚至做起统治“五大洲”的白日梦。明治维新后，日本经济迅速发展，向外扩张的野心也继续膨胀。1878年，日本设立了直属天皇的参谋本部，专门负责刺探中国情况、搜罗地志情报等。同时，日本政府疯狂扩军备战，军费开支一度超过国家预算的40%，日本军国主义势力羽翼渐丰。

1894年，蓄谋已久的日本人终于按捺不住了，悍然发动了中日甲午战争。日军铁蹄所至，烧杀抢掠、无恶不作，11月21日，日军攻占旅顺口，对手无寸铁的平民进行了整整四天的血腥大屠杀，2万多平民惨死在刽子手的屠刀之下。1895年，日本强迫清政府签订《马关条约》，不仅割去了中国的台湾和澎湖列岛，还得到了2.3亿两白银的赔款。第一次大规模的对外侵略就收获颇丰，日本人欣喜若狂，扩大侵略的野心也随之不断膨胀。

1914年，第一次世界大战爆发，西方列强无暇东顾，日本帝国主义认为侵略中国的时机已到，以对德国宣战的名义，出兵山东，攻占了青岛，控制了胶济铁路线，强行取代了德国在山东的特权地位，直到1922年中国才收回了对山东的主权。但胃口已经大开的日本人不甘心就此放弃对中国的侵略。

1928年4月中旬，国民党各派政治势力经过一番明争暗斗后重新联合起来，发起旨在消灭奉、鲁军阀的第二次北伐。盘踞山东的张宗昌部队面对国民党军队的进攻，一触即溃，步步败退，蒋介石、冯玉祥的部队三面包围济南。张宗昌自知无力坚守，竟与日军洽商，让出商埠交日军接防，拟让日军与国民党军直接交锋。早就等不及了的日本人终于找到借口，第二次出兵山东，毫无顾忌地接收了济南商埠的防务。

古城泣血

1928 年 4 月，日本政府发布出兵山东声明书，命令第六师团由本土出发，从青岛登陆，转赴济南。与此同时，为确保抢在国民党军之前控制济南商埠，日军高层命令其中国驻屯军司令派出部队，先行赶赴济南。21 日，驻天津的日军 3 个中队进驻济南，26 日起，在青岛登陆的第六师团也陆续进入济南。5 月 1 日，蒋介石、冯玉祥的部队进入济南，分驻城内和辛庄。2 日，日军第六师团长福田率兵也进入济南，形成直接对峙的局面。此时的蒋介石急于北伐，不想与日本人过多纠缠，这种妥协退让的态度使北伐军没有做好与日军作战的准备，反而助长了日军的嚣张气焰，日军不断挑衅，寻求战机。

5 月 3 日上午，中国一名士兵因病被送往基督教医院（南京国民政府外交部山东交涉署对面）治疗，日兵阻止通行，发生争执。日兵突然开枪，打死中国士兵和夫役各一人，其余中国士兵逃入医院。日兵将医院包围，用机枪扫射，并开枪打死在街上张贴标语的中国士兵。10 时半，一日本人在隆昌洋行附近欲强行通过中国第四十军防地，发生冲突。日武官暗中指使特务放枪，日军听到枪声，立即倾巢而出，沿街恣意屠杀市民和士兵。日军乘机将第四十军第七团 1000 余人缴械。下午，日军派人炸毁济南无线电台，占领邮政局、电报局，断绝交通。

蔡公时，南京国民政府外交处主任，1928 年 4 月被任命为山东交涉员，代表外交部处理与日军的外交事宜。5 月 3 日上午，他和 18 名署员来到位于经四路的山东交涉署。下午 4 时，一队日军闯入署内，要求在交涉署内架设机枪，被蔡公时严词拒绝。晚上 10 时许，一群荷枪实弹的日军突然冲入署内，声称署内人员杀死了 2 名日军士兵，他们要搜查凶手，并开始翻箱倒柜地搜查，把外交文书扔得

蔡公时

满地都是。忍无可忍的蔡公时用日语大声质问："这是中国政府的外交机关，即使门口的士兵真是中国人打死的，也应当由你们的领事馆进行交涉，你们这是野蛮的强盗行为！"不等他说完，一名日军就用枪托将他打倒在地。随后，日军把署里的十几个人绑起来，用刺刀乱戳乱刺，还残忍地将蔡公时的耳朵、鼻子割下，眼睛挖出。在极度痛楚中，蔡公时仍然大声怒斥敌人："野兽们，中国人可杀不可辱！"蔡公时的凛然正气使日军更加恼羞成怒，他们将刺刀刺入蔡公时嘴里，又将他的舌头挖了下来，最后将十几人全部拉出去枪杀了。

5月3日之后，日军继续扩大事态，驻青岛的日军岩仓旅团赶来济南增援。面对日军的屠杀，蒋介石竟于5日下令，只留第一军第二十四团李延年部和第三十四军第八十八师邓殷藩团共两个团的兵力作为济南卫戍部队，其余各部从济南向南撤退。蒋介石也于当日退驻济南西南的党家庄车站，与从河南前线赶来的冯玉祥举行会议，议决采取不抵抗政策，绕道北伐。国民党的妥协退让使济南的局势更加恶化，日军继续残杀中国军民，不断向济南增兵，济南日军总数达到近万人。

5月7日晨，日军突然宣称，济南商埠铁路北面土堆下发现日军尸体9具，另在其他地方发现日侨尸体3具。日军福田师团长以此为借口，于当日向蒋介石提出最后通牒五条，并于8日上午占领火车站、电话局及济南险要地带，用重炮轰击黄河铁桥，截击渡河北上的国民党军。9 日，日军向新城兵工厂等地发起进攻，放火焚烧无影山火药库，中国守军被迫退入城内。日军随之进入城关一带，大肆烧杀，西城根一条街尽成焦土（事后，为铭记国耻，将这条街改名五三街）。10 日，日军继续猛烈轰击济南城，西、南、北各城楼均被炸塌，城内数处起火，军民死伤严重。济南市民一家 18 人，藏在家里的一艘破船底下，被日军搜出后全部刺死，鲜血顺着排水沟流到了护城河里，趵突泉流出的水都变成了血水；11 日，日军抓了 3 个警察，对他们实行了非人的折磨，把 3 人胳膊上的肉一块块削下来，直到露出骨头。随后，日军朝着 3 人身上猛刺，每人身上都刺了不下百余刀。刺累了以后，日军高高举起军刀，嚎叫着将 3 人的头颅一个个劈成两半！

此等惨剧接连发生，短短几日间，日军对中国人民犯下了罄竹难书的累累罪行：步履蹒跚的老人、嗷嗷待哺的婴儿、花样年华的少女……都被毫无理由地杀害。据调查，在济南惨案中，中国军民死亡人数达 6000 余人，伤者近 2000 人，财产损失无数。

奋起反抗

“心伤心伤！军阀病狂，揖彼豺狼。济案之役，日人侵我边防，杀我善良，据我鲁疆。其亡其亡，系于苞桑，惟知亡庶不可亡。家可以破，济案不可忘！身可以死，济案不可忘！苞桑！苞桑！莫惊慌莫彷徨，听我知耻歌，快快起来杀豺狼！毁家誓死到沙场！”这首《济南惨案歌》不仅唱出了日本侵略者的丧心病狂，也唱出了中国人民奋起反抗的决心和勇气。

日本侵略者的暴行激起了济南各界民众和全国人民的极大愤慨和强烈抗议，全国人民奋起抗争，掀起一轮又一轮反日斗争，谱写了一曲曲悲壮的英雄之歌。

《济南惨案歌》

5月9日，日军在炮火掩护下开始大举进攻济南内城。驻守内城的是国民党军李延年团和邓殷藩团，他们奋起自卫，殊死抵抗，连续击退日军冲锋。深夜，日军选择有利地形，从城墙东北角再次发起进攻，驻守在这里的是邓殷藩团三营九连，连长郭德芳决定，不管上级下达什么命令，他都不会撤退，敌人已经欺负到家门口，只要是有血性的中国人都应当誓死抵抗。他将战士们集合在一起，发表了慷慨激昂的讲话：“弟兄们，我们生为军人，死当卫国，今天的事，日本人逼得我们实在忍不下去，为国家为人民，正是我们牺牲报国的时候了。我们不忍心，也不愿意亲眼看到祖国山河破碎，个人束手就擒。本着有敌无我、有我无敌的精神和决心，把父母生我的血肉之躯，与敌人拼一个你死我活，我们应该这样做。事实和良心告诉我们，这样做，完全是对的！”战士们军心振奋，眼含热泪，回到自己的位置，连续打退了敌人10余次冲锋。邓殷藩团一营营长王承亮看到城下日军人数不多，决定组成50人的奋勇队，由排长郑焕传率领，发动突袭。奋勇队英勇扑向日军，夺取了十几挺机枪。

不久日军援军赶到，队员们又与日军展开激烈的白刃战，最终全部壮烈牺牲。

从 8 日至 10 日，中国守军与日军相持 3 昼夜，城墙工事尽毁。5 月 11 日凌晨，蒋介石密令守军放弃济南。李延年、邓殷藩两团遂分出老东门、新东门，向城南仲宫山地转移。李延年团担任后卫的杨冠英排，与尾随之敌发生激战，排长杨冠英和全排官兵全部壮烈牺牲。这次战役，李、邓两团总计损失官兵 1000 余人。

中国共产党领导的反日斗争

日本出兵山东，屠杀中国军民，激起全国人民的极大义愤。5 月 6 日，中共山东省委和共青团山东省委联合发出《为反对日本帝国主义告山东民众书》，号召山东人民，“誓死反对日本帝国主义，非达到日兵全部退出山东，侵占的主权完全交回不止”。9 日，中共中央连续发出《中国共产党反对日兵占据山东告全国民众书》和《中央通告第四十五号——五三惨案后的反帝斗争工作》两个重要文件，要求各地党组织领导工人农民群众参加反对帝国主义的斗争。10 日，中共山东省委和共青团山东省委又联合发出《为反对日本帝国主义再告山东民众书》，号召全省民众一致反对日本帝国主义的侵略，并提出“限于一星期内日本军队全体撤出山东”“济南政权归市民政府管理”等口号。

日军占据济南期间，中共山东省委坚守济南，组织领导全省各界群众开展反对日本帝国主义的斗争。惨案发生后，中共山东省委即派人到胶济铁路沿线及淄川炭矿等地组织领导工人开展反日斗争。胶济铁路总工会于 5 月 10 日发出《告全路工友书》，号召全路工友不为日军运送军火武器，立即实行全路总罢工。济南各界群众在中共山东省委的号召组织下，冲破日军高压封锁，纷纷组成“救国会”“撤兵请愿团”等群众团体，走上街头巷尾等公众聚集场所，进行讲演、散发传单等活动。在斗争中，津浦铁路大厂、新城兵工厂、鲁丰纱厂成立了工会筹备委员会。在青岛，全市各界群众举行抗议日本侵略军制造五三惨案示威大游行，仅钟渊纱厂就有3000余名工人参加。在斗争中，火车站、四方机厂和邮电局恢复或成立了工会。在淄博，淄（博）张（店）县委在矿区成立了淄川炭矿工会，通过工会组织了4000余名工人的大罢工，使日方资本家受到较大打击。此后，淄川炭矿工会转入半公开活动，会员发展到3000余人。潍县、高密县委和坊子铁路支部组织该地区铁路沿线群众，多次截获日军由青岛向济南运送的粮食等军用物资。日照县委响应省委号召，成立对日外交后援会，向社会各界进行反日宣传，组织反日示威游行，还派人监视沿海各口岸，不许进口日货，处罚走私日货奸商，将奸商所得暴利捐给日照中学，日照中学用这部分捐款建立了“五三图书馆”。

为了推动反日爱国斗争，中共山东省委把中央反日通告及行动大纲、省委反日计划大纲等印成小册子，作为训练干部的基本教材。同时创办了中共山东省委机关报《红旗》，编印了临时小报《时事简报》，并扩大了《老百姓》杂志的发行量。在这些报刊上发表了《五三惨案真相》《日本侵略山东计划及对付方法》《日本御用的济南治安维持会》《国民党与帝国主义》《国民党是什么东西》等文章，深刻揭露日本帝国主义的侵略罪行和国民党政府的丑恶嘴脸。

中国共产党发动和领导的反对日本帝国主义制造济南惨案的斗争，推动了山东和全国反帝运动以及革命运动的发展。毛泽东曾说：“中国的民主革命的内容，依国际及中央的指示，包括推翻帝国主义及其工具军阀在中国的统治，完成民族革命，并实行土地革命，消灭豪绅阶级对农民的封建剥削。这种革命的实际运动，在一九二八年五月济南惨案以后，是一天天在发展的。”

在中国共产党的影响下，山东其他各阶层也参与了斗争。济南爱国人士组成了“济南惨案外交后援会”，他们冒着生命危险，走上街头，调查日军的无耻罪行，印发宣传材料，号召人们抵制日货。6月，后援会将辛苦搜集而来的材料整理成册，出版了《济南惨案》一书，以第一手资料揭露日本帝国主义制造济南惨案，屠杀济南军民的真相。在党、团组织的组织下，济南工人与爱国学生组成了募捐队，救助死难者遗属。他们走上街头，声泪俱下地痛斥日军暴行，在场群众无不义愤填膺、潸然泪下。此外，济南电灯电话业、车夫、面粉厂等都先后建立了工会组织，有组织地反对日军的暴行，面对日本侵略者，济南的工人们空前团结了起来。

对日军犯下的累累罪行，全国人民也都义愤填膺，各地反日爱国活动如火如荼。虽然国民党政府三令五申禁止各种反日活动，但民族耻辱激起的反抗情绪是很难压制下去的，各地群众不断组织集会、游行、示威、罢工、罢课等斗争。5月5日，南京50多个团体组成“首都民众反对日本暴行大同盟”，南京商铺纷纷抵制日货，各界群众向南京政府请愿；10日，北京中华全国商会联合会举行紧急会议，决定对日经济绝交；上海学生联合会决定编练学生军，抵抗日军侵略等。

日军的暴行也激起了知识分子的极大愤慨，潘汉年、成仿吾等77名作家联合发表宣言，揭露日军的暴行，痛斥当局的不作为，号召民众起来反对日本帝国主义。文艺界的爱国人士还通过标语、电影、小说等多种形式揭露日军的暴行，唤起民众的爱国热情。

历史的遗恨

无耻至极的日本侵略者不仅对自己犯下的累累罪行矢口否认，还倒打一耙，要求中国政府道歉、赔偿、惩凶。面对侵略者如此行径，南京政府竟然妥协退让，在谈判桌上一次次毫无底线的降低条件，对日本侵略者颠倒黑白的无耻言论听之任之，在中国近代耻辱史上又添了重重的一笔。

1928年5月12日，蒋介石向国民政府建议用外交方式解决济南惨案。19日，蒋介石电告南京，济南惨案问题由政府处理，不再由军前交涉。7月，日本驻上海总领事矢田七太郎与南京国民政府外交部长王正廷开始了第一次正式交涉。10月19日，王正廷与矢田再次谈判，国民政府明显作出妥协，除要求日军撤军之外，在道歉、惩罚、赔偿等方面都作了巨大让步。但日军对撤军这一最基本的条件也不答应，11月22日的第三次谈判也因此毫无进展，谈判陷入僵局。

1929年1月，由于中国反日运动高涨，日本政府不得不在谈判条件上作出一些让步。25日，王正廷与日本驻华公使芳泽谦吉开始会谈，2月5日达成四项协议，即日军无条件撤军、组成调查委员会调查济南惨案的责任、平等赔偿、日本政府为杀害蔡公时道歉。这是一份十分可笑也十分屈辱的协议，侵略者侵略中国，残忍杀害中国外交人员，撤军、道歉是天经地义之事，日本帝国主义一手制造的惨案，责任显而易见，何谈调查可言。更令人气愤的是，中国还要对侵略者做出赔偿，惩办凶手之事更是只字未提。即使如此，日本方面仍对赔偿一事表示不满，谈判再次停滞。

2月27日，日本外交人员重光葵来到中国，谈判秘密重启。3月28日，中日解决济南事件协议书在南京正式签字。协议书称："中日两国政府对于去年五月三日济南所发生之事件，鉴于两国国民固有之友谊，虽觉为不幸，悲痛已极，但两国政府与国民颇切望增进睦谊，故视此不快之感情，悉成过去，以期两国国交益臻敦厚。"并规定：（一）自换文签字之日起，至多在两个月内，将山东境内日军撤完，国民政府以全力保护日侨生命财产的安全。（二）因"济案"发生两国所受的损失，双方各任同数委员，设中日共同调查委员会，实地调查解决之。（三）双方对损害赔偿要采取宽大主义办理。这一协议，不仅把日本帝国主义杀害中国军民数千人和造成无数财产损失的罪责一笔勾销，还反过来要求中国政府保护日本侵略者的生命财产之安全，要对赔偿采取“宽大主义”。

1929 年 5 月 12 日，济南惨案发生一年之后，日军开始撤出济南。冤魂们的冤屈没人帮他们昭雪，遗属们的眼泪没人替他们擦干。不可一世的日本侵略者得寸进尺，于 1937 年 7 月悍然发动了全面侵华战争。

（葛丽）

腥风血雨中的山东省党组织

1933 年 7 月 2 日，济南的夜晚，天气闷热，让人心烦意乱。山东党组织正经历着一场血雨腥风，宋鸣时——山东临时省委组织部长叛变了，他带着特务和“捕共队”疯狂地搜捕自己曾经的战友。当夜，中共山东临时省委书记张北华、临时省委组织干部田海山等多名干部被捕。不久，包括中共中央北方局代表刘泽如、共青团山东省特委书记宋澄在内的 20 多人也先后被捕。这已经是自 1929 年以来山东省党组织遭受的第九次破坏了，也是对党组织一次致命的大破坏，省委机关陷入瘫痪，300 多名党员、团员被捕，中共青岛临时市委书记李大章致信上海中央执行局，建议省委改设在青岛。11 月，张德一从上海来到青岛，组成中共山东省工会委员会。不料，12 月，由于叛徒出卖，张德一等人被捕，山东各地党组织失去了上级的统一领导，只能各自为战。

罪恶的开端

1928 年 11 月，济南进入寒冷的冬天，山东党组织也正经历着令人心寒的“严冬”，王复元——这个曾经负责山东省委组织工作，了解全省党组织状况的关键人物，叛变了。

王复元，1900 年出生在山东历城，在济南省立一中当校工期间接触了一些进步青年，开始参加革命活动。1922 年 8 月，王复元加入中国共产党。在大革命风起云涌之际，王复元脑子灵活，善于抓住机会，组织上派他去淄博张店开展工运工作，他搞得有声有色。1925年王复元到青岛工作，8月任中共青岛支部书记，1926年10月，任中共山东区执行委员会委员，负责组织工作。

1927年4月，党组织派王复元出席党在武汉召开的第五次全国代表大会。会议结束后，党中央让王复元带回拨给山东党组织的活动经费1000块大洋。在当时，一块大洋能买一袋面粉，1000块大洋可是一笔大数目，而王复元竟将这笔经费据为己有。他将这笔钱的一部分藏到亲戚家中，另一部分出入餐馆、妓院，挥霍一空。他回来后说："上级拨给的经费，在路上遭到偷窃，被偷走了。"当时党组织的活动都是在秘密状态下，他又是党组织的重要领导人，这些言行没有引起更多人的注意，也没人想到他会胆大包天到将这样一笔巨款据为己有。时隔一年，王复元又以赴上海与党组织联系为由，从山东省委机关印刷单位——集成石印书局支走现金2000块大洋。

王复元没有想到的是，事情不久就暴露了，书局负责人在向山东省委负责人邓恩铭汇报工作时，偶然提到了这笔钱。邓恩铭觉得事有蹊跷，但也不敢随便下结论，便亲自和上海党组织联系，才发现此事是子虚乌有，这笔钱应该是被王复元私吞了。邓恩铭严肃批评了王复元，并要求他马上退款。王复元一开始还以已经挪用做生意作为搪塞，后来干脆想方设法避而不见。中共山东省委在多次催缴不得的情况下，最终决定将王复元开除党籍，王复元成为中国共产党历史上因贪污腐败被开除党籍的第一人。

王复元被开除党籍后，仍然不知悔改，反而对邓恩铭怀恨在心，伺机报复。他主动联系上山东的国民党头子，共同发表了"反共宣言"，走上了一条万劫不复的叛变之路。

王复元叛变后不久，负责山东省委交通工作的王复元的胞兄王用章也叛变了。王用章，1922年加入中国共产党，1925年中共山东省地方执行委员会成立时，任候补委员，并担任党内交通员。这二人对山东各地的党组织了如指掌，二人的叛变几乎给山东省委带来了灭顶之灾。

1929 年 1 月，王复元带领特务们秘密抓捕了包括中共一大代表邓恩铭在内的山东省委的主要领导 17 人，致使中共山东省委机关遭到严重破坏，中央不得不将叛徒认识的老党员大部分调离山东。这是中共山东省委成立以来遭到的第一次大破坏。

此后，王复元兄弟二人公开率领“捕共队”沿胶济铁路在淄川、张店、潍县、高密等地搜捕共产党员。1929 年 2 月至 4 月，先后协助国民党特务抓捕了省委书记武胡景、团省委宣传部长刘一梦、新任团省委书记宋占一等，致使山东省委第二次遭破坏。

青岛锄奸

邓恩铭等人被捕的消息传到上海，时任中共中央军委书记的周恩来深感痛惜又震怒不已，因为一个蛀虫的无耻行径，整个山东省委遭到毁灭性破坏。更重要的是，王复元、王用章兄弟对山东的情况太熟悉了，只要他们活着一天，山东的工作就无法正常开展。因此，必须除掉王复元等叛徒。

周恩来在上海召开紧急会议研究对策，决定派中央特科精英、熟悉山东情况的潍坊人张英赴山东锄奸。张英曾经和陈赓一起在苏联受过特训，身手矫健，但没有想到的是，接头地点已经被破坏，他一到山东就被抓了。经验丰富的张英一口咬定自己是外地商人，此次是前来讨债的，特务毫无所获，只能暂时把他关在监狱里。张英有武功在身，趁监狱看管疏忽之机，成功越狱逃脱。

王复元深知中央特科的厉害，因此提高了警惕，中央特科很久都没有查到他的行踪。为了准确掌握王复元的行踪，党组织派出共产党员徐子兴假意叛变，借机接近王复元。

1929 年 8 月 16 日，徐子兴急急忙忙通知张英等人，王复元要去济南开会，临行之前会去“新盛泰”鞋店取他订制的皮鞋。队员们马上决定抓住这个千载难逢的机会，在鞋店动手。当日傍晚，埋伏在鞋店附近的特科队员发现了王复元的身影。王复元走进鞋店，老板笑脸相迎，从柜台下拿出为他做的皮鞋。王复元正要拿鞋，忽然发觉后面进来一个人，来人个子不高，很瘦弱，穿着长衫，有些没精神，他没看老板，也没看王复元，只是专注地看柜台里的鞋子。这个无精打采的人，正是此次前来协助张英完成刺杀任务的王科仁。王科仁无论怎么看，都不像是一个杀手，所以王复元很快放松了警惕。但是，没有想到的是，这个他完全看不上的人，迅速拔枪，“砰”的一声，一颗子弹准确地射进王复元后背。王复元晃了一下，“扑通”倒在地上。此次刺杀机会来之不易，必须完成任务，王科仁唯恐王复元不死，又朝他头上补了一枪。大门不远处，是负责警戒的张英。他们完成任务后，很快消失在人群中。

除掉王复元后，张英又奔赴济南，寻找机会准备除掉叛徒王用

「青島通訊」
自首共黨王復元被殺經過
生前自謂畢生盡力於搗共工作

1929 年 10 月 12 日《益世报》刊登王复元被处决的报道

章，但因其行踪诡秘，最终没有成功。张英不能在济南久待，便回上海复命。新中国成立后，王用章被人民政府逮捕，1957 年死于济南狱中。

频遭劫难

谁也没有想到的是，王复元的叛变只是灾难的开端，他仿佛打开了潘多拉魔盒，山东省党组织的苦难接踵而至，重建的山东省委一次次遭反动派破坏，一批批优秀共产党人被捕被杀。

1929 年 4 月，中共中央调山东籍干部、时任福建省委书记的刘谦初来山东工作，后又调山东籍干部、曾任江苏省委组织部长的刘晓浦来到山东，重建山东省委，但 3 个月后，由于叛徒出卖，刘谦初夫妇、刘晓浦夫妇都遭逮捕，中共山东省委第三次遭破坏。8 月，中央派陈潭秋来到青岛，主持改组山东临时省委，暂驻青岛，10 月，青岛市委书记党维蓉等被捕。12 月，中央又派吴丽实等来山东工作，新的临时省委在济南组建起来。1930 年 2 月，吴丽实等人被捕，山东省委遭到第四次破坏。

血腥的镇压没有吓倒坚强的中国共产党人。3 月，中央又派任国桢、汤汝贤等来到山东，在青岛再一次恢复了临时省委。不久，蒋介石发动和阎锡山、冯玉祥的中原大战，暂时放松了对共产党的抓捕。但平和的日子没有维持多久，6 月，中央执行“左”倾冒险主义政策，党的力量暴露在敌人面前，8 月，山东省委遭到第五次破坏。中央又派吴亚鲁、张含辉等来到山东工作，在青岛恢复成立中共山东临时省委。

在中原大战中叛冯拥蒋的韩复榘被蒋介石委任为山东省政府主席。他虽然不是完全服从蒋介石的领导，但在对付共产党上却与蒋介石十分一致。1931 年 4 月，韩复榘将邓恩铭、刘谦初等 22 位同志绑缚刑场杀害，并第六次破坏了中共山东省委和青岛市委。

6月，中央派滕英斋到青岛，组建了新的山东省委，8月，山东省委遭受第七次破坏，滕英斋被捕。10月，中央批准胡萍舟任书记，并指示省委尽快由青岛迁往济南。

1932年3月，中央将胡萍舟调离，派武平来到山东，11月，又派任作民等来山东，在济南成立山东临时省委。党组织的苦难还没有结束，1933年2月，由于叛徒出卖，任作民等被捕，山东省委第八次被破坏。3月，原山东省委秘书长张北华在济南组织成立了山东临时省委，张北华任书记，宋鸣时任组织部长。7月，宋鸣时叛变投敌，省委遭受1929年以来最为严重的第九次大破坏，省委主要领导几乎全部被捕。11月，张德一从上海来到青岛，组成中共山东省工会委员会。12月，由于叛徒出卖，张德一等人被捕，山东省委机关遭受第十次大破坏（按：关于中共山东省委机关遭受破坏的时间和次数，学术界还存在不同观点，特此说明）。遭到此次破坏后，由于1933年上海党中央迁往中央苏区，1934年红军又踏上了长征的艰难历程，上级没有继续派干部来山东，山东省委没能重新建立起来，山东各地党组织暂时失去了上级党组织的统一领导，也与上级党组织失去了联系，只能各自为战。

闪耀的灵魂

在1929年到1933年，短短4年间，山东省委经历了破坏——重建——再破坏——再重建的艰难历程，无数革命者在频遭劫难的革命历程中，一次次重整旗鼓，生生不息地奋斗在齐鲁大地上。

徐子兴，邮局职员，月薪80多块银元，原本可以过上衣食无忧的安逸生活，却一心扑在党的事业上。一家人节衣缩食，把家产都用在支持党的活动上，甚至因此连家里的正常开支也无法维持，其

徐子兴

中一个孩子被他送到了育婴堂，另一个孩子也因拿不出看病的钱而夭折。在清除叛徒王复元的过程中，由于王复元是他的入党介绍人，二人私交甚好，组织上派徐子兴假装叛变，打入敌人内部。这是十分危险的，不仅会遭到不明真相的同志们的唾骂，而且还随时有可能因身份暴露而失去生命，但为了除去叛徒，徐子兴毫不犹豫地答应了。潜伏在王复元身边的徐子兴，一方面背负叛徒的罪名，忍受着同志们的鄙视、冷遇和谴责，一方面还要对厌恶至极的敌人卑躬屈膝，这其中的痛苦大概只有他自己知道。正是因为徐子兴的忍辱负重，及时传递出叛徒的照片和行踪，才得以除掉王复元。后来，徐子兴身份暴露，被抓捕，屡遭酷刑，但始终泰然自若，不吐露党的任何秘密。敌人气急败坏，把他的妻子儿女抓来威胁。他对妻子说："我活着是党的人，死了是党的鬼！"然后哈哈大笑，充分显示了共产党人无所畏惧的精神。1931 年 8 月，徐子兴和其他 20 名共产党员一起，被军阀韩复榘残忍杀害。

傅玉真，叛徒丁惟尊的妻子，为了革命事业毅然决然地舍小家顾大家，彰显了一名女共产党人的革命气概。当丈夫丁惟尊多次在她面前说"共产党快不行了"时，她敏锐地察觉到丈夫可能叛变了。当叛徒王复元上门并与丈夫相谈甚欢时，她终于确定丈夫叛变了。她伤心至极，恼怒不已，为了革命事业毅然决然地向组织上作了汇报。为了确保不遭受更大的损失，党组织决定由张英处决掉叛徒，傅玉真协同完成这项任务。1929 年 8 月中旬的一个夜晚，张英突然前来拜访，告诉丁惟尊中央来人了，要丁惟尊和他一起去谈重要工作。丁惟尊迟疑之际，傅玉真说：“既然是上面来人，你还是去一趟吧，反正天热也睡不着。”丁惟尊也想趁机刺探情报讨好他的主子，所以就跟着张英出门了。走着走着，丁惟尊突然发现张英面色有异，敏感地意识到情况不妙，转身就跑，但此时为时已晚，张英举起枪，结束了这个叛徒。一面是自己新婚不久的爱人，一面是革命大业，傅玉真经受了常人难以承受的打击，也作出了很多人都无法做到的正确决定。

郭隆真，山东省委妇委主任，是党的早期著名女革命家，曾经赴法留学，在从事革命活动中多次入狱，经历了血与火的考验。在山东省委频遭破坏的危难之际，她临危受命，不顾危险来到山东，在白色恐怖下顽强坚持工作。她频繁出入工人家中，宣传党的政策，引起特务的注意，并将其逮捕，施以各种惨无人道的酷刑。她始终坚称自己只是一名普通女工，敌人气急败坏，每天只给她又黑又硬的窝头。很快，她被折磨得又黄又瘦，得了支气管炎，不停咳嗽吐血。但这些非人折磨并没有使郭隆真屈服，她还伸出友爱之手，体贴入微地照顾病友，自己忍饥挨饿，把省下来的饭送给别的难友。最令人敬佩的是她的革命乐观主义精神，她经常笑声朗朗，深入浅出地讲述很多政治、哲学、历史故事，鼓舞大家的斗志。敌人无计可施，1931 年 4 月，将郭隆真残忍杀害。

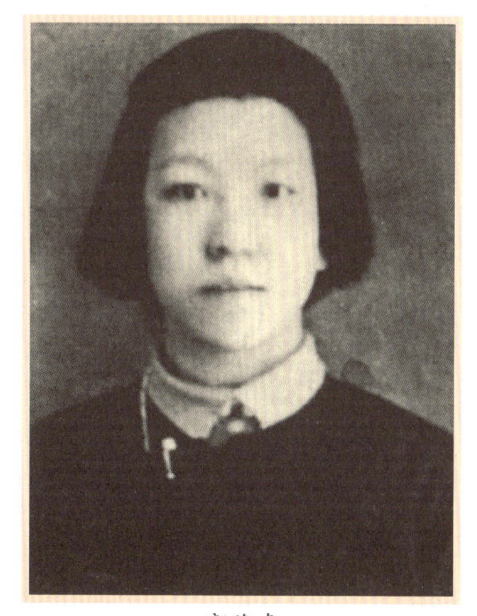

郭隆真

革命战争年代，像徐子兴、傅玉真、郭隆真这样的革命者还有很多，正是这些革命者前赴后继的流血牺牲，我们才有了革命的胜利，才有了今天的幸福生活！

（葛丽）

“四五”忠魂

1931 年 4 月 5 日凌晨，国民党山东当局在济南纬八路侯家大院刑场［今中共山东省委党校（山东行政学院）西校区院内］，一次性枪杀了中共一大代表、山东早期党组织主要创建者和领导者之一的邓恩铭，中共山东省委书记刘谦初，临时省委书记吴丽实，临时省委常委、宣传部长兼青岛市委书记党维蓉，中国妇女运动先驱、省委妇委书记郭隆真，省委秘书长雷晋笙、刘晓浦，临时省委秘书于清书，省学联负责人朱霄及山东各地党团组织和工人运动领导人王凤岐、李敬铨、陈德金、李华亭、纪子瑞、车锡贵、孙守诚、赵鸿功、孔庆嘉、任守钧、王锡三、刘一梦、宋占一等 22 名中共党员。这就是著名的济南“四五”烈士。

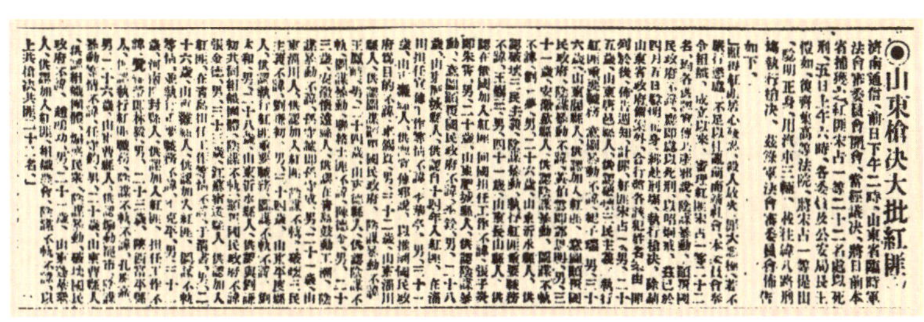

◉山東槍決大批紅匪

濟南通信、前日下午二時、山東省臨時軍法會審委員會開會、審標議決、將日前本省捕獲之紅匪宋占一等二十二名處以死刑、五日上午六時、各委員及公安局長王愷如、俾齊魯高等法院、將宋占一等提出驗明正身、用汽車三輛、拔往緯八路刑場執行槍決、茲錄軍法會審委員會佈告如下、

1931 年 4 月 8 日《申报》刊登“四五”烈士消息

不屈不挠　坚持狱中斗争

1929 年，邓恩铭等被捕入狱后，先后被关入济南普利门外的山东省第一监狱，国民党反动当局采取高压政策，妄图通过长期监禁，

邓恩铭

摧残其肉体，销蚀其革命意志，动摇其革命信仰。但是，被监禁在狱中的大多数共产党人，没有被敌人的监禁、利诱、严刑和屠杀所吓倒，他们组织起来，团结被监禁的难友，同敌人进行了不屈不挠的斗争。

邓恩铭为把被捕入狱的共产党员组织起来，在狱中秘密成立了党组织，并先后组织狱中难友进行了几次绝食斗争，不仅取得了改善伙食、允许看报、不戴脚镣等待遇，还使狱中难友团结到狱中党组织周围。邓恩铭从报纸上看到一则消息：1929 年 3 月 28 日，在全国人民愤怒反抗的压力下，《中日济案协定》在南京正式签字，规定在山东境内的日军，自签字之日起，在两个月内完全撤出。他遂与狱中难友们分析推断，日军将从济南撤出，国民党蒋介石反动势力将控制山东。为此，邓恩铭提出，在日军撤出与国民党政府接管济南的混乱之机，做好准备，寻找时机，发动越狱斗争。这一主张得到了狱中党员的一致赞同。

邓恩铭在组织准备越狱期间，还对同狱室的直鲁联军军官李殿臣等人进行了团结、教育、争取工作，得到了他们的积极支持，他们表示愿带头冲锋。不料，当邓恩铭等设法与其他狱室党员联系准备越狱时，越狱计划被一动摇分子得知。为避免计划暴露，狱中党组织被迫于 4 月 19 日晚仓促举事。在邓恩铭指挥下，李殿臣等人寻机猛然打倒看守，共有 19 人冲出看守所。然而，由于经验和准备不足，除共产党员杨一辰逃出外，邓恩铭等 18 人又先后被抓回。身体原本瘦弱的邓恩铭，被抓回后遭到严刑毒打。但他毫不畏惧，依然顽强领导狱中党员坚持斗争。狱中党组织在邓恩铭的领导下，认真总结了第一次越狱斗争的经验教训后，组成了以邓恩铭等 5 人为核心的越狱领导小组，并把狱中其他党员，按身体强弱搭配，分为 3 个小队，寻机组织第二次越狱。他们还利用上厕所时机，把清洁厕所用的石灰装成小袋，悄悄带进牢房，备作越狱时的“特殊武器”。

进入 7 月，越狱领导小组决定，21 日下午看守送晚饭开门时，按计划组织越狱行动。21 日当天下午，送晚饭的看守一打开牢房门，在邓恩铭的示意指挥下，由曾任中共淄博矿区党组织负责人的刘昭章等几个身强力壮并有较好武功的共产党员组成的第一小队，在何志深率领下，以迅雷不及掩耳之势，将看守打倒掐死，拿起看守的枪冲出牢房。接着，他们将监狱第一、第二道大门的两个看守用腰带勒死，又迅速冲向临街的第三道大门，也是冲出监狱的最后一道大门。率第一小队的何志深负责发布行动信号，他冲到监狱办公区大院后，敲响了吊钟。第二、第三小队闻讯后，立即冲出牢房，奔向监狱大院。在最后一道大门的两个看守和一个值班人员，被这突如其来的冲击吓蒙了。当他们回过神来想举枪反击阻止时，已冲到他们近前的越狱队员们，迅速把握在手中的“特殊武器”——石灰包，一齐打向这几个看守。几人被打得晕头转向睁不开眼，还不停地咳嗽打喷嚏。这时，不知从哪里闻讯赶来的一个看守，一下蹿到越狱队员们面前，企图开枪重新控制最后这道大门。刘昭章一个箭步冲上去，三拳两脚就将其打死在地。

经过短暂激烈搏斗，越狱小队终于控制了监狱最后一道铁门。3 个小队的难友们冲出大门，按原定计划，迅速分路疏散。然而，因山东省委刚遭严重破坏，狱外党组织未能与狱内党组织取得联系，没有派人前来接应。加上这些共产党员长期被关押囚禁，大部分人遭敌严刑毒打，身体孱弱，没跑多远就没了力气。最终这次越狱的

18名共产党员，除武胡景、何志深、王永庆、李宗鲁、蓝志政、孙秀峰6人成功越狱外，邓恩铭等12人先后被抓回监狱。这次越狱斗争，震惊了国民党当局上下，被当时国民党报纸称为“济南巨案”。“第一模范监狱”的看守长因“渎职”被枪毙；国民党济南高等法院等部门，受到南京国民党中央政府的“戒饬”。

慷慨就义 谱写壮烈悲歌

1930年9月，在中原大战中背叛冯玉祥投靠蒋介石的韩复榘，被委任为国民党山东省政府主席。为表忠心，韩复榘积极奉行蒋介石的“灭共剿匪”政策，与国民党山东省党部主任委员张苇村一起，疯狂地逮捕屠杀共产党员和革命志士。1930年10月，邓恩铭在给母亲的最后一封家书中写下了诀别诗：“卅一年华转瞬间，壮志未酬奈何天。不惜惟我身先死，后继频频慰九泉。”11月，刘谦初在给党中央的信中写道：“事已至此，没有营救的可能，请不必进行营救工作。我心里很平静，正在加紧读《社会进化史》，争取时日，多懂一些道理。”1931年4月，刘谦初写下给妻子的遗书：“我现在临死之时，谨向最亲爱的母亲和亲爱的兄弟们告别，并向你紧握告别之手。望你不要为我悲伤，希你紧记住我的话：无论在任何条件下，都要好好爱护母亲！孝敬母亲！听母亲的话！”刘谦初把党比作亲爱的母亲，把

刘谦初

同志比作兄弟，嘱咐身边的同志在任何时候都要爱护“母亲”，听“母亲”的话。郭隆真是“四五”烈士中唯一的女共产党员。被捕后，她多次遭敌人严刑拷问。但为保护党的机密，她一口咬定自己是没有固定住处的打杂女工，没有名字，只知娘家姓李，婆家姓张，直到被害，敌人都不知道她的真实身份。刘晓浦被捕后，二哥刘云浦曾变卖家产，携巨款去济南设法营救。兄弟见面时，刘晓浦说：“不要再花钱了。我和他们（指国民党反动派）是死对头，不是鱼死，就是网破。如果自首才能出去，那是永远也办不到的。”

1931 年 4 月 2 日下午，国民党山东省党务整理委员会召开第 104 次会议，会议在结束时动议，致函给山东临时军法会审委员会，“从速枪决已判死刑之共犯”。4 月 5 日凌晨 6 时，国民党山东省当局将邓恩铭等 22 名共产党员从狱中押出，用 3 辆汽车，载往纬八路侯家大院刑场，枪杀于纬八路东南草地上。其中，郭隆真刚出监狱大门，因高呼口号，被押回狱内杀害。大屠杀发生当夜，中共济南特支书记胡允恭主持召开特支紧急会议，作出三项决定：一是立即派人去青岛向省委和省互济会报告，并请省互济会派人来济收敛安葬烈士遗体；二是派人抄录国民党临时军法会审委员会发布的《布告》，通知烈士家属；三是发表宣言，揭露国民党军阀韩复榘的罪行。同时商定，特支成员于 6 日下午，化装分组到纬八路刑场向烈士遗体告别，悼念牺牲的战友。

6 日傍晚，中共济南特支成员按时集合，自东而西，缓步向纬八路刑场走去，凭借夕阳的残光，清楚地看到 21 位战友倒卧在草地上，流出的鲜血已成赭色。他们有的怒睁双目，有的口大张开。可以想见他们在临刑时的愤怒、壮烈，他们是在高呼口号中倒下去的！目睹战友的遗容，特支成员的心中燃起熊熊的烈火。但在白色恐怖下，他们把怒火强压在心头，谁也不吭一声。离开刑场不远，姚第鸿再也按捺不住，悲愤地哭出声来。胡允恭怕有密探跟踪，暗中捏了他一下，即指挥大家散去。

济南“四五”烈士中，年龄最大者41岁，最小的才20岁，平均年龄28岁。虽然生前所担负的工作和斗争经历不同，但他们都有着对信仰的坚定、对党的忠诚、对人民的热爱和对共产主义事业的追求。伟大的中国共产党人，擦干眼泪，掩埋好战友的遗体，踏着战友们的血迹，继续奋勇向前。

为纪念“四五”烈士，1989年4月，“四五”烈士纪念碑在济南市纬八路侯家大院刑场旧址附近的青年公园（今槐荫广场）正式落成，时任国家副主席王震为纪念碑题词——宁死不屈，浩气长存。中共山东省委原书记、时任山东省顾问委员会主任梁步庭题词——垂范后来。纪念碑由大理石几何形碑体和铜浮雕组成：高4.05米的汉白玉碑体代表着烈士们的纯洁心灵和崇高气节；红大理石底座象征着烈士们洒下的鲜血；坚硬的花岗石平台意味着烈士们的革命精神永垂不朽；平台周围翠绿的草坪代表广大青年继承先烈遗志的决心。2020年4月，中共山东省委党校（山东行政学院）在西校区“四五”烈士牺牲地旧址建成“四五”烈士党性教育基地。烈士已逝，精神不朽。抚今思昔，倍感中国革命的胜利来之不易。重温历史，我辈当继承先烈的革命精神和革命意志，奋发工作，为实现中华民族伟大复兴的中国梦而努力奋斗！

济南“四五”烈士纪念碑

（王巨新）

中共山东省委的重建

1936年5月1日劳动节，在济南四里山的一座坟地里，3个年轻人在这里开会，他们都眼含热泪，因为盼望了近3年之久的历史性的一刻终于来临了——重建中共山东省委。他们是黎玉、赵健民和林浩，正在筹谋山东的未来，黎玉任书记，赵健民任组织部长，林浩任宣传部长，停滞多年的中共山东省委终于重新开始运转，山东的党组织又有了统一的领导。

山东省委重建之际，中央红军已经胜利到达了陕北，并召开了瓦窑堡会议，制定了抗日民族统一战线，中国革命进入了新的发展阶段。重建后的山东省委大力宣传中国共产党的方针政策，动员山东人民投入到抗日战争的滚滚洪流中。

黑暗中的两颗明星

中共山东省委遭遇十次大破坏后，山东各地党组织失去了上级党组织的统一领导，只能艰难地开展独立斗争，黑暗笼罩着齐鲁大地。

野火烧不尽，春风吹又生。虽然山东省委和各地党团组织频遭破坏，但新城兵工厂和山东省立第一乡村师范两个党支部，在险恶的环境中仍然坚持斗争，保存了革命的星火，并逐步带动点燃周边，最终引燃了全省的革命风暴。

新城兵工厂是一个拥有1600多人的官办大型兵工厂，工人多，觉悟高，党组织战斗力很强，一直致力于领导工人运动，争取工人权益。1928年2月，兵工厂党支部就领导工人们成功进行了索薪斗争，第二分厂的所有工人进行了济南工运史上少有的全体辞职式大罢工，全厂被迫停产。1933年，南京国民政府决定将兵工厂迁往汉阳，常年居住在北方的工人们不愿背井离乡，党支部决定领导工人起来斗争。“打倒胡天一！”“反对机器南迁！”1933年6月4日，这样的标语贴满了济南的交通要道，全厂工人举行总罢工，反对将新城兵工厂迁往汉阳。6月5日下午4时，70多名工人冒雨赶往省政府请愿。在工人们的坚决斗争下，厂长胡天一被调离，工人们普遍加薪两级，军政部也放弃了工厂南迁的计划，斗争取得了胜利！

济南城北的北园白鹤庄，有几排新旧相间的平房，一条弯弯曲曲的小溪从平房门前流过，岸边杨柳摇曳，周围是一片片稻田和美丽的荷塘，这里就是山东省立第一乡村师范——1929年建立的一所负责培养小学教师的公立师范中等学校。在第一任校长鞠思敏的主持下，学校思想开放、治学民主，形成了爱国、民主、团结、进步的良好校风。学生们大都来自农村，家境贫寒，怀有社会变革的愿望，容易接受革命思想。学校建立不久就成立了党支部，并从学生中不断发展党员和共青团员。在山东省委处境艰难的几年里，乡师

位于济南白鹤庄的山东省立第一乡村师范学校

党支部一直都与省委断断续续联系着，支部的一些党员也曾先后被捕。此外，党支部还成立了读书会，作为学习和宣传革命思想的重要平台。九一八事变以后，省立第一乡师的师生们积极参加南下请愿团，创办题名为《前冲》的刊物，揭露南京国民政府的不抵抗政策，还深入到群众中去，进行抗日救国宣传。第一乡师党支部小心翼翼地在白色恐怖下甚至有时是与上级党组织失去联系的情况下继续坚持斗争，将革命的星火一点点保留了下来，在这里入党并成长起来的一批年轻党员，如赵健民、姚仲明等人，都逐渐成为山东党组织的骨干力量，为后来山东省委的重建作出了巨大贡献。

赵健民临危受命

1932年暑假过后，省立第一乡师迎来了第四届新生，其中有一个朴实的少年，他就是立志来此寻找党组织的赵健民。虽然在所有学生中考试成绩名列前茅，但当时他只是一个懵懂的青年，谁也没有想到，这个青年几年内迅速成长，成为山东党史上的重要人物。

赵健民

赵健民，1912年6月24日生于山东省冠县赵梁堂村。年幼时，其父遭人诬告惨死狱中，赵健民由祖母和母亲抚养长大，10岁入私塾读书，12岁开始习武，成长为一个能文能武的少年。16岁时，赵健民考入县立第一中学，开始接受各种新思想。九一八事变爆发后，面对蒋介石的不抵抗政策，赵健民十分生气，他和进步学生们一起走上街头，号召民众反蒋抗日。后来，赵健民考入临清乡村师范，开始接受马克思主义思想。1931 年寒假，赵健民见到了在省立第一乡师学习的同乡钱立勋，得知乡师有党组织的存在，遂决定中断学业前去寻找共产党，就这样，赵健民出发前往济南，准备考取省立第一乡师。

顺利考取第一乡师以后，赵健民积极参加学校里组织的各种活动。很快，党支部就注意上了这个积极上进的青年，1932 年 11 月，赵健民加入了共产主义青年团，后来又成为一名光荣的中共党员，开始了他一生为党和人民的事业苦苦奋斗的历史。

1933 年 2 月，山东省委遭到严重破坏，乡师的 3 名负责人也被抓捕，校园里一片恐慌，赵健民十分难受。7 月，山东省委又遭受大破坏，团市委的宋天民来到乡师避难，十分痛心地和赵健民谈到省委被破坏的状况。为了寻找上级党组织，宋天民决定前往胶东，临走时他把自己了解的党员名单全部交给了赵健民，让他领导他们继续坚持斗争。赵健民当了两床被子，加上自己手头的两元钱，给宋天民凑了路费。晚上，赵健民将宋天民送到火车站，看着徐徐离开的火车，想到频遭破坏的党组织，十分悲愤，但也油然产生了一种历史责任感。送走宋天民后，赵健民按照宋天民提供的名单一一去寻找，但在当时的白色恐怖下，多数党员不敢承认自己的身份，坚持斗争的只有第一乡师和新城兵工厂的几位青年党员。赵健民没有气馁，仍然坚定革命必胜的信心，和其他几位青年党员一起，积极发展新党员。功夫不负有心人，到 1934 年，济南一共建立了 9 个党支部，发展了 70 多名党员。5 月，济南这些党支部自行成立了中共济南市委。

为发展全省党组织，赵健民还不辞辛苦，奔赴鲁西南、鲁西北、鲁东、鲁北等地，指导那里的党组织工作。到 1935 年秋，与济南有联系的全省各地党员、团员有 500 多人。1935 年冬天，赵健民骑着自行车赶赴莱芜，与在莱芜坚持斗争的党组织负责人刘仲莹见面。他沿着山间崎岖的小路艰难前行，遇到没有桥的小河，就卷起裤腿，扛着自行车蹚过去，革命的热情让他全然顾不上河水的刺骨寒冷。见到刘仲莹后，他们讨论决定自行成立山东省临时工委，领导全省党组织。

苦苦寻觅上级党组织

山东省党组织的独立斗争虽然取得了一些成果，但革命道路究竟应该怎么走，中国革命的进程到了哪个阶段，赵健民、刘仲莹等人实际上也不是很明确，还是迫切需要上级党组织的指导。因此，赵健民等人在顽强坚持独立斗争外，一刻也没有放弃寻找上级党组织的努力，多次派人去上海、北平，但都没有与上级党组织取得联系。为了寻找党组织，刘仲莹变卖了全部家产；鹿省三为了找到上级党组织，在盘缠用光以后，不得已在码头上扛大包，甚至还去要过饭。迟迟找不到上级党组织，赵健民也心急如焚，只要听说哪里有党组织的消息，他就放下一切赶去寻找，但经过多次的寻找，都没有实质性进展。

1935 年春，省立第一乡师迎来了第六届新生，其中有一个叫郭崇豪的新生，来自鲁西北濮县，他思想进步，被发展为党员。他告诉赵健民，他的家乡有共产党的组织，而且好像还和河北省党组织有联系。仿佛黑暗中的一束光，赵健民听后十分振奋，决定奔赴濮县寻找党组织。1934 年初秋的一天，赵健民骑着自行车，昼夜兼程，奔向濮县，见到了濮县县委书记王士希和直南特委巡视员刘晏春。他将山东党组织的斗争状况和急需上级党组织领导的情形向刘晏春作了详细说明。刘晏春答应赵健民，会将山东党组织要求上级党组织来山东恢复省委的意见报送上去。临走之际，他们还商量好将“上级党组织”的暗语定为“老掌柜”。至此，寻找上级党组织的事情总算有了一些眉目，赵健民很高兴。

1935 年冬季的一天，郭崇豪接到家乡的一封信，信中说道：“老掌柜已到濮县，请速来洽谈一笔生意！”郭崇豪赶紧把这封信拿给赵健民看。赵健民激动得跳了起来，马上安排好手上的工作，骑上自行车，急急忙忙再次奔赴濮县。

濮县古云集镇徐庄，是出了名的穷地方，村南肥沃的土地都被地主和恶霸霸占，村北的大片土地原来是黄河故道，沙岗起伏，一到春天就刮得天昏地暗，常常是十年九不收。村里有叔侄两人曾经在外求学，思想进步，1934 年，两人加入了共产党，他们回村后继续进行革命宣传，建立了党支部，并发展了十几名党员。1935 年秋，直鲁豫特委书记黎玉来濮县指导工作，就住在这里。赵健民到达濮县以后，王士希带他见到了黎玉。黎玉告诉赵健民，北方局对和山东省委失去联系也很着急。赵健民向黎玉详细汇报了山东各地党组织的斗争情况。黎玉很高兴地说：“山东省委被破坏，你们能独立坚持工作，真是难能可贵！”他叮嘱赵健民回去后，要保存力量，以待时机。黎玉还让赵健民将山东的工作写成报告，由他转给北方局。当晚，两人促膝长谈，一直到深夜，直到王士希不断催促，才上床休息，但精神亢奋的赵健民根本无法入睡，脑海里波涛汹涌，一方面是因为终于联系上了上级党组织十分兴奋，另一方面他敏感地意

赵健民、黎玉使用过的自行车

识到中国共产党正面临着一个重大历史转折。

回到济南后，赵健民将濮县之行的具体细节向同志们作了详细介绍，独立斗争两年之久的山东省党组织终于与上级党组织取得联系，大家都很高兴。

黎玉来到山东

1936年4月的一天，一个年轻人骑着破旧的自行车，正在急急忙忙从冀南赶往山东，他就是刚刚被任命为中共山东省委书记的黎玉。黎玉此行，是受刘少奇所托，肩负重建山东省委的重任。黎玉行色匆匆，很快就到了黄河边，春天的黄河两岸，草长莺飞，一片生机盎然，但黎玉不敢有片刻的停留，他只想尽快赶到济南，山东党组织现在是什么情况，他的心里也没底。

黎玉到达东阿境内时，对面来了两个穿黑衣服的人上来盘查。黎玉曾经听说韩复榘规定山东的行政公务人员必须穿黑色制服，一开始还以为是山东的公务人员，但很快发现他们只拿走了几元零花钱，还十分关注他带的一件新长衫，黎玉马上明白他们是土匪，只是抢劫财物而已，稍稍松了一口气，但也发愁怎么摆脱他们。这时，又来了一个商人模样的人，骑着一辆崭新的自行车，其中一个土匪拦了过去。黎玉看另一个土匪正专心看他的长衫，就大声说：“朋友，出门靠朋友，你喜欢吗？就送你了，我还有事要办

黎玉

呢，先走了！”说完纵身一跃，跨上自行车就走了。黎玉深知此行责任重大，不能有任何差池，即使是这辆破旧的自行车，也是朋友送的，是今后开展工作的必需品，他必须小心再小心，才能不负重托。

为了减少不必要的麻烦，黎玉一路没敢住宿，直奔济南全福庄小学，这是赵健民告诉他的接头地点，也是乡师毕业的党员姚仲明的工作单位。太阳落山之前，他就赶到了全福庄小学。时隔近三年终于看到上级党组织来人的姚仲明十分兴奋，第二天就赶紧派人通知了赵健民。收到通知的赵健民当天晚上就匆匆赶到姚仲明的住处，一看来人是黎玉，高兴极了。黎玉告诉赵健民，北方局任命他为山东省委书记，重建山东省委。多年的苦苦寻觅终于有了结果，赵健民长长地舒了一口气。全福庄小学只有姚仲明一个党员，赵健民感觉黎玉住在姚仲明的学校里不安全，就让黎玉搬到了自己的住处。

黎玉是第一次来到济南，他对济南的了解还停留在《老残游记》里的“家家泉水、户户垂杨”的阶段，对济南党组织的了解也仅限于赵健民的介绍。因此，首当其冲的是要先摸清山东的情况。为安全起见，不能通知各地市的负责人来济南，黎玉先分别见了济南几个主要党支部的负责人。他对山东党组织在艰难的环境下继续坚持斗争赞赏不已，对济南市委、鲁西特委和莱芜县委的工作大加表扬，认为山东的党组织已经由点到面，省委一旦重建，山东的工作会迅速开展起来。黎玉还向赵健民等人介绍，历经九死一生艰难长征的中央红军已经顺利到达陕北，中国共产党最艰难的时刻已经过去，中国革命已经进入新的发展阶段。说到动情处，他紧紧握住赵健民的手，两人都眼含热泪，为中国共产党终于摆脱困境而振奋不已。

重建山东省委

经过一段时间的了解，黎玉认为重建山东省委的时机已到，1936

年 5 月 1 日，在济南四里山下的一片坟地里，黎玉、赵健民、林浩开会。黎玉宣布重建山东省委，黎玉任书记，赵健民任组织部长兼济南市委书记，林浩任宣传部长。新的山东省委明确今后的主要任务是围绕抗日救国，宣传抗日民族统一战线，推动抗日救国工作，团结一切可以团结的人一起抗日。

山东省委重建后，首先在全省各地展开党组织的恢复和发展工作，但恢复党的工作千头万绪、困难重重：一方面，由于韩复榘的疯狂迫害，很多老党员和党的骨干力量先后被杀害或者与党组织失去了联系，还有一些党员或是被迫离开山东，或是被抓进监狱，新的骨干一时也培养不起来。另一方面，党的活动经费很难筹集，大家只能分头去借，但能借到的钱毕竟有限，有时连吃饭的钱都没有。坚强的共产党人凭借顽强的革命意志克服了一个又一个困难，依靠现有的党员不断扩大力量，使山东党组织的工作一点一点开展了起来。

1936 年 6 月的一天，交通员徐宾带回了北方局的文件和 100 元活动经费。看到密密麻麻如绿豆般大小的印刷字体，大家喜出望外，根本来不及等到第二天，就在昏暗的灯光下连夜阅读和讨论起来。为扩大党的影响，重建的省委决定以中国共产党山东省工作委员会的名义对外发表一篇宣言，揭露日本帝国主义妄图变中国为其殖民地的狼子野心和汉奸亲日派的卖国罪行，抨击国民党“攘外必先安内”的反动政策，号召停止内战，一致对外。文章发表以后，引起了各界强烈反应，都很赞成共产党提出的团结抗日主张。

在黎玉、赵健民等人的不断努力下，山东党组织逐渐恢复和发展起来，随着西安事变的和平解决，国共实现第二次合作，山东省委领导山东人民很快投入到了抗日战争的滚滚洪流中！

（葛丽）

第三编
全民族抗战时期

面对日军疯狂侵略带来的严重民族危机，山东党组织在中共中央领导下，高举抗日民族统一战线旗帜，毅然肩负起领导山东抗战的历史重任，先后发动数十次抗日武装起义，组建了土生土长的八路军山东纵队，初步创建了敌后山东抗日根据地。随着八路军第一一五师主力入鲁，山东抗日根据地和抗日民主政权逐步发展壮大，并在此基础上成立了中国共产党领导的第一个省级政府——山东省政府。齐鲁大地的抗日烽火中，诞生了《跟着共产党走》《沂蒙山小调》等久唱不衰的革命歌曲，也留下了很多共和国开国将帅的战斗足迹。陈明、辛锐等无数烈士长眠于此，沂蒙红嫂、胶东乳娘同样可歌可泣。这里有数不清的红色遗迹：悲壮惨烈的大青山突围，勇救群众的马石山十勇士，智斗日军的海阳民兵和地雷战，周密安排 13 万两黄金送延安，充满传奇的鲁南军区铁道大队……英勇的山东人民，用鲜血和智慧，书写了争取民族独立的丰功伟业，也凝练出水乳交融、生死与共的沂蒙精神。

红旗插上徂徕山

1937 年 10 月，日军侵入山东，中共山东省委书记黎玉在济南召开紧急会议，根据中共中央和北方局关于在敌后发动抗日武装起义和开展游击战争的指示，制定了分区发动抗日武装起义计划和山东抗日游击队十大纲领。从 1937 年下半年到 1938 年 6 月，在全省范围内先后发动了 10 次较有影响的抗日武装起义，其中，中共山东省委直接领导了徂徕山抗日武装起义。

铁肩道义

1937 年卢沟桥事变后，日本政府迅速向华北增派援军，扩大侵略战争。7 月底，日军占领北平和天津，接着以 30 万兵力分三路在华北地区展开战略进攻。8 月 13 日，日军进攻上海，并制订了 3 个月灭亡中国的狂妄计划。

日本的全面侵华战争，使中华民族面临亡国的严重危险。在卢沟桥事变后的第二天，中国共产党即向全国发出通电，指出，只有全民族实行抗战才是中国的出路，号召全国人民、军队和政府团结起来，筑成民族统一战线的坚固长城，抵抗日军的侵略。7 月 15 日，中共中央向国民党提交了《中国共产党为公布国共合作宣言》，提出实行国共合作，积极推动形成全国抗日民族统一战线。8 月 22 日至 25 日，中共中央政治局在陕北洛川召开扩大会议，制定了抗战纲领，部署全党抗战。全党各级组织和广大共产党员，积极响应党的号召，不顾安危，勇赴国难。

根据中共中央关于开展独立自主敌后游击战争的方针和中共中央北方局“每一个优秀共产党员，应该脱下长衫到游击队去”的指示，中共山东省委勇敢地担负起了领导山东人民抗战的历史重任。1937年10月上旬，山东省委在济南秘密召开紧急会议，着重研究了开展敌后抗日游击战争的问题。会议分析了国共合作后出现的新形势，结合山东的实际，作出了一个既有胆略又有气魄的大决策——决定把山东省按东、西、南、北、中划分为10个地区，在全省分区发动抗日武装起义。1937年10月中旬，省委机关、中华民族解放先锋队山东省队部以及平津、济南流亡同学会陆续从济南转移到泰安。泰安城一时成为全省抗战的中心。

共赴国难

徂徕山位于泰安城区东南30多公里处，地处山东的腹心。它北依泰山，南靠蒙山，东邻莲花山、沂山、鲁山，西通泰西大峰山，四周群山环绕成为天然的屏障，有利于开展游击战，正在长驱南下的日军一时还难以顾及，而且党在这一带有较好的群众基础。因此，山东省委在1937年10月研究部署全省抗日武装起义的计划时就已确定，省委直接领导泰安、莱芜、新泰、宁阳、泗水等县的党组织，以徂徕山为集结点，发动抗日武装起义。

山东省委在泰安活动地点之一夏辅仁家

11月13日，日军占领齐河、济阳，陈兵黄河北岸，不时有飞机过河轰炸，城乡人心惶惶。韩复榘为保存实力无心守土，准备逃跑。而广大共产党员、爱国志士却不顾个人安危，义无反顾地聚集在抗战的旗帜下，围绕抗战开展了一系列工作。

泰安县 1937年8月，与党失去联系的泰安共产党员鲁宝琪到济南找到了省委，被省委任命为中共泰安临时县委负责人，领导泰安的抗日救亡工作。9月，鲁宝琪与共产党员、泰安民众教育馆馆长马馥塘，发起成立了泰安民众抗敌后援会，推举德高望重的泰安老教育家范明枢为主任。同月，泰安临时县委会同马馥塘和泰安社会教育实验区主任、共产党员于一川成立了泰安县人民抗敌自卫团，马馥塘任团长。

省委到泰安后，于1937年10月正式建立了中共泰安县委，任命出狱回泰安城的夏辅仁为书记，鲁宝琪任组织部长，于一川任宣传部长。10月下旬，泰安县委在城南蓖子店召开自卫团代表会议，正式成立泰安县人民抗敌自卫团，推举程照轩任主席、崔子明任副主席。会议决定以津浦铁路为界，分东、西两区发动抗日武装起义，东区由夏辅仁、鲁宝琪负责，西区由崔子明、武冠英负责。

新泰县 原有党员几十名，曾遭受破坏，一度与上级失去联系。1937年9月，孙汉卿到新泰指导工作，此时保存有十几名党员。以王宪廷为书记的新泰县委在城区发展了200余名民先队员，开展了一系列抗日宣传活动。11月，董琰、李枚青出狱回到家乡新泰，在孙汉卿主持下，成立了由董琰、李枚青、刘少傥组成的新泰县工委，董琰任工委书记。工委和原县委成员重新调整了划片分工，将全县分为六大片区，分头发动抗日武装。

莱芜县 抗战前，莱芜县党组织由于叛徒破坏而遭受较大损失。1936年夏，省委派秦化龙为负责人回莱芜，联络恢复了一批党支部。此时加上获释出狱和从外地秘密回乡的党员已达100余人，组建了汶河南、汶河北两个区委，由黄仲华、刘舜卿分别任区委书记，积极开展抗日救亡活动。11月，省委代表刘居英到达莱芜，重建莱芜县委，秦化龙任书记，黄仲华任组织部长。县委积极开展上层人士的统战工作，并划片分工，要求每个党员动员两至三人加入抗日游击队，很快在全县组织了数百人。

泗水县 共产党员管竹溪、曹宇光、周蓝田、张林夫、刘海岩等人，根据省委部署在丑村、柘沟两地区分头发动组建抗日游击队。

宁阳县 东庄镇有名望的爱国知识分子朱蕡阶，原为青州省立十中教师，抗战爆发后回到家乡，周围团结聚集了一批爱国人士和青年学生，他目睹山河破碎，苦于报国无门，后来遇到了共产党员周蓝田，了解了党的抗战主张，决心在共产党领导下组建队伍抗日。

徂徕山上红旗飘

各县党组织带领党员们四处奔走，广泛发动，组织建立起了一支支几十人、上百人不等的游击队，各自筹集了一些枪支武器，等待省委命令，蓄势发动抗日武装起义。

面对严峻复杂的形势，山东省委审慎地选择了起义时机。1937年10月22日，省委在泰城文庙召开有省委机关、泰安县委负责人和红军干部参加的会议。黎玉分析了山东形势，认为各地发动抗日武装起义的时机，应选择在韩复榘部队开始撤退或已溃散，而日本侵略军尚未到达或虽到达但立足未稳之际。起义过早会遭到镇压，过迟会丧失有利时机被日军剿灭。

山雨欲来风满楼，英雄的徂徕山即将迎来一个光辉的历史时刻。

11月5日，日军再度向山东大举进犯，鲁北地区完全沦陷。12

月23日，日军兵分两路渡过黄河，韩复榘率部弃城南逃；24日，日军飞机轰炸泰安城；27日，省城济南沦陷，形势骤然严峻。

12月24日，中共山东省委转移到泰安城南篦子店村的民众教育实验小学。27日，省委召开紧急会议，黎玉、洪涛、金明、刘居英、林浩、马馥塘、程照轩、孙陶林、武中奇、武思平等10人参加会议（当时被称作“十人会议”）。会议根据急剧变化的形势，研究确定了起义的具体部署，决定在泰安城沦陷时正式举行起义。随后在附近的夏村召开活动分子会议，宣布了省委关于起义的决定，派人通知各县党组织，在日军占领当地时集合队伍，向徂徕山会合。

12月30日，日军逼近泰安。31日，各地接到通知的起义人员陆续向徂徕山西麓的四禅寺（当地人称“大寺”）集合。当天晚上，日军占领了泰安城。1938年1月1日清晨，朝霞映红了徂徕山，各地赶来参加起义的160余名抗战志士，携带着五六十支各式枪支和长矛、大刀等，聚集在徂徕山西麓的大寺。伴随着火红的朝霞，一面绣有镰刀斧头和“游击”二字的红旗高高飘扬，庄严的抗日武装起义誓师大会开始了。

起义地点徂徕山四禅寺（大寺）

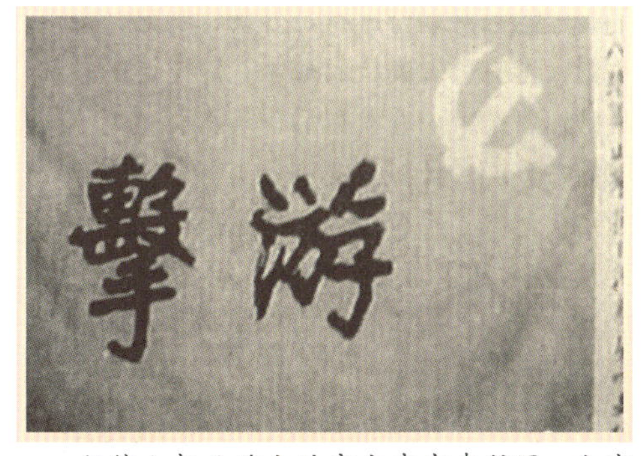

徂徕山起义旗上的字由武中奇所写，女战士娟绣

大会由孙陶林主持，省委书记黎玉代表省委正式宣布起义。起义部队命名为“八路军山东人民抗日游击

第四支队”，洪涛任司令员，黎玉兼任政治委员，赵杰任副司令员，林浩负责政治部工作，马馥塘任经理部主任。

参加起义誓师大会的各地起义人员被编为两个中队。省委机关、平津流亡学生和泰安来的90余人编为第一中队，赵杰、程照轩、封振武在徂徕山南的山阳、封家庄发动的50余人编为第二中队。另外，参加起义的10余名女学生编为宣传队。几天后，四支队转移到徂徕山东麓的光化寺，以迎接新泰、莱芜的起义队伍。

1月2日至3日，莱芜的第一批起义人员在田家林集合了88人，在刘居英等带领下，随省委派来的倪灿武奔赴徂徕山，7日拂晓到达光化寺，被编为四支队第三中队。

1月4日至9日及此后不久，新泰发动的80余名起义人员分4批集合到光化寺。不到1个月时间里，四支队已发展到400余人，成为一支初具规模的抗日队伍。

山东人民抗日游击第四支队成立后，省委认真研究了部队的建设问题，决心在抓好军事训练的同时，按照红军建设模式搞好部队政治建设。四支队建立政治工作制度，各中队成立了党支部，设立指导员，排成立党小组，班设政治战士，从而加强了部队的政治工作，保证了党对军队的领导，为部队的发展壮大奠定了基础。徂徕山里抗日歌声此起彼伏，练兵号子响彻山谷，一支新型人民军队在迅速成长。

义师出征

山东省委和四支队在进行了短暂的军事训练后，于1938年1月中旬率部下山。1月25日，四支队根据情报，决定在徂徕山南的寺岭村伏击日军的运输队。支队挑选精干人员组成突击队，由赵杰、封振武率领，于26日拂晓前赶到寺岭埋伏，一直等到下午，敌人进入伏击圈，指挥员一声令下，战士们居高临下向敌猛烈开火，骄横的侵略者在泰安受到第一次有力的打击。战斗中三中队班长杨桂芳壮烈牺牲。

为配合台儿庄会战，2 月 18 日，四支队在新泰城西的四槐树打了一个漂亮的伏击战。封振武率领二中队精干武装在四槐树桥上埋下 2 颗地雷后，埋伏于公路两侧。当天，日军的几辆军车从西向东开进，车经过桥头时引爆地雷，炸毁敌大小汽车各一辆，炸死炸伤日军 40 余人，其中炸死大佐 1 名。二中队达到目的后迅速撤离。这次战斗，极大地鼓舞了部队和群众的抗战热情。

四槐树战斗之后，四支队很快发展到 5 个中队。根据形势的发展，省委在新泰县刘杜村召开了省委扩大会议，黎玉、林浩、景晓村、洪涛、夏辅仁、孙陶林、李林、金明、刘居英、朱毓淦、程照轩、董琰、侯德才等参加了会议。这是第四支队成立后，省委召开的第一次比较重要的会议。会议决定由省委书记黎玉去延安向中共中央汇报请示工作，由林浩代理省委书记和四支队政治委员；四支队分两路开展活动，以扩大影响、壮大队伍和开辟创建根据地。北路由第一、第三、第四中队组成，编为第一大队，由洪涛、林浩率领向北，赴莱芜、博山、淄川、章丘一带发展；南路由第二、第五中队和直属队、宣传队组成，编为第二大队，由黎玉（先南下，后去延安）、赵杰、程照轩率领向南，赴新泰、蒙阴、泗水、费县一带发展。

洪涛、林浩率领的一大队向北先进驻新泰，后入莱芜，沿途各地发动的游击队员纷纷加入四支队，扩编了第六、第九、第十、第十一、第十二 5 个中队。省委决定在莱芜扎根发展，但却遭到国民党在山东的反共顽固派秦启荣及其任命的莱芜县长谭远村的抵制和排斥。一大队为避免冲突，遂北上淄博地区，1938 年 3 月下旬到达淄川西部磁窑坞一带，并在附近的马棚、张里庄与廖容标、姚仲明率领的黑铁山起义部队——山东人民抗日救国军第五军一部会合。

赵杰、景晓村率领二大队南进，经新泰、费县、平邑到达蒙山万寿宫一带活动，3月下旬接省委来信返回。期间扩编了第七、第八中队。在万寿宫，国民党泰安六区区长程子源率其区队武装100余人前来参加四支队，被编为第八中队。程子源此时改名程鹏，任二大队副大队长兼第八中队队长。在返回途中到达莱芜坡草洼村时，由王一平（省委派）联系组织，朱蓂阶、武效在宁阳东庄、南驿地区发动的队伍赶来正式编为第七中队。

一大队北上淄川地区后，顽固派谭远村对四支队驻莱芜办事处屡屡挑起摩擦，无故扣押四支队干部，强行解散群众抗日团体。四支队为求团结抗战，邀请地方人士多次与其谈判未果，省委遂通知二大队回师反顽。二大队接到通知后迅速北上，于4月3日凌晨突袭莱城，一枪未发俘虏谭部官兵300余人，活捉谭远村和县保安大队长景肇令。当天，北路一大队抵达莱城，四支队全军胜利会师。自刘杜村分兵，2个多月的时间，四支队发展到4000人之众。

4月8日，四支队在莱芜举行会师庆祝大会。根据此前在淄川磁窑坞召开的省委扩大会议决定，宣布将四支队整编为山东人民抗日联军独立第一师，下辖3个团、1个特务中队、1个教导大队。

反共顽固派秦启荣对独立第一师袭占莱芜城恼羞成怒，纠集部队挑起冲突。独立第一师为团结抗战计，主动撤至莱芜西寨里、鲁西一带，秦部步步进逼。4月21日，独立第一师被迫进行反击，将其击溃后主动撤出战斗，辗转莱芜水北、泰安黄前等地，于5月中旬转移至徂徕山北麓一带。

1938年5月25日，年仅26岁的洪涛师长因战伤复发，操劳过度，不幸病逝。洪涛，江西省横峰县人，1912年生，1927年参加革命，1929年入党，历任红军排长、连长、营长、副团长、团长，参加长征，身经百战，多次负伤。1937年10月被派来山东。他呕心沥血抓好四支队政治和军事建设，亲做教官进行军事训练，为部队发展作出突出贡献。在莱芜、泰莱边反顽战斗中，他病体虚弱，躺在担架上指挥战斗。洪涛病逝后，村民献出自家的棺材成殓英雄，将他安葬。

抗战劲旅

1938年4月，山东省委书记黎玉到达延安，先后向毛泽东、张闻天、刘少奇汇报了山东的抗战形势。中央领导高度重视，决定派一批干部去山东，同时重组山东省委，任命郭洪涛为书记，并指示省委大力创建山东抗日根据地。郭洪涛率50余名干部，携2部电台立即出发，于5月抵达山东。

6月8日，山东省委根据中共中央指示撤销了山东人民抗日联军独立第一师的番号，恢复了八路军山东人民抗日游击队第四支队番号。同时决定廖容标接任四支队司令员。此后，四支队经过了五期整军，经历了血与火的历练，成长为一支正规化主力部队，纵横驰骋于鲁中泰沂山区。

1938年10月，四支队一团二营在营长武中奇指挥下打掉日军轰炸机，图为四支队战士攀上敌机残骸欢呼胜利

到1938年底，省委领导的全省抗日武装发展到2.4万多人，另辖1万多人的地方武装，成为驰骋山东抗日战场的一支主力军。1938年12月27日，根据中共中央的决定，将全省大部分起义武装（除冀鲁边和鲁西外）整编成立八路军山东纵队，张经武任指挥，黎玉任政委，王彬任参谋长，江华为政治部主任，下辖第二、第三、第四、第五、第六、第八、第九、第十二支队和挺进支队、陇海南进游击支队、鲁南人民抗日义勇队第一总队（亦称直辖第四团）、临（沂）郯（城）独立团。山东纵队的建立，标志着山东人民抗日起义武装由若干分散的游击队成长为战略上统一指挥的游击兵团。

（张衍霞）

八路军第一一五师主力挺进山东

1939 年 3 月，罗荣桓、陈光率领八路军第一一五师主力部队挺进山东，推动了山东抗日根据地的建立、巩固和发展，进行了艰苦卓绝的反“扫荡”、反“蚕食”斗争，并积极开展攻势作战及大反攻，为夺取抗日战争的胜利作出了重大贡献。

派兵到山东去

全面抗战爆发后，山东抗日游击战争在全国抗战中居有重要战略地位。中共中央和毛泽东非常关注山东抗日形势的发展。派八路军主力部队入鲁，中共中央早有设想。1938 年 4 月，黎玉去延安汇报工作时，曾要求党中央派一个团到山东去，毛泽东曾说：“看来还要多去一些！”为声援和发展冀鲁边的抗日游击战争，1938 年 7 月上旬，八路军第一一五师第五支队和第一二九师津浦支队由冀南进抵乐陵、宁津地区，7 月至 8 月间共歼灭伪军 1800 余人，打开了这一地区的抗战局面。9 月 27 日，第一一五师三四三旅司令部政治部机关及补充团部分干部共 100 余人，进抵乐陵城，随即成立了冀鲁边军政委员会和八路军东进抗日挺进纵队，并建立了抗日民主政权。

1938 年 10 月武汉会战结束后，中日战争进入战略相持阶段，日本调整侵华战略，军事进攻重点向自身后方战场转移。中共中央及时预见即将到来的重大变化，党的六届六中全会明确“巩固和发展敌后游击战”为党的军事战略的首要任务，作出了“巩固华北，发展华中、华南”的基本方针和“派兵到山东去”的战略部署。控制山东，向北可威逼平津；向南可与华中连成一片，威胁南京、上海；向西可与冀鲁豫相连，控制中原腹地。

八路军第一一五师为八路军三大主力之一，是由中国工农红军第一、第十五军团及陕南第七十四师等部，于 1937 年 8 月在陕西省三原县改编而成的。师长林彪，副师长聂荣臻，参谋长周昆，政训处主任罗荣桓，副主任萧华。下辖三四三旅、三四四旅（每旅 2 个团）、独立团及数个直属营，全师共 1.5 万余人。平型关大捷后，因林彪被国民党军的哨兵误伤，由三四三旅旅长陈光代理第一一五师师长。

八路军第一一五师主力入鲁　创建鲁西抗日根据地

1938 年底，八路军第一一五师六八五团挺进山东湖西地区，并与当地起义武装山东纵队挺进支队合编为苏鲁豫支队。随后，第一一五师师部和六八六团在陈光、罗荣桓的率领下，穿越日军封锁

陈光

罗荣桓

八路军第一一五师东进山东途中

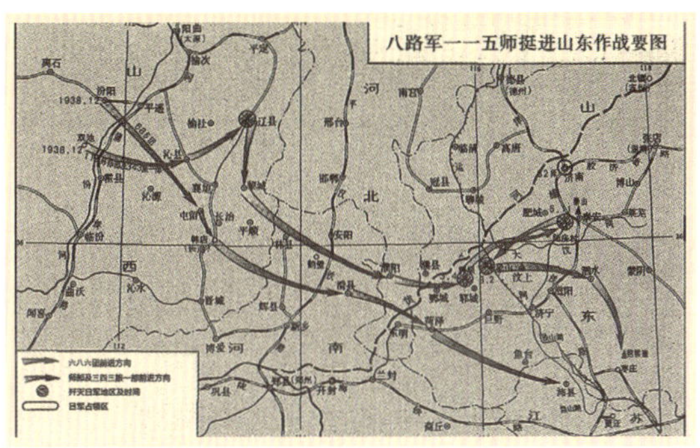

八路军第一一五师挺进山东作战要图

线，翻越白雪皑皑的绵山，于1939年3月1日进入山东。3日，在鲁西地区的樊坝战斗中全歼伪军一个团，取得挺进山东后的首战胜利。5月10日，第一一五师主力东进泰西地区时，在陆房遭日军大部队包围。经两天激战，第一一五师部队毙伤日伪军1300余人。8月，第一一五师一部在梁山地区伏击进犯的日伪军，歼敌400余人，俘虏24人，创造了在兵力相当、装备处于劣势的情况下，全歼日军1个大队的模范战例。梁山战斗的胜利，扩大了第一一五师在鲁西乃至整个山东的影响，激发了广大群众的抗战热情。

在进行军事斗争的同时，第一一五师积极协助当地军民扩大抗日根据地。1939年3月，罗荣桓在常庄会议指出，要加强泰西抗日根据地的建设，依托泰肥山区、大峰山区、平阿山区和东平湖，向四周发展。会后，部队迅速投入创建根据地的斗争，将运（河）西、泰（山）西两块根据地连成一片，并控制了津浦铁路以西、运河两侧、黄河以南的三角地区。8月，在东平湖小安山会议，罗荣桓深刻阐述了创建鲁西抗日根据地的必要性和可能性。此后，第一一五师与兄弟部队密切配合，打击日伪顽军的进犯，巩固扩大鲁西根据地。

至1940年底，运西、泰西、运东、鲁西北各区已连成一片，形成了统一的鲁西抗日根据地。1940年9月15日，鲁西行政主任公署建立，选举萧华为主任，段君毅任副主任，成为山东建立的最早的一个较高级别的政权组织。

苏鲁豫支队在挺进苏鲁豫皖边区一年多时间，同日伪军进行大小战斗70多次，毙日伪军5000余人，伤日伪军6800余人，俘日军30余人，缴获大批武器装备。苏鲁豫支队在地方党组织和地方武装的密切配合下，创建和扩大湖西抗日根据地，沟通了华北与华中两大战略区的联系，并在战斗中壮大了抗战力量，支队扩大到1万余人，地方武装发展到3700余人，并相继建立了鱼台、金乡、单县、丰县等县抗日民主政权和湖西专署。

转战沂蒙　巩固扩大鲁南抗日根据地

自1939年8月起，根据毛主席“巩固鲁南根据地”的指示，第一一五师主力进入鲁南腹地的抱犊崮地区。罗荣桓提出“以抱犊崮为中心，向北、向西北联结大块山区，与向南及东南发展大块平原”的战略构想，决定向东南控制郯（城）码（头）平原，打通与华中区的联系，向西与湖西区、向北与鲁中区打通联系，并东进向滨海地区发展。1940年2月，该师一部攻占鲁南山区中心白彦镇，并连续击退日军的3次反扑，毙伤日伪军800余人。4月，第一一五师各部粉碎日军对抱犊崮山区的大规模“扫荡”，毙伤日伪军2200余人。7月，第一一五师一部东渡沭河，打开了向滨海地区发展的通道。至10月，第一一五师完成了开辟鲁南，打通鲁南与鲁中、湖西、鲁西联系的战略任务。1940年5月下旬，中共鲁南区委和鲁南专员公署成立，标志着鲁南抗日根据地正式形成。

1940年9月16日，第一一五师高级干部会议在天宝山区桃峪村

1940年9月，八路军第一一五师在鲁南天宝山区桃峪召开高级干部会议，图为罗荣桓（二排右四）、朱瑞（前排右一）与参加会议人员合影

召开，罗荣桓作了关于第一一五师在山东工作的总结报告。指出，部队进入冀鲁边、苏鲁豫边、鲁西、鲁南等地区后开辟了根据地，向这些地区输送了近300名党政干部，帮助建立了一批县级政权，扩大了八路军力量，建立了2个军区、6个军分区。统一战线中，执行中共中央的统战政策，增进与友军的团结，争取中间势力，孤立和各个击破顽固势力，为共产党八路军的发展创造了条件。罗荣桓还指出，要在部队中普遍开展建设铁的模范党军的活动，并制定了铁的模范党军的5项条件。会后，建设模范党军的活动在第一一五师入鲁部队普遍深入地开展起来，这对于加强部队的军政建设，保证党对军队的绝对领导发挥了重要的作用。

桃峪会议以后，第一一五师根据八路军总部第4期整军训令，进行了部队的整编。将师直属分队、第三四三旅和鲁西、鲁南以及苏鲁豫、冀鲁边等地的部分地方武装，统一整编为6个教导旅，共18个团，计7万余人，完成了党中央交给的扩军整军任务，并相继建成鲁西、清河、鲁南、鲁中、湖西、胶东、冀鲁边、滨海等8个根据地。到1940年底，山东抗日根据地已拥有1200万人口，3.6

万平方公里土地，还建立了95个县的抗日民主政权、14个专员公署、1个行政主任公署，成立了行使省政府职权的山东省战时工作推行委员会和全省统一的民意机关——山东省参议会。在山东各战略区颁布推行了一系列的政治、经济、军事、文化、教育等政策法令。

无声的战斗 “翻边”以攻代守

1941年和1942年，是山东抗日根据地最为艰难困苦的时期。日伪军依仗其优势兵力对根据地进行疯狂的“扫荡”、“蚕食”和分割封锁。

1941年11月冬，日军向鲁中根据地发动空前规模的“大扫荡”，向山东分局领导机关、八路军第一一五师师部驻地沂南县留田村一带包抄，以“铁壁合围”等手段，企图消灭山东抗日根据地党政军领导机关和主力部队。第一一五师政治委员罗荣桓指挥部队，借夜雾向敌人驻扎在临沂的大本营方向突围。八路军3000多人借助夜幕的掩护，跋山涉水，巧妙地闯过了三道封锁线，不费一枪一弹，顺利地突出了重围，粉碎了敌人的大围歼，被太平洋国际学会记者、德国友人汉斯·希伯在《战士报》上赞誉为“无声的战斗”，称留田突围的指挥是“神奇”的。

在这次反扫荡中，第一一五师和山东纵队共作战150余次，歼日伪军2000余人。但根据地军民也付出了惨重的代价，鲁中根据地缩小一半，敌后抗战形势变得更加严峻。1942年，日军加紧对鲁中区进行“拉网合围”式的“大扫荡”，不断“蚕食”根据地。至1942年底，山东各抗日根据地遭受“扫荡”和“蚕食”之后，根据地面积急缩至4.2万平方公里，人口降至730万人。

为遏制日军的“蚕食”，扭转根据地不断退缩的局势，罗荣桓根据中共中央关于“敌进我进”的斗争方针，创造性地提出“翻边战术”，即“敌人打到我这边来，我打到敌人那边去”。要求各战略区必须以游击战争为核心，在坚持内线作战的同时，将斗争焦点引向日占区、边沿区，开展军事、政治、经济等斗争，保卫根据地。粉碎敌人“蚕食”的郯城、海陵两战役成为运用“翻边战术”的成功战例。之后，山东抗日根据地的军民广泛开展起分散性、地方性、群众性的游击战争，在斗争中正确运用“翻边战术”，将斗争一步步推进到敌人心脏，取得了一个又一个胜利。

1941 年和 1942 年，第一一五师在进行反“扫荡”、反“蚕食”斗争的同时，还不断加强自身建设，积极加强根据地建设。参加各区初步开展的减租减息运动；帮助地方政府实行三三制和民主选举；组织夜校、冬学和识字班，实施新民主主义文化教育；利用战争间隙帮助群众耕种开荒；大力开展政治宣传工作。这些工作与军事斗争的胜利，对促进根据地建设和部队的休养生息起到了重要的保证作用。

实现一元化领导　迎来山东抗战重大转机

山东纵队是一支土生土长的年轻的八路军部队，第一一五师入鲁的一个重要任务，就是要作为骨干力量，巩固和加强山东纵队的正规化建设。第一一五师帮助山东纵队加强全面建设，山东纵队也积极支援第一一五师，双方团结战斗，共同发展，迅速壮大了山东的抗战力量，巩固和扩大了抗日根据地，同时也为以后实现一元化领导奠定了良好基础。1942 年 1 月，中央军委提议山东纵队所属部队统一划为地方军，第一一五师统一指挥全山东部队。8 月 1 日，山东纵队实现地方化，正式改编为八路军山东军区。至此，陈光、罗荣桓开始统一指挥山东八路军部队的军事行动。

1942年4月，刘少奇根据毛泽东的指示来到山东。刘少奇肯定了抗战以来山东的主要成绩，同时也指出了减租减息、群众工作等方面存在的问题，明确了今后的方向和任务；调整了领导班子——中共山东分局、山东纵队主要领导人均驻第一一五师师部，与第一一五师合署办公，建立山东政治军事的统一领导中心，一切领导权集中于中共山东分局，分局下设军政委员会。刘少奇山东之行对帮助山东军民渡过抗战最困难时期起到了关键性作用，是山东抗战工作由被动转向主动，由劣势转向优势的一个转折点，并为山东抗日根据地实行一元化领导奠定了思想和组织基础。

1943年3月，报经中共中央同意后，中共山东分局、八路军第一一五师、山东军区3个机关合并，实行党的一元化领导。八路军第一一五师和山东纵队的各旅各支队番号全部撤销，合成为新的山东军区，下辖6个二级军区。朱瑞任山东分局书记（8月后为罗荣桓），罗荣桓任山东军区司令员、政委兼八路军第一一五师政委、代师长，黎玉任山东军区副政委，萧华任山东军区政治部主任。

八路军第一一五师暨山东军区实行党的一元化领导，彻底克服了过去在军事指挥上主力部队与地方武装之间不够协调的问题，从而加强了山东党政军民统一对敌的力量，为争取时局好转、坚定山东人民的抗日信心及夺取抗战的最后胜利，提供了组织保证。

发起全面战略反攻　迎来山东抗日根据地的全境解放

1943年8月，八路军山东军区部队与日伪军展开了争夺战略制高点沂鲁山区和诸（城）日（照）莒（县）山区的战役，并取得了胜利。此次战役，是新的山东军区第一次统一指挥的较大规模的协同作战，极大地改善了滨海军区和鲁中军区对敌斗争的环境和条件。

1943年11月，八路军山东军区在鲁南、滨海等地区发起攻势作战。11月15日，鲁南军区所部向盘踞费县一带的伪军刘桂堂部发起进攻，歼灭该部1100余人，攻克据点12处，改善了鲁南地区的抗日斗争局面。11月19日至20日，滨海军区所部进行了赣榆战役，歼灭伪军2000余人，拔掉据点10余处。12月，鲁中军区集中约5个团的兵力，向盘踞鲁山山区的伪军吴化文部发起进攻，经四昼夜激战，歼灭该部1000余人，攻克据点20余处。此次战役的胜利，与8月冀鲁豫军区取得的卫（河）南战役的胜利和太行军区、冀南军区取得的林（县）南战役的胜利，标志着八路军已在一定程度上具备了攻势作战的能力。

到1943年底，山东抗日根据地已渡过最困难的时期，军事、经济实力都得到增强。山东军区根据中共中央的斗争方针，从1944年起，抓住有利时机，发动了一系列的局部攻势作战，攻歼大股伪军和拔除深入抗日根据地内的日伪军据点。这种反攻，从春季到冬季，此起彼伏，持续不断，进行了沂水战役、莒县战役及讨伐伪军吴化文部、荣子恒部战役等作战。在一年的攻势作战中，山东军区共歼灭日伪军近6万人，收复县城9座、国土4万余平方公里，解放人口约930万。

进入1945年，山东军区向日伪军发起了更为猛烈的春、夏季攻势，先后组织了多次进攻战役，对山东境内的大股伪军荣子恒部、赵保原部、张景月部、厉文礼部、张步云部等进行了讨伐，并拔除了解放区内一些孤立的日伪军据点，歼灭了大量日伪军，收复了大片国土。

山东抗日根据地军民在进行局部反攻的同时，认真贯彻执行中共中央提出的十大政策（对敌斗争、精兵简政、统一领导、拥政爱民、发展生产、整顿三风、审查干部、时事教育、三三制、减租减息），大力加强根据地和部队建设，做好全面反攻准备。1943年山东军区大力开展增产节约运动，积极支持和参加根据地的减租减息工作，使山东抗日根据地的生产有了很大发展。1943 年之后，人民群众交纳的救国公粮 2500 万公斤，较好地保证了山东军区部队的需要，群众所需布匹基本做到自给自足。随着大生产运动的不断深入和经济政策的不断完善，根据地的经贸活动亦日趋活跃，已初步建立了由公营、合作社营、私营经济相结合的新民主主义经济体系，并储备了一批粮油棉盐等重要物资。由于根据地有了一定的物资储备，并且停用法币、禁用伪钞，使北海币的币值大大提高，北海币与伪币的兑换率由 1943 年的 8∶1 上升到 1945 年的 0.15∶1。经济工作取得的重大成就，为大反攻提供了必要的物质条件。1944 年 12 月，中共中央北方局高度评价了根据地的经济发展，指出，“多数根据地已现枯竭之象，比较好的只有山东之胶东、滨海，冀鲁豫之几个分区”。

同时，山东军区大力进行了军事政治整训，开展整风运动与审干工作，落实精兵政策，发展与整训武装力量，加强干部队伍建设，开展拥政爱民运动，等等。到 1945 年 8 月，山东军区主力部队和地方武装发展到 23 万人，辖胶东、鲁南、鲁中、渤海、滨海 5 个二级军区，共 21 个军分区、3 个教导团、18 个主力团、24 个基干团、2 个支队、37 个独立营、76 个县大队、8000 多个区中队，另有 4 个独立旅。

中共山东分局和山东军区坚决贯彻执行中共中央的各项方针政策，加强了对敌斗争的实力，从政治上、思想上、组织上、物质上、军事上为大反攻做好了准备。1944 年 8 月 12 日，罗荣桓、黎玉就执行十大政策情况，向毛泽东回电答复。12 月 25 日，毛泽东复电指出：“关于十个问题的答复，早已收到，内容很好，你们的路线是正确的。”“你们已有丰富经验，估计一九四五年山东全党工作会有极大进步。”

1945 年 8 月 9 日，毛泽东发表题为《对日寇的最后一战》的声明，中国共产党领导的抗日武装，将持续近两年之久的局部反攻发展为全面反攻。8 月 11 日，山东军区发布向城市要道进军的命令，8 月中旬把军区主力及基干部队 8 个师和 12 个警备旅，共 21 万人，编成 5 路野战部队，执行全面反攻任务。同时，山东各地有 10 万余名民兵组成数 10 个“子弟兵团”开赴前线，配合主力部队作战，还动员 10 万余民工支援前线。8 月中旬起，5 路野战部队向敌占城镇和交通要道展开全面反攻作战，鲁中军区部队切断了胶济铁路西段，从东南方向逼近济南市；滨海军区部队在 8 月 21 日解放赣榆、青口，切断陇海铁路东段，逼近海州、连云港；胶东军区部队于 8 月 24 日解放烟台之后，攻占流亭机场和即墨，威逼青岛；渤海军区部队先后解放寿光、临邑等地，切断了胶济铁路中段，从东北方向逼近济南市；鲁南军区部队在 8 月 25 日解放台儿庄，从东北方向逼近徐州市。

1945 年 8 月 15 日，日本宣布无条件投降，国民党军加紧向大中城市和交通要道推进。山东军区根据中共中央军委新的战略部署，以一部兵力封锁围困济南、青岛、徐州等主要城市，以主力夺取津浦、胶济、陇海铁路沿线的车站控制交通线，歼灭拒降的日伪军共 1.2 万余人，使鲁中、鲁南、滨海地区连成一片。至 12 月底，山东军区部队在大反攻和对拒降日伪军的战斗中，共歼灭日伪军 12 万人，解放城镇、港口 54 个，切断胶济、津浦和陇海铁路线，解放了山东境内绝大部分地区。

1945 年 9 月至 12 月，根据中共中央、中央军委指示，罗荣桓率山东军区主力部队 6.7 万余人横渡渤海，进军东北，成为东北民主联军的中坚力量。至此，八路军第一一五师及山东军区胜利完成了其抗日救国的光荣历史使命，所属部队投身于伟大的人民解放战争，为建立新中国而继续英勇战斗。

八路军第一一五师在巩固和扩大山东抗日根据地中的历史功绩

八路军第一一五师入鲁后，与山东纵队（山东军区）一起，在广大人民群众的大力支持下，巩固和扩大了山东抗日根据地。在根据地建设过程中，第一一五师暨山东军区一面积极开展游击战，一面积极建立地方民主政权和各种抗日群众团体，参加地方政治、经济、文化建设等，使根据地的各项事业蓬勃发展。到1945年9月抗日战争胜利时，山东抗日根据地拥有2400万人口，12.5万平方公里土地，成为抗战时期中国共产党领导的人口最多的敌后根据地。在这块根据地上建立的山东省政府，是中国共产党领导的唯一的省政府。在此期间，人民武装也得以迅速壮大，至1945年8月抗日战争胜利时，第一一五师暨山东军区共歼灭日伪军53万，占中国共产党领导下的全国歼敌总数171.4万的30.92%；作战主力部队27万，占全国人民军队主力132万人的20.45%；民兵50万人，占全国260万人的19.23%；共产党员20万人，占全国117万人的17%。事实证明，抗日根据地的建设与人民抗日武装的发展壮大休戚相关。越是在极端困难的情况下，越是要加强根据地建设；越是重视根据地建设，人民军队就越能取得发展胜利。

在全面抗战的伟大斗争中，八路军第一一五师暨山东军区在中国共产党的领导下，与山东广大人民群众携手同心、共赴国难，前仆后继、浴血沙场，在中华民族抗争史上谱写了光辉的一页，树立了同辉日月的历史丰碑。历史将永远铭记，人民将世代景仰！

（张衍霞）

最惨烈的战斗
——大青山突围

1941年，中国共产党领导的敌后抗战进入最艰苦的阶段。日军调集大量兵力频繁对敌后抗日根据地进行残酷“扫荡”。1941年上半年，日军先后“扫荡”了鲁西、冀鲁边根据地。1941年11月，日军集结5.3万多兵力对沂蒙山区抗日根据地中心区进行“铁壁合围”大“扫荡”，妄图一举消灭山东抗日首脑机关及八路军第一一五师和山东纵队等主力部队，彻底摧毁沂蒙山区抗日根据地。新任侵华日军总司令畑俊六亲自坐镇临沂指挥。

当时山东抗日根据地的位置部署是：中共山东分局、山东省战工会、第一一五师师部等机关驻沂南县留田一带；八路军山东纵队机关驻沂南县马牧池；山东纵队第一旅除第三团驻天宝山区外，其余在沂（水）蒙（阴）公路以北；山东纵队第二旅在鲁南根据地的北部；第一一五师教导第二旅在鲁东南根据地的南部；抗日军政大学一分校和山东纵队蒙山支队分别在蒙山的西部和东部。

日军的兵力部署是：第十二军第三十二师团、独立混成第十旅团主力配置于新泰、蒙阴、平邑、费县地区；第二十一师团、独立混成第五旅团、第六旅团主力配置于沂水、莒县地区；第十七师团主力、第二十旅团一部配置于临沂地区，对沂蒙山区抗日根据地腹地构成合围态势。

根据地军民在中共山东分局和山东军政委员会的组织指挥下，

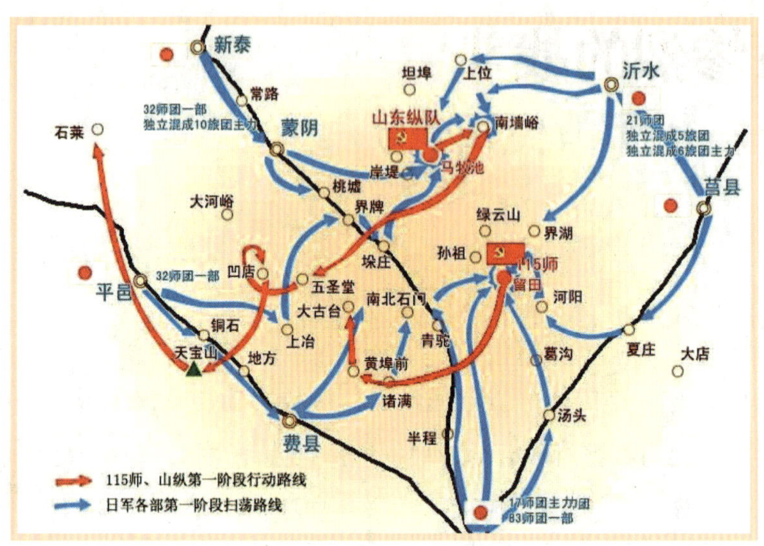

1941 年沂蒙军民反扫荡图

协调一致，与日伪军展开了一场两个多月的“扫荡”与反“扫荡”、合围与突围、“清剿”与反“清剿”的斗争。大青山突围战就是沂蒙军民反“扫荡”中最为惨烈悲壮的一战。时任中共山东分局副书记、山东省战工会主任的黎玉曾说：“大青山突围是山东战史上空前壮烈的一次战斗。”

误入包围　血战青山

1941 年 11 月上旬，日伪军 3 万余人分 11 路向中共山东分局、八路军第一一五师师部等领导机关驻地沂南县留田一带合围。在第一一五师政委罗荣桓的周密部署、精心指挥下，部队和机关巧妙地跳出了敌人的包围圈，由内线转为外线。为加强和支援内线作战斗争，第一一五师决定率山东纵队第二旅、蒙山支队、抗大一分校各一部返回沂蒙中心区域，配合内线部队及游击队和民兵组织打击敌人的“扫荡”。11 月 28 日，抗大一分校奉第一一五师命令，率校直各单位和第五大队、建国大队等由泰莱根据地返回沂蒙中心区的大青山一带。同时，抗大一分校第二大队由西蒙山转移至东蒙山。抗大一分校在转回途中，在蒙阴县蔡庄与敌遭遇，在打退了敌人进攻后，进驻费县大青山地区（蒙山东部，费县与沂南县交界处，主峰海拔686.2米，山势险峻）。29日，抗大一分校校部移驻大青山西北的大古台、胡家庄村，第五大队第一中队移驻北石门村，担负东北方向的外围警戒，第二、第三中队驻校部附近的杨家庄一带。此时，日军已调集独立混成第十旅团及各据点的日伪军5000余人，准备对大青山一带进行“清剿”。29日夜，日伪军分别从岱崮、坦埠、桃墟、旧寨、垛庄、青驼、费县、石岚等地出击，从北、东、南三面向大青山地区包围，一场危机悄然而至。

30日拂晓，在大青山北面担负警戒任务的五大队一中队首先发现了敌情，随即与敌交火。他们在一区队区队长孙国栋的带领下冲出村子抢占了一处高地，顽强阻击敌人。由于敌我力量悬殊，一区队边打边撤，9时许撤至大古台南山，正遇抗大一分校校长周纯全。周纯全命令一区队在此坚守阻击敌人。此时，南面猫头山上也出现了敌人，正用机枪疯狂地扫射着；右侧方向是一分校警卫连，其中一个班也与敌人交上了火，为避免敌军的夹击，他们合兵一处，由一中队统一指挥，阻击敌人的进攻。驻杨家庄的二中队听到枪响后，中队长邱则民立即指挥二中队九班分成两组抢占燕子山阻击敌人，牢牢坚守住阵地，使敌人不能进一步缩小包围圈。周纯全校长在了解敌情后，迅速下达战斗命令，命令驻胡家庄、大古台村附近的部队立即抢占有利地形，做好应敌准备，掩护大部队撤离。

当抗大一分校大部队从大古台、胡家庄撤至南涝坑（大青山西北的一处山坳）时，意想不到的事情突然而至，他们发现第一一五师师部、山东分局、山东省战工会、山东省群团组织以及姊妹剧团、

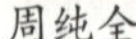
周纯全

费县大青山突围战纪念广场周纯全雕像

医院等2000多人马也正在涌进南涝坑，而这些人员都是没有武器和作战能力的机关后勤人员。

原来为了打破敌人的“扫荡”，拔除绿云山据点，第一一五师决定发起绿云山战斗。为集中精力作战，防止机关受损失，减少不必要的人员伤亡，在发起战斗前，决定让师司令部第五科科长袁仲贤、山东省战工会副主任兼秘书长陈明带领师部、山东分局、山东省战工会等非战斗机关和后勤人员向大青山一带转移。据情报，那里暂时还没有发现敌人。他们29日晚上出发，30日一早到达大青山地区。由于敌情不明、情报不准和转移过程中信息传达不及时，闯入了敌人合围的大青山地区包围圈。队伍刚到大青山，大青山西北、东部、东南的敌人就围堵了上来，随之发生激战，省战工会副主任兼秘书长陈明不幸遇难。

抗大一分校的突围计划被这突如其来的变故完全打乱了，这意味着其主要任务不仅自己要顺利突围，还要掩护数千名机关干部和后勤人员顺利突围。此时，从北面而来的三路敌军1000多人已在大古台、胡家庄一带会合，并与担负掩护任务的人员激烈交战；在东南侧、南侧也发现了敌情，敌人正快速向我方合围。当时的情形是根据地各机关五六千人拥挤在狭小的南涝坑，人员高度密集，有战斗力的人员仅有600人左右，武器装备落后，弹药不足。敌方部队 5000 多人，装备精良，弹药充足，占据周围有利地势。

第一一五师师部、山东分局、山东省战工会等与抗大一分校相遇后，袁仲贤向周纯全校长传达了师部首长命令：来到大青山以后，三大机关统归周纯全指挥。千钧重担犹如泰山压顶一般落到了周纯全的头上。危急时刻，周纯全与抗大一分校政委李培南、训练部部长袁也烈、副部长阎捷三火速决策：向西南方向越过沙河，向洋山（今塔山）突围；五大队大队长陈华堂率战斗力最强的五大队担负阻击任务；李培南负责疏导抗大一分校机关和伤病员突围；袁也烈负责疏导山东分局、省战工会等机关人员突围；阎捷三带领警卫连打开西南方向突破口。

担负掩护任务的陈华堂带领队员占据制高点位置，全力阻击，

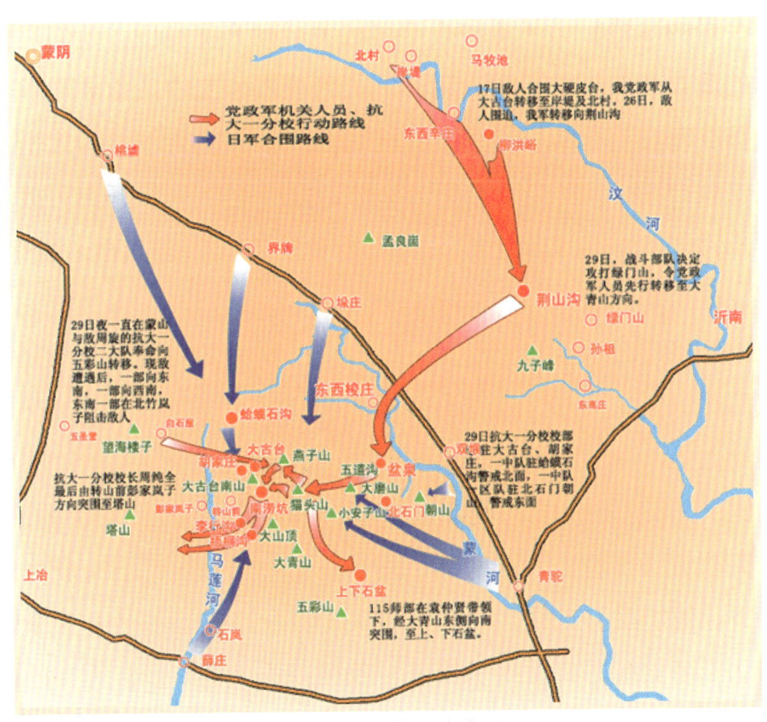

大青山突围战斗路线图

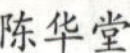
陈华堂

阎捷三

吸引敌人的火力，尽量阻滞敌人的围攻进度，为大部队突围争取更多的时间。五大队二中队在中队长邱泽民的带领下抢占山头有利地势，负责阻击东路和北路的敌人，而当时全队仅有一挺捷克式机关枪和少量的步枪。为了掩护数千名机关后勤人员突围，他们用低劣落后的武器装备抵抗着敌人猛烈的火力攻击。二中队指导员程克率领队员驻守在李行沟两侧的南北陡山上，压制敌人的火力攻击。子弹很快就打光了，他们就用石头进行还击，与敌人展开白刃战。在大青山南麓，蒙山支队、蒙费大队和费东县大队奋力阻击着诸满、薛庄、石岚等据点来敌。

负责打开突破口的阎捷三带领一分校警卫连和山东分局警卫连组成四路纵队，由南涝坑经李行沟向西冲去，后面紧跟着数千名机关后勤人员。当队伍冲到河滩上时，遭到敌人的猛烈扫射，前面的战士倒下了，后面的战士则继续冒着敌人的猛烈炮火不断向前冲击。由于突围道路狭窄，人员密集，敌人的每一次扫射都会有成片的战士倒下。他们没有选择，只能一次次冲锋，用自己的生命为紧随其后的几千名党政军机关人员撕出一条突围逃生的口子。无畏的战士终于在敌人强大的火力下硬生生地撕开一道裂口，阎捷三命令警卫连猛烈还击两侧敌人，死守阵地，掩护大部队快速抢过生死线，奔向相对安全的塔山地带。

此时，抗大一分校校长周纯全也处在敌人的枪林弹雨之中，他朝着突围的人员大喊：“注意隐蔽，不要慌，别乱跑，我和部队在这里掩护你们，大家要快。”子弹打光以后，周纯全和部分机关人员仍处在敌人的包围中没有突出去。突围路两侧的高地上敌人的机枪还在不停地扫射着，凶残的敌人嚎叫着压过来。危急关头，侦察班副班长刘钢从牺牲的战友身上搜捡出 8 颗手榴弹。周纯全看到刘钢身上的手榴弹激动地说：“有这几颗手榴弹，我们就能突出去了。”侦察班班长丁云命令刘钢、侦察员周祥保护好首长，自己和另外两名侦察兵迂回到敌人阵地后侧，趁着敌人换子弹的间隙将手榴弹抛向敌军机枪阵地，顿时机枪被炸哑了，周纯全等靠着这几颗手榴弹突出了重围。

青山忠骨　英烈长存

大青山突围战是一场力量悬殊的遭遇战，600 名装备低劣的战斗人员，面对 5000 多日军精锐的围堵，掩护 5000 多名非战斗人员突围，战斗的惨烈可想而知。尤其是抗大一分校的勇士们不顾自身的安危，挺身而出，把生存留给同志，把危险留给自己，用鲜血和生命为数千名机关干部和后勤人员筑起了一道安全屏障。抗大一分校等以牺牲 300 余人、伤 500 余人的代价换来了突围的成功，为党保存了几千名干部，为山东的抗战留下了种子。

突围无疑是成功的，但成功的背后是巨大的伤痛。担负掩护任务的抗大一分校第五大队第二、第三中队的两个区队几乎全部阵亡，第二大队政委刘惠东、第二中队队长邱则民和指导员程克及副队长汤世惠等牺牲，第五大队牺牲的有名有姓的营、连、排级干部学员

120余人，他们的英魂永远留在了大青山。2014年8月29日，国家民政部公布的第一批300名著名抗日英烈名录中，大青山突围牺牲的烈士占了4席。

大青山突围战，牺牲最多、打得最悲壮、最艰苦的是阻击敌人的二中队。抗大一分校第五大队第二中队指导员程克，率领40人的区队坚守梧桐沟南北陡山，强阻从北面进攻的敌人。山前向西是梧桐沟，山后向西是李行沟，部队西撤必经山下，守住阵地，就守住了突围撤退的希望。程克与区队一次次打退敌人的进攻，拼死守住了阵地。当突围人员西去后，程克带着剩下的十余人边打边撤。当退到李行沟的一个院内时，被敌人包围了。子弹打光了，他们就用石头砸。日军见他们人少，又没了弹药，就从四面包抄上来要抓活的。面对日军明晃晃的刺刀，程克怒吼一声，猛地抱住一个日本兵，狠狠地咬住了敌人的耳朵。程克被涌上来的日军连刺数刀，英勇牺牲了。其他学员也冲了上去与敌人扭打在一起，最后全部牺牲。战后打扫战场时，程克的

大青山烈士陵园程克、邱则民烈士墓

嘴里还含着敌人的半个耳朵。遗憾的是，程克烈士没有留下一张照片。

邱则民，抗大一分校第五大队第二中队队长，他与副中队长汤世惠带一个区队阻击敌人，他们凭借着有利地形打退了敌人的多次冲锋。大部队突围后，他们陷入了敌人的重围，学员大部分牺牲了，邱则民也身负重伤。机枪手牺牲后，他抱起机枪，猛扫敌群，子弹打光后，他毅然砸毁机枪，用石块同敌人拼杀。最后，他带领身受重伤的学员全部跳下悬崖，壮烈牺牲。

大青山突围战中牺牲的还有一位外国友人——汉斯·希伯。他是一名德国共产党员、美国太平洋学会记者。希伯对中国革命有着浓厚兴趣。在希伯一生中，有近20年是在中国度过的。1932年，他和妻子秋迪·卢森堡在上海发起成立了国际马列主义学习小组。为了向全世界报道八路军在敌后的抗战事迹，他执意要求要到山东抗日根据地，深入一线采访。1941年10月，日寇冬季“扫荡”的风声日紧，中共山东分局领导为了保证希伯的安全，决定送他回上海

临沂华东革命烈士陵园汉斯·希伯烈士墓及雕像

暂避。但他坚决不同意，他说：“一个有作为的记者，是不畏惧枪炮子弹的！”希伯跟随山东分局和第一一五师活动，频繁参加反扫荡战斗。11 月 30 日，希伯在跟随山东分局进入五道沟时，遭到敌人机枪扫射，他拿起枪支向敌人射击，最终被子弹击中牺牲，倒在了中国的土地上，时年 44 岁。1944 年，山东军民为他修建了一座纪念碑，碑上刻着罗荣桓等的联名题词——为国际主义奔走欧亚，为抗击日寇血染沂蒙。希伯牺牲后，他的妻子秋迪·卢森堡一直在上海苦苦等待丈夫的消息，直到抗战胜利后，她才得知希伯已经永远留在了大青山。之后，秋迪曾两度来到大青山缅怀她的丈夫。1981 年，已是步履蹒跚的秋迪，又一次来到大青山。她在丈夫墓前的麦地里采摘了一把成熟的麦穗，深情地说：“我要把它带回去，种到德国的土地上，让沂蒙山的种子在德国生根发芽。”

费县大青山突围纪念馆烈士名录

沂南县大青山烈士陵园

大青山突围战中，还有很多烈士的生命永远留在了大青山，很多人连姓名都没有留下。在费县大青山胜利突围纪念馆里有一块刻有牺牲烈士姓名的墙壁，随着历史的发掘，墙壁上的名字几乎每年都会更新，或许有些烈士的名字永远都无法被刻上去，永远被尘封在历史硝烟的岁月中。

水乳交融　鱼水情深

战争年代，沂蒙军民生死与共，水乳交融，铸成了抗击日寇的铁壁铜墙，谱写出血肉相连的动人篇章。大青山突围战中有500多名伤病员，其中200余名伤病员被就地掩护，他们在敌人反复“清剿”中安全生存，这是山东抗战史上的奇迹。

抗大一分校第五大队第二中队九班副班长杨雷，在大青山突围战中，阻击敌人时身负重伤，被费县杨家庄村民王立德藏在青石山洞里养伤，后又被沙沟峪村村长孙兴林背着找到战友，和其他3名伤员一起收治在南涝坑村高义峰家。在当地群众掩护下，和敌人周旋了30多个日日夜夜，躲过了敌人的数次搜查，最终成功脱险。

抗大一分校第二大队政治教员周抗，在阻击敌人时腿部负重伤，被当地一位老大娘发现后，藏在了一个山洞里。每天下半夜，老大娘都让她儿子给周抗送来饭菜和饮水，直到周抗伤愈返回部队。抗战胜利后，周抗曾专程来到大青山寻找这位老大娘，但始终没有找到。他曾多次对自己的孩子们说：“我的命是沂蒙人民给的，你们一定不要忘了他们的恩情。”

山东分局秘书室主任谷牧，在1941年11月26日的柳红峪战斗中身负重伤，一直躺在担架上随机关转移。当分局机关转移到大青山时，正遇上日军合围。警卫人员只好把他藏在了村口的高粱秸垛里。敌人先后3次在附近搜查，朝高粱秸垛里连刺数刀，所幸没有被敌人刺到。天黑下来后，谷牧爬了出来，被2名村民发现，背着他找到部队。随后部队将谷牧安置到薛庄镇小言店村抗日堡垒户胡大娘家中。胡大娘把谷牧藏进一间放破烂杂物的耳屋里。在谷牧养伤期间，家境贫穷的胡大娘千方百计给他增加营养，用家中很少的一点面粉和几个鸡蛋做成鸡蛋面给他吃，又把家中仅有的一只老母鸡杀了熬成鸡汤给他喝，直到痊愈。新中国成立后，谷牧曾多次来沂蒙视察工作，缅怀战友，寻找救命恩人。就在他86岁高龄时，又一次来到沂蒙山，想找到当年救助他的胡大娘，终未能如愿。

刘苦妮是当时费县小布袋峪村的党支部书记，她的丈夫马大爷是村里的村长。当时她们家里住着大青山突围战受伤的一个医疗小组和3名伤得最重的伤员。刘苦妮把他们藏在家里或山脚下的地窖里，使敌人一次次扑空。但在一次日军“清剿”时，马大爷因为不为敌人带路，而被绑在树上活活烧死。她唯一的儿子铁柱，为了掩护伤员，主动暴露身份引开敌人，与敌激战后，壮烈牺牲。

像这样的故事还有很多，面对敌人严密的封锁，挨家挨户地搜捕，很多战士就是靠着当地群众的保护才免遭毒害。他们有的送粮食、有的做衣服、有的帮助转运救治伤员，有的直接与敌人搏杀，诠释了军民之间水乳交融、鱼水情深的伟大沂蒙精神，成为战胜敌人、赢得抗战胜利的强大精神力量。

后世纪念　薪火相传

战火硝烟虽已逝，傲骨青山气犹存。一代先烈救国志，激励多少后来人。为了纪念大青山胜利突围，缅怀英烈，中共费县县委、县政府在大青山突围地建立了纪念广场、纪念馆、纪念碑及抗大碑林，将费县的烈士陵园迁往此处，每年当地的

费县大青山胜利突围纪念碑

机关干部群众都会到这里缅怀悼念先烈。目前，费县大青山党性教育基地每年接待各类培训学员和群众几十万人次，成为在山东省乃至在全国都有一定知名度的党性教育基地。费县还命名成立了 3 所抗大中小学，让先烈们的精神永远传承下去。

费县大青山胜利突围纪念馆

（薛良建）

夫妻英烈陈明和辛锐

费县薛庄镇，大青山胜利突围纪念馆东北方向，有一条山峪，沿着峪边山路行至峪底，有一个与这条山峪同名的小山村——火红峪。村前有一条山溪，右侧崖边是一座六角碑亭，跨过山溪小桥，是一座坟头，正中生长着一棵粗壮的板栗树。这就是本篇故事主角之一的辛锐烈士牺牲和最初埋葬的地方。在她牺牲前 17 天，她的丈夫、山东省战工会副主任兼秘书长陈明，战死在山峪口外的大沙河沟崖边。一对夫妻诀别在大青山突围的惨烈战场上，合唱了一曲悲壮的战歌。他们的人生、爱情和牺牲都深深烙印着那个时代的传奇和绚丽。

从福建到山东

陈明，原名陈若星，1902 年 3 月生于福建省龙岩县（今龙岩市新罗区）东肖龙聚村，父母是勤劳朴实的农民。陈明自幼聪慧，全家对其寄予厚望。他先后在本村私塾和白土桐岗小学读书，15 岁考入龙岩城的省立第九中学，1921 年毕业后任教于白土桐岗小学。在此期间，他与邓子恢等进步青年组办了奇山书社，接着创办了以“改造旧社会，宣传新文化”为宗旨的《岩声》月刊。1923 年冬，陈明到厦门《江声报》工作。1926 年 1 月，他以《江声报》驻沪通讯员身份去上海，在上海大学社会系半工半读，并加入中国共产党。

1926 年冬，陈明受党组织委派，赴广州任国民革命军东路军政治部组织科长，参加了向福建进军的北伐战争。1927年4月，在福建的国民党右派发动反革命政变，共产党组织遭到严重破坏，陈明遭通缉。他化装成教员，辗转来到武汉，向瞿秋白、周恩来等中共中央领导人汇报了福建的情况。

同年8月，陈明受命为中共中央福建省党务特派员，秘密潜回厦门，在鼓浪屿升旗山脚下设立秘密联络站，恢复各地党组织。同月，南靖重新成立中共闽南临时特委，他当选为书记。临时特委在陈明的主持下，大力恢复和发展农民运动，形成福建省农民运动的第一个浪潮。10月，陈明前往上海向中共中央汇报请示工作。中央认为福建已基本上具备成立临时省委条件，命他回闽召集各地党组织负责人，研究成立中共福建临时省委。12月，陈明在漳州主持召开中共闽南、闽北临时特委联席会议，成立中共福建临时省委，并当选为书记。

1928年4月，陈明在漳州不幸被捕。驻漳国民党第四十九师师长张贞引诱陈明失败后，又利用叛徒张余生以同乡好友的关系去劝降。陈明将计就计，以身体不适，要求找一个僻静的地方。张余生误以为陈明已有所悔悟，将他转押到一所较安静的平房里。9月22日晚，陈明趁守卫人员熟睡时，用棉花蘸火酒将屋顶的角板烧毁，扒开瓦片逃出。

陈明

1929年春，陈明被中共中央派往莫斯科东方大学学习。毕业后回到江西瑞金，任红军总政治部宣传科长兼瑞金红军大学高级班理论教官。1934 年 10 月，陈明随中央红军踏上长征的征途。到达陕北后，陈明到瓦窑堡中央党校任教。1936 年 6 月，红军大学开办，陈明被调到红军大学高级科担负军事、政治教学工作，后任校教导师训练部长。

抗战全面爆发后，陈明调任八路军第一一五师政治部副部长。1939 年春，他随第一一五师挺进山东，任苏鲁豫皖运南支队政治委员，活动在微山湖畔、运河两岸。

从资本家大小姐到八路军战士

1918 年夏天，济南辛家诞生了一个女孩，当时正是荷花盛开的时节，故取名辛淑荷，这就是后来的辛锐。

辛家原籍山东省章丘县（今济南市章丘区）辛寨村，是当地的大户人家。淑荷祖父辛铸九，文、官、商均有涉足，通书法，善文物鉴赏。1917 年，全家迁居济南。1919 年后，辛铸九先后当选章丘县议员、山东省议员，出任峄县、清平县知事。此间，他涉足商海，入股丰年、惠丰面粉公司，担任过裕兴化工厂、仁丰纱厂董事长，创办经文绸缎店，1930 年出任济南商会会长，在商界颇有声望。淑荷父亲辛葭舟，1924 年毕业于北京朝阳大学法律系，历任江苏淮安关分关、山东省建设厅及财政厅科员、视察员，1932 年出任山东平市官钱局滕县分局局长，次年转任潍县平市官钱局局长。

少年辛锐

淑荷 10 岁时，祖父在大明

湖南门西南侧建起中西合璧的三层居所，人称辛公馆。淑荷与姐姐树春、妹妹树莹成为公馆里的三位大小姐。受祖父熏陶，淑荷读小学时，即开始学绘画、习木刻，至小学毕业时已有所成。祖父聘请济南知名画家黄固源专门指导她学画。1933 年，长城抗战打响后，各界人士掀起捐献活动。15 岁的淑荷在祖父支持下，在济南民众教育馆举办个人画展，将义卖所得之款全部捐给抗日将士和东北流亡同胞。此时，她的梦想是当一名画家。然而，日本人的入侵彻底打破了她的画家梦。

1937 年 10 月，沿津浦铁路南犯的日军侵入山东境内，12 月进至黄河北岸，威逼济南。24 日，国民党山东省政府主席兼第三集团军总司令韩复榘率 10 万大军南撤，并放火焚烧济南城内各机关、商埠仓库和车站货场。27 日，日军入城，济南秩序大乱，商户、货场屡遭抢劫。于是，组织维持会，维持市面秩序和保证日军物品供应，成为紧要之事。在日军看来，维持会长最合适的人选莫过于辛铸九。但辛铸九坚辞不就，只答应代表商户出面交涉。

面对此情形，辛铸九权衡局势，果断地安排一家人随逃荒人流离开济南，暂到辛葭舟任职的潍县躲避，自己留济南，以应急变。

辛锐一家合影

但沿胶济铁路推进的日军很快逼近潍县，辛葭舟只好带着家人和封存好的现金南逃，经临沂、枣庄，辗转到了滕县城东桑村，借住在朋友李幼旭家。春节过后，日军逼近桑村，辛葭舟带着家人逃到长城村。在长城村，当地一个地主看中辛淑荷的才学容貌，找到辛葭舟为其儿子提亲。辛葭舟很生气，但寄人篱下不便发作，只推说战乱之际不宜议婚，委婉谢绝。

1938年春，辛葭舟设法将母亲、妻子和年幼的儿子等送回济南，只将二女儿淑荷、次子树明和小女儿树莹留在身边。地方土顽申从周扬言要绑架辛葭舟，抢他的女儿，幸有李幼旭疏通，方免除一场灾祸。

正当他们茫然无助之时，八路军队伍进村了。这支队伍是时任苏鲁豫皖边区省委书记郭洪涛带领的省委机关和第四支队第二、第三团。当年6月下旬，为支援受到地方土顽围攻的鲁南人民抗日义勇队，郭洪涛率部由莱芜南下，转战途中，在滕县东北的八里沟遭顽军孙鹤龄和秦启荣伏击，突围后进驻长城村。随同郭洪涛一起来的还有省委统战部长郭子化和统战科长赵笃生。赵笃生是辛葭舟次子在育英中学读书时的老师，此前即与辛家有交往。他们找辛葭舟谈话交心，讲述中国共产党的抗日民族统一战线政策和目前对日寇的作战方针等。辛葭舟很受教育，加之数月来颠沛流离的所历所闻，于是决心率子女参加八路军，抗日救国。为表达诚意，辛葭舟把从潍县带出来的一麻袋钱币捐献出来，以缓解省委机关和部队的经费困难。

辛葭舟4人跟随八路军队伍北上。为不给部队添麻烦，辛葭舟用自己的积蓄买了头骡子，驮着4人的行李，翻山越岭，于8月底到达沂水县岸堤镇。时值山东抗日军政干校第二期招生，辛氏姐妹和辛树明奉命进干校学习。进干校时，他们都改了名字。辛淑荷为自己取了一个颇有朝气而硬气的名字——辛锐，辛树明改名辛曙明，辛树莹取名辛颖。从此，世上少了3个资本家的小姐、公子，多了3个八路军战士。

干校学习、生活完全军事化。为区分辛锐姐妹俩，大家亲切地叫辛锐为大辛，辛颖为小辛。大辛、小辛的称呼随之在机关部队传开来，成为有名的姊妹花。

辛锐严于律己，认真做着以前从未做过的事情。当时，听报告都要做记录，一起的人中记得清楚、完整的要算是辛锐了。她常告诫妹妹，现在是革命战士了，要守纪律，刻苦学习，做好笔记。她的艺术和文学才能在干校也得到充分发挥，搞宣传、写标语、画漫画，忙碌而充实。

一个半月后，干校学习结束，辛锐被分配到省妇联任秘书。她将满腔的热情投入到工作中，常常挽起袖子挥洒大笔写标语和画宣传画，或为活跃部队和群众文艺生活而歌唱。行军路上休息或集合时，大家欢迎她唱歌，她也不忸怩，大大方方地演唱。她最喜欢唱的歌是《延水谣》。她的女中音，圆润深沉，歌声一起，人群就立刻安静下来。她深入蒙山前的岳家村号召放足时，光着脚踩在泥土里，把裤腿卷到膝盖，给妇女讲放足的好处："你不是觉得小脚好吗？那请你露出来，咱们看看谁的美。咱们再跑几步，看看谁跑得快！"

她文静和蔼，对小战士体贴入微、循循善诱。当时与辛锐一起工作的小战士徐兴沛在《永远怀念她——忆辛锐烈士》中记叙了一件事："有一次，我管她妹妹辛颖同志叫'小不能'，被辛颖狠狠地呛了一顿，我觉得委屈，向她说了这件事。她听后笑着对我说：'辛颖那样对你不应该，可你说话做事要看对象，不然就收不到好的效果。假若你对一位老大爷叫小孩，他会怎样对待你呢？辛颖虽然只比你大一、二岁，但你们都是革命战士了，要相互尊重，搞好团结才对。'一番话说得我心里热乎乎的。我认识到自己的不对，便高兴地向辛颖同志道了歉。"

辛锐出色的表现，得到党组织的信任，被吸收加入中国共产党。曾经的资本家大小姐在不到半年的时间里，已开始脱胎换骨。

1939年6月，日军“扫荡”沂蒙山区。为便于行军作战，山东分局把青委、妇联、大众日报社、战地服务团等直属单位合编为沂蒙大队，由大众日报社社长匡亚明率领，在沂水县王庄、夏蔚东北一带山里打游击。青委青训班的于冠西等人和辛锐编在一个分队。一天傍晚，他们正在沂水县杏峪一带的山沟里隐蔽，山口方向突然传来三八式步枪的射击声。领队命令大家立刻分散，向山北坡转移。于冠西当时患伤寒病，已经两天吃不下干粮，头痛、身子软，浑身无力，他用尽力气，走了几步就瘫软在一棵柿子树旁。正巧辛锐从后面跑来，她摸了一下于冠西的前额说：“哟！滚烫滚烫的！”随即蹲下身子，对他说：“快，快，把手搂住我的脖子！”背起他就跑。于冠西虽说比辛锐小几岁，毕竟是个小伙子，几次挣扎着说：“快放下，放下我。”平素温柔文静、举止娴雅的辛锐，像换了一个人，似乎什么也没听见，死命地扳着他的两条腿，跑过了呼啸着子弹的岭坡，气喘吁吁地把于冠西放到一块巨石后面。在一片夕晖的映照下，她的脸是那么黄，她的衣裳全都被汗打湿，帽子也不知道什么时候丢了，头发散乱地披散下来。休息了一会儿，他们相互依傍着，搀扶着，赶上了分队。于冠西被扶到一间屋子就昏睡过去。他病情好转后，向陪同的人打听辛锐的消息，被告知，辛锐因患伤寒，在夏蔚南山里养病，没过多久就病故了。不幸的消息，使于冠西悲痛欲绝。1976年，他到济南参加国家出版局的一次会议，拜访了辛颖夫妇，旧事重提，方知实情。辛锐当时确是染上伤寒，躺在一个“团瓢”里连续多日高烧昏迷，后在辛颖等人精心照料下逐渐康复。辛颖从于冠西的叙述中才得知事情的原委，禁不住感叹：“姐姐就是这样。她做了事总不肯对人说。这事她从来没对我说过，看来她也没有向上级领导提起过。”她向于冠西讲述了辛锐牺牲的情形，并将辛锐唯一的遗物、学生时代画的一幅《凤鸣朝阳图》，转赠于冠西。

1982年，于冠西应山东省妇联之邀，撰写纪念辛锐的文章时，再次翻看这一珍藏遗作，仍感慨万千。他在回忆文章《记大辛》中写道：“你在那民族危亡之秋，不仅是大明湖畔百花洲头的一支出污泥而不染的白莲，你还是一只寻求朝阳高岗上的梧桐，去实现民族和人类解放抱负的凤凰。你一旦找到了这理想之所，你就赤诚地、无保留地、全身心地献给了这壮丽的事业。最后，你终于成了古代天方国传说中的神鸟‘菲尼克司’——热火中的凤凰。你把自己纯真的血肉之躯，连同你那灿烂绚丽的翎羽文采，一齐投进那香木之火，你的精英，和所有先烈们一起，化成了一片永不泯灭的照亮人间的光明。”

辛锐遗作《凤鸣朝阳图》

从相识到相爱

1938 年 12 月，苏鲁豫皖边区省委改为中共中央山东分局，移驻沂水县王庄。分局党校亦由岸堤迁到沂水县夏蔚村。1939 年 10 月，朱瑞接任分局书记兼党校校长，并选择担任过红军大学教官的陈明作为搭档。这样，陈明便由硝烟弥漫的鲁南战场，来到驻夏蔚的分局党校，担任副校长，并讲授政治理论课。

1940 年 4 月，辛锐被选派到党校第五期培训班学习。在这里，辛锐认识了讲授理论课的陈明。陈明待人温和随意，讲课深入浅出，并在《大众日报》上先后发表了《拥护民主政权》《宪政运动与群众运动》《新民主主义的沂水参议会》等理论文章。朱瑞称他为“我们山东的一位理论家”。陈明博学的理论素养，引起辛锐的兴趣。陈明也被辛锐文静敦厚、柔嘉端庄的气质所吸引，尤其欣赏她的绘画才能。

1940年7月至8月，山东抗日根据地在沂临边联县青驼寺（现为沂南县青驼镇）举行联合大会，选举产生了山东省战时工作推进委员会，陈明被推选为委员兼秘书长（次年4月被公推为副主任兼秘书长）。此后，陈明便投入到山东抗日民主政权工作中，但他对辛锐难以忘怀，便转托陈若克找辛锐谈话。心思单纯、一心扑在工作上的辛锐，始终未松口。陈明毫不灰心，每隔一段时间，就骑着马或骡子去看一次辛锐，也不多说什么，只是小心地问：“会不会打扰你的工作呢？”“你会不会身体不舒服？”“会累吗？如果你累了，我就先回去了。”陈明的温情终于打动了辛锐。

1940年10月，山东省妇联决定筹备成立姊妹剧团，以文艺形式助推妇女工作，筹备期间暂定名为“工作团”，将文艺当作武器教育妇女，提高妇女的政治觉悟，推动山东妇女工作的开展。刚结束党校学习的辛锐便投入剧团的筹备中。1940年底，剧团人员基本配齐，共21人。她们大都是从抗大女生队应届毕业生中挑选出来的从事过文艺宣传工作的人员，少部分是从省机关调来的。省妇联任命辛锐为团长，甄磊为指导员。

剧团以演戏、唱歌、宣传画等形式动员妇女参加抗日，争取自身解放。要演出就要进行创作，开始是利用旧形式填写新内容，或创作简单的小杂耍、对口词、快板、活报剧等，后来逐步发展到创作独幕剧、多幕剧。

剧团白手起家，演出用的服装是向老大娘、大嫂借来的，化妆颜料用的是墨汁、锅底灰、红墨水。辛锐既要指导编写剧目、导演排练，又要登台演出。她和甄磊创作并合演了一出对口快板《赶集》，采用老大娘赶集的形式和生动而饶有兴趣的对话，启发老大娘参加妇救会。甄磊饰演的老大娘朴实、逼真，辛锐扮演的妇女干部亲切可爱。

从1940年10月到1941年2月底的筹备阶段，剧团编写歌曲、快板、杂耍、舞蹈、独幕剧等20多个，演出数十场。正式成立剧团的时机已经成熟。

1941年3月8日，山东分局和省妇联在莒南县板泉区沙岭子村举行了庆祝三八国际劳动妇女节暨姊妹剧团成立大会。分局书记朱瑞讲话，向姊妹剧团提出三项任务：一要培养大批妇女干部；二要深入群众，组织妇女；三要向广大妇女和男子进行宣传，以求得妇女彻底解放。辛锐代表剧团接过了省妇联授予的锦旗并致谢。接着，姊妹剧团演出了文艺节目。

就在庆祝活动的同一天，在三间稍加整理的草房里，陈明和辛锐举行了俭朴的结婚仪式。辛锐没有告知家人，只有朱瑞、黎玉、陈若克、甄磊等前往祝贺。新婚第三天，二人就回到各自的岗位。

1941年5月，为活跃根据地文化生活，交流文艺、戏剧工作经验，山东分局决定举行一次大规模的剧团联合公演。参加演出的有抗大一分校文工团、第一一五师战士剧社、山东纵队第二旅突进剧社、山东抗协宣教大队、山东省妇救会姊妹剧团、山东纵队鲁迅宣传大队、突进三分社、鲁南黎明剧团八大剧团，故称“八大剧团联合会演”。

陈明、辛锐夫妇

八大剧团联合公演后，山东分局决定让姊妹剧团到鲁南山区开展工作。怀孕3个月的辛锐，为不影响工作，服下过量的奎宁片堕胎，身体受到严重摧残。分局组织部把她安排到陈明身边，一边养病，一边做一些秘书事务。在此后时间里，辛锐一直强忍着病痛的折磨进行工作。

同陨大青山

1941年冬，日军调集5万重兵对沂蒙山区发动“铁壁合围”大“扫荡”，企图一举消灭山东八路军主力和中共山东党政军领导机关。中共山东分局、第一一五师指挥所属部队和根据地人民展开反“扫荡”斗争。

日军“铁壁合围”八路军主力失败后，转而采取“清剿”战法。11月29日，第一一五师特务营与山东纵队第二旅向驻孙祖北面的绿云山日军发起进攻。为防机关受损，陈明和第一一五师司令部第五科科长袁仲贤率第一一五师警卫连、抗大一分校部分学员、第一一五师和省战工会机关人员等，越过临（沂）蒙（阴）公路，转至大青山东北地带，30日拂晓，与日军一个旅团遭遇，双方展开激战。陈明率警卫部队占领附近高地，掩护队伍向望海楼方向突围。陈明最后突围时，4个随身人员已牺牲3个，只剩下19岁的警卫员吴开玉。当他俩突围到东蒙山与西蒙山之间的大沙河沟崖上时，遭日军用重机枪交叉火力封锁，陈明双腿受伤，困在沟崖上，上不去下不来。他对小吴说：“我不能跑了，你赶快跑，多活一个是一个。”小吴哭喊着要背陈明一起走。陈明命令他：“这是战场，你要服从命令！你给我走！”抗大的几名学员发现陈明，要冲过来抢救，还没接近他隐蔽的地方，日军已逼上来。身负重伤的陈明将剩下的几颗子弹射向了日军，最后一颗对准了自己。39岁的陈明把自己的生命连同他的爱情留在了大青山。

就在陈明牺牲的同一天，辛锐也身负重伤。反“扫荡”开始后，辛锐率领20多位女同志随部队转移至大青山东北地带。30日当天，在费东县大古台村（今属费县薛庄镇），她和陈明相遇。由于情况紧急，陈明和她打了个招呼，便带领部队出发阻击敌人。没有想到这次分别竟成了永别。

告别陈明后，辛锐带领20多位女同志隐蔽于费东县辛庄子。在那里，辛锐把7名体弱的女同志委托给地下交通员，她带领其余人员与敌人周旋，在猫头山与敌遭遇。辛锐掩护其他人员撤退时，腹部中弹，右膝盖骨全部被打碎，左膝盖骨被打掉一半，经抢救包扎，于当晚被抬到火红峪山东纵队第二卫生所驻地。

得知辛锐负伤后，姊妹剧团与省青联工作团合并组建的联合剧团团长王照华安排年轻演员徐兴沛来护理她。徐兴沛见她伤得这样重，流着眼泪扑上去拉着她的手说：“团长，您受伤了！”辛锐慢慢睁开眼说：“不要紧——别难过——小徐。”根据村民聂凤立的提议，二所的医护人员给辛锐找了个叫鹁鸽棚的矮而宽阔、进出口小的山洞藏身，地面铺上干草让辛锐躺在里面。徐兴沛在《永远怀念她——忆辛锐烈士》的回忆文章中，详细描述了辛锐养伤期间的情况。

安顿好后，徐兴沛把煮好的母鸡和花生端过来。辛锐风趣地说：“过年了，会餐了！”刚吃了两三口，又昏迷过去了。徐兴沛摇着她的双臂喊了好一阵，才把她叫醒。他一边喂鸡汤，一边介绍附近的地形。这个山洞四周乱石纵横，很隐蔽，山洞左上方有个孔，可以看到附近的两个山洞，民兵在周围布上了地雷。辛锐又叫徐兴沛在洞口外埋上几颗手榴弹，把拉线引到洞里。

埋好手榴弹不久，突然响起机枪声，漫山都是火光。“轰”地一声，搜山的日军踩响了地雷，接着是一阵机枪声，日军嚷叫着：“八路的有，快快出来！不出来，死了死了的！”日军的喊声和脚步声越来越近，已经走到洞顶的大石板处。徐兴沛担心敌人发现洞口，起身就要冲出去把敌人引走。辛锐抓住他的胳膊说：“要沉着！”日军在洞口外折腾了一天，什么也没有发现。

几天以后，辛锐的伤痛逐渐减轻，能吃点东西了，但因大雪封山，缺吃少喝，徐兴沛只身出去找吃的。由于敌人的封锁和找粮的困难，徐兴沛只弄到点地瓜干和饮水回到山洞。这时，辛锐再次陷入休克。徐兴沛连忙给她喂温水，约过了半个小时，辛锐才苏醒过来。徐兴沛将煮好的地瓜干送到她嘴边。她慢慢嚼着说：“地瓜干真甜，真好吃！”她还叫徐兴沛给在附近隐藏的伤员送点去。

吃罢饭，徐兴沛点起火堆，寒冷的山洞充满了温暖。辛锐跟徐兴沛交谈起来。谈到她为了抗日救国，怎样跟随爸爸离开舒适的家庭，来到沂蒙山；谈到她如何由一个四体不勤、五谷不分的小姐成长为一名八路军战士、共产党员；又谈到陈明怎样关心照顾她；还谈到美好的未来。徐兴沛强压内心的悲痛，没有告诉她陈明牺牲的消息。

辛锐在山洞里住了十几天，伤势渐好，局势稳定了些。12 月 16 日，二所派人把她接到火红峪村聂凤举家，烧了一缸水，给她洗澡，洗衣服，又把香喷喷的煎饼送到她的嘴边。吃过饭，她兴致勃勃地和大家攀谈起来。当听到甄磊牺牲的消息时，她“啊”了一声，眼泪夺眶而出，悲痛地说：“甄磊是个好同志。她参军比我早，打仗很勇敢；在地方做妇女工作也很有经验，还有较深的艺术造诣。”她勉励大家继承烈士遗志，抗战到底。

当天晚上，辛锐没有回到洞里。第二天早晨，一股撤退的日军路过这里，包围了火红峪村。二所的同志抬着辛锐往北山突围。据当时抬辛锐突围的唯一幸存者韩波（女）回忆，他们抬着辛锐刚冲出村，枪声大作，日军围了过来。辛锐令他们放下她，赶快突围。他们不忍心，仍抬着她边打边冲。不料辛锐从担架上滚下来，大喊：

“你们快走！冲出一个是一个！”话音刚落，就有两人中弹倒地。韩波和另一名同志将她架到山脚下的乱石缝中，将身上的3颗手榴弹留给了她。日军围上来，喊叫着：“抓活的！抓活的！”辛锐扔出两颗手榴弹，炸倒几名日军，剩下的日军一拥而上，一发子弹射中辛锐胸部。她强忍着剧痛，靠在一块石头边，待日军靠近，用力拉响最后一颗手榴弹。年仅23岁的辛锐与日军同归于尽！

第二天，二所的医护人员和村民将辛锐的遗体连同留下来的衣服，掩埋在距她殉难处10余米的鹅头岭东坡。

英魂不朽

陈明去了，带着对妻子的挂念；辛锐去了，带着对丈夫的眷恋。这一天，他们结婚只有8个月22天。作家张西在《抗战女性档案》中写道：“如果说陈明从遥远的南方来到沂蒙山打日本鬼子是形势造成的话，那么，在齐鲁大地上遇到辛锐则是命中注定。就像跟辛锐

华东革命烈士陵园陈明、辛锐合葬墓

约好了似的，连死都要在一起。”他们忠诚于国家、民族，面对残暴的入侵者视死如归的精神，如同郁郁葱葱的大青山一样，万古长青。

1944 年，山东抗日民主政府在费东县（今沂南县）东梭庄村建立梭庄烈士陵园（今大青山烈士陵园）。陈明、辛锐忠骨移入陵园，分别安葬。

1977 年，费县县委、县政府在火红峪辛锐墓前立了墓碑，后又在山溪东岸建立了六角碑亭和跨山溪的小桥，便于人们瞻仰凭吊。小桥两端，几株高大的板栗树，枝叶繁茂，浓荫遍地，沉静而肃穆。

20 世纪 80 年代，陈明、辛锐遗骨由沂南梭庄烈士陵园迁葬于临沂华东革命烈士陵园，修建了六面亭柱体、高 9.3 米的夫妻合葬墓，时任国务院副总理谷牧题写了碑文——陈明辛锐烈士之墓。

1992 年，章丘市委、市政府在辛锐故乡辛寨镇建立辛锐中学，洁白的辛锐雕像矗立于校园。2019 年 7 月 1 日，辛锐纪念馆在辛锐中学建成开馆。

（杨明清）

马石山十勇士

马石山是乳山市境内一座海拔高 467.4 米、方圆 20 平方公里的崇山峻岭。在这里不仅有美丽的神话传说，还有一个家喻户晓、广为传颂的抗日英雄群体——马石山十勇士的动人故事。

1942 年 11 月 23 日傍晚，八路军胶东军区第五旅十三团七连二排六班的 10 名战士在执行完任务路过马石山时，意外得知山上有被敌围困群众，他们不顾个人安危，4 次往返敌人密布的火网线，勇猛杀敌，解救群众。至 24 日，成功护送 1000 多名群众安全突围。10 名战士却因寡不敌众全部壮烈牺牲，用鲜血和生命谱写了一曲可歌可泣的抗战之歌。

美丽的马石山

日军拉网“扫荡”马石山

战争进入相持阶段后，日军对中国共产党领导下的抗日根据地进行了频繁、残酷的大“扫荡”。由于胶东半岛三面环海，地理位置优越，日军便把这里当做其往来海陆之间的重要通道和实施“以战养战”战略的补给站之一。为了摧毁胶东抗日根据地，维护其特殊利益，日军于1942年冬天发动了历时40天的胶东大“扫荡”。马石山就是日军预谋“合围”的一个中心。

1942年11月8日，日军华北方面军司令长官冈村宁次亲自抵达烟台，部署指挥大“扫荡”。这次“扫荡”规模空前且极度残暴。11月17日，日军出动600多辆汽车，每车满载兵员，从青岛、高密出发前往莱阳、栖霞、福山等地。11月21日，日军开始逐步缩小以马石山为中心的“铁壁合围”。白天，他们缓慢推进，途中不放过任何一个村庄，哪怕是山野荒庙也要进去搜查抢劫。晚上，他们就地露营，燃起灯火一般的拉网火堆，同时架起机关枪，对往来行人进行扫射。日军就是以这种方式将附近的军民一步步地逼向马石山。11月23日晚，大批日军集聚在马石山下，妄图一举消灭这里的八路军主力。11月24日，残暴的日军发现胶东八路军主力和党政机关早已转移，便将无情的屠刀转向手无寸铁的群众，制造了惨绝人寰的“马石山惨案”，仅23日晚上至24日上午，惨遭日军杀害的民众就达500多人。

一个日军营长在日记中记载：“两万之众，用蜘蛛网式之配备，大举扫荡全鲁东，每日二十里，所到之处席卷一空，妇女为之奸，壮丁为之捆，东西为之光……”由此可见，日军对中国犯下的滔天罪行！

马石山大“扫荡”，日军出动部队2万人（日军1.5万人、伪军

5000人），舰艇26艘，飞机10架，而胶东八路军主力部队和地方武装只有1.4万人。面对来势汹汹的敌人，胶东军区一方面充分考虑当时敌我双方兵力、装备的巨大悬殊；另一方面利用敌后军民善于游击作战的优势，制订了反“扫荡”作战计划。八路军各连、营正是在“分散活动，分区坚持”方针指引下，灵活作战，消灭敌人，解救群众。在这次反“扫荡”中涌现出了多个抗日英雄群体，马石山十勇士就是其中的一个。

“我们是人民的队伍！”

1942年11月23日，寒冷的夜晚悄悄降临，日军黑压压地集聚在马石山下，已完成对以马石山为中心的20平方公里的“拉网合围”。牟平、海阳、栖霞等地数千名群众和部分八路军分队被围困在敌人布置的网内，面临着被屠杀的危险。情况万分紧急，空气陷入异常死寂。被困群众惊慌失措，人群中不时发出哭泣声、哀叹声……

马石山十勇士纪念馆里的十勇士雕像

突然，有人激动地喊道："是八路军！八路军！"

只见战士们犹如神兵天降一般出现在群众眼前，他们就是八路军胶东军区第五旅十三团七连二排六班的10名战士。如同在八路军第五旅十三团的王济生后来在《血火雄风》一书中所描述的："被围人群，大多数老幼妇孺，以为死路一条……傍晚暮色中看到十位战士迎面走来，黄绿色棉军衣、钢盔、绑腿、三八大盖……知是八路军战士。"10名战士是在东海执行完任务路经马石山时，意外得知有数千名群众和部分八路军分队被困在山上。于是，他们在未来得及向上级请示汇报的情况下，义无反顾地留下来解救群众。

班长王殿元看着战士们个个精神饱满、意志坚定的样子，问道："同志们！我们是什么人的队伍？"战士们齐声喊道："我们是人民的队伍！"王殿元压低了声音又问道："怕不怕？"一个战士走出来说道："不怕，怕死就不是共产党员"，"我是一个共产党员，为了国家，为了人民，我愿献出我的生命。死，我也心甘情愿"。其他战士们也纷纷喊道："救他们出去，我们死也不能丢下老百姓！"

战士们安抚了群众的慌乱情绪，叮嘱大家突围时一定要悄无声息、统一服从班长指挥。人群中一位老者主动站出来，向战士们介绍了马石山周边的地形环境和山上被困群众的大致情况。战士们经过一番商量讨论后制订了第一次突围计划。王殿元先去侦察敌军情况。一看，正是突围好时机！此时夜色渐浓，敌人的喧嚣逐渐安静下来，兵力比较分散且大部分日军已经疲惫不堪地睡着了。随后，王殿元带领3名战士悄悄靠近，用打湿的衣服灭掉火堆，迅速干掉了几名哨兵和熟睡日军。其他战士则低声催促着、顺着第一个打开的沟口有序护送200多名群众安全突围。

战士们本可以和突围群众一起冲出去，但是他们却选择留下来继续解救被困群众。王殿元神情凝重地回头望向山上，用拿枪的手在空中坚定一挥，便带领9名战士飞一般地重新返回了敌人的"拉网火线”。

这时已经进入后半夜，敌人戒备处于最懈怠的状态。

战士们没走一会儿就遇到了农救会的会长，正带领海阳县100多名群众寻找突破口。王殿元向会长详细询问了山上群众隐藏的情况，与战士们商量后，制订了第二次突围计划：10名战士分成3组分别行动。王殿元带领3名战士，寻找新的突围口，负责把会长和群众就近护送出去；另外2组战士则深入附近继续找寻分散群众，在第一个突破口护送群众安全转移。王殿元和会长一行刚越过一个小山坳就发现了一个沟口，敌人警备松懈，他们悄无声息地袭击了哨兵，又成功打开一个希望通道。会长和群众趁机有序撤离。看着群众撤离得差不多了，王殿元冲着战友们低声地喊了一句：“走！”会长见状，着急地拉住王殿元的手说道：“你们再回去，叫俺不放心哪！不能回去！”王殿元坚决地说：“乡亲们，你们走吧，山上还有被困的群众等着我们解救呢……”话音未落，王殿元和3名战士转身前往第一个沟口与其他2组战士会合去了。会合后，战士们又一次飞奔返回敌人的“拉网火线”。

在山中，战士们又找到了一批被困群众。正当他们准备就近从第一个突破口安全突围时，被一伙敌人发现了。敌人向正在撤离的群众疯狂地开枪。王殿元当机立断，命令一名战士负责引开敌人注意力，而他带领两名战士与沟口方向的敌人展开了近距离搏杀。经过一阵厮杀，战士们再一次成功歼敌，护送群众安全转移。不幸的是，在这次突围中，一名战士壮烈牺牲，王殿元和其他战士也都受了伤。

此时，天空已微微变亮，黎明即将到来。如果战士们再次返回将会面临严重的生命危险。看着负伤的战士们，群众眼含热泪劝战士们一起走。然而，战士们心中牵挂着尚待解救的被困群众，哪里还顾得上个人安危！当得知西南面山沟还有满满一沟被困群众后，王殿元带着战士们第四次义无反顾地跳进了敌人的“拉网火线”。

英雄血洒马石山

不知不觉，天已大亮。山下枪声开始不断响起，日军已经准备好最后“收网”了。

翻过几处小山坳后，战士们果然找到了被困群众。群众看到八路军突然出现，欣喜万分，就像见到了自己的亲人一般，都赶忙向战士们靠拢过来。战士们迅速带领群众开始有序转移。突然，一伙敌人发现了正向沟口小心移动的战士们和群众，疯了一般从四面八方扑过来。情况万分紧急。王殿元冲着战士们大喊一声：“同志们，给死了的群众和战士报仇啊！”战士们像利剑出鞘一般杀向凶恶的敌人。双方展开了惨烈厮杀，部分群众乘机得以逃出虎口。不幸的是，突围中又有3名战士牺牲了。

枪声越来越密，天上盘旋的敌机不断扔下炸弹。为了争取让更多的群众安全转移，王殿元带领5名战士，主动吸引敌人主力，边打边退，最终登上马石山山顶。登上山顶后，战士们利用敌人进攻间歇的时间迅速用石头堆起了一个临时墙体。利用墙体作掩护，他们对山下的日军进行猛烈还击，打退了日军的数次进攻。子弹打光了，王殿元高声喊道：“同志们，用石头砸！”于是，战士们开始用手榴弹和石头再次向山下的日军展开猛烈还击。从山下冲上来的日军被战士们打得哭爹喊娘、嗷嗷大叫。然而，不幸的是，在敌人的飞机轰炸中又有3名战士壮烈牺牲了。

日军知道战士们伤亡惨重且弹药不足，便狂妄地喊道，“八路缴枪吧，缴枪不杀”，企图以此威逼利诱战士们放下武器投降。敌人的诱降注定只能是痴心妄想，战士们宁愿牺牲也坚决不投降！此时，战士们只剩最后两颗手榴弹。王殿元将其中一颗手榴弹扔向山下叫嚣的日军，把另一颗手榴弹拉响之后，与剩下的2名战士紧紧抱在一起同爬上山顶的敌人同归于尽。

在他们生命的最后一刻，三人齐声高喊着“共产党万岁”。这喊声响彻云霄，久久不曾散去……

抗战丰碑永不朽

抗战时期，马石山十勇士解救群众千余人，血洒马石山的英勇事迹至今为这里的人们深深感怀！

“十勇士”称号最早出现于著名作家马少波1943年1月在《大众报》发表的文章《十勇士》。此文是作者经过采访大量当时被救群众写作而成的。由此，我们可以说“十勇士”称号是群众发自肺腑对战士们的高度称赞。同年，胶东公署在马石山南坡竖立起马石山殉难军民墓碑，并召开公祭大会，沉痛悼念牺牲战士和遇害群众。之后，胶东军区司令员许世友下令对战士们誓死保护群众的英勇事迹进行广泛宣传。新中国成立后，为了缅怀马石山十勇士，乳山市相继在马石山上建成革命烈士纪念塔、抗日烈士纪念堂、纪念碑和烈士陵园。1985年，许世友上将为陵园题词：“缅怀革命先烈，献身四化建设。”林浩少将题词：“永远不要忘记马石山英勇牺牲的同志

马石山十勇士纪念馆

们！学习他们的爱国主义精神。”

2014 年 8 月，马石山十勇士被党中央、国务院批准为五大抗日英雄群体之一，同时入选民政部公布的第一批 300 名著名抗日英烈和英雄群体名录。2015 年，马石山十勇士旗帜作为抗战胜利 70 周年大阅兵第一个英模方队旗帜之一在天安门前接受了祖国和人民的检阅。

然而由于种种原因，10 名战士的姓名未能全部查证。其中，已查证 7 名战士的姓名分别是王殿元、赵亭茂、王文礼、李贵、杨德培、李武斋、宫子藩，还有 3 名战士姓名至今无从考证。但毫无疑问他们都是中国人民心中的胶东好儿郎，他们有一个共同的响彻云霄的名字，那就是马石山十勇士。

马石山上英魂常在，松柏长青。马石山十勇士以鲜血和生命书写了胶东人民抗战史上光辉的一页。作为一座矗立在马石山上的抗战精神丰碑，它将永远活在中国人民心中。

（刘晓凤）

《跟着共产党走》和《沂蒙山小调》的诞生

《跟着共产党走》和《沂蒙山小调》都诞生于20世纪40年代。尽管都是革命战争年代的歌曲，两首歌却历久弥新。建党80周年时，临沂市沂南县在东高庄举行了隆重的《跟着共产党走》歌曲诞生地纪念揭牌仪式;《沂蒙山小调》则被联合国教科文组织宣布为中国最具代表性的两首民歌之一。这不禁让人疑惑，两首歌曲是如何诞生的，又具有怎样的魅力?

《跟着共产党走》的诞生

你是灯塔，照耀着黎明前的海洋；
你是舵手，掌握着航行的方向。
伟大的中国共产党，
你就是核心，你就是方向。
我们永远跟着你走，人类一定解放；
我们永远跟着你走，人类一定解放！

这首脍炙人口的革命经典歌曲《跟着共产党走》(即《你是灯塔》)，是沙洪、久鸣在20分钟之内创作完成的，沙洪作词，久鸣作曲。

沙洪，原名王敦和，1920年生于安徽省萧县。1936年在徐州中学读书时，参加共产党领导的徐州学生联合会。由于开展抗日活动，被学校开除。全面抗战爆发后，沙洪进入延安抗日军政大学学

沙洪

习。1938年加入中国共产党。1940年随抗大一分校来到沂蒙根据地。

久鸣，原名王承骏，又名王岳，笔名久鸣，1918年生于上海，在音乐专科学校受过专门教育。1937年参加革命，奔赴延安，后进入鲁迅艺术学院学习。1938年毕业于延安鲁艺音乐系，同年加入中国共产党。1939年任抗大一分校文工团副主任，同抗大一分校来到沂蒙山区。

要追溯《跟着共产党走》这首歌的诞生过程，还要从抗战烽火纷飞的沂蒙山区和抗大一分校说起。

1935年，中央红军长征到达陕北后，随营学校和陕北红军干部学校合并为中国工农红军学校，后又改编为西北抗日红军大学，以此为基础开办了中国人民抗日红军大学，简称红大。1937年，红大改名为中国人民抗日军事政治大学，简称抗大。抗大有14所分校，抗大一分校是创办最早、历时最长、培养干部最多的一所分校。为了坚持敌后抗日游击战争，巩固和发展山东抗日根据地，1939年，中央军委命令抗大一分校到山东抗日根据地办学。同年3月，由于根据地抗战形势的需要，抗大一分校决定成立一支文艺宣传队伍，全名文化娱乐工作团。后来为适应客观形势需要，校部决定，把文化娱乐工作团改为抗大一分校文艺工作团，即文工团。随着阵容扩大和工作需要，文工团内部设立起必要的组织机构。当时，文工团主任是袁成隆，副主任是久鸣，支部书记是史屏，沙洪则在抗大一分校政治部工作。

1940年，抗大一分校到达鲁中抗日根据地后，多次驻扎在沂蒙山区的孙祖与岸堤一带。徐向前领导的孙祖战斗结束后，人民群众抗日情绪高涨，抗大一分校也在根据地不断发展壮大。当时，抗大一分校准备在七一召开党代会。文工团负责演节目、教新歌，但是直到6月下旬也没有新歌。袁成隆焦急地找来史屏和久鸣商量办法。三人一致认为，必须用一首新歌，向党成立19周年和抗大一分校党代会献礼。新歌的作词就由沙洪来负责，这是因为沙洪当时在政治部担任宣传干事，过去也曾写过一些歌词，笔杆子过硬。特别是在孙祖战斗结束后，沙洪曾写过一首军民团结杀敌的诗词，在庆功会上朗诵时获得了大家的一致赞扬。

久鸣

于是在一个烈日炎炎的中午，史屏满头大汗地跑到沙洪屋里，一进门就高声喊道："老沙，交给你个紧急任务。"沙洪一听这话，赶忙倒了碗水，递过去一个小凳。史屏喝完水，抹了把汗说："七一快到了，团部研究，让你写首歌词献礼。作曲由久鸣负责，已经给他打过招呼了，他说要和你比赛，你写歌词用多久，他作曲就用多久。"

沙洪在《山东革命文化史料丛书·难忘的历程（鲁中南篇）》中回忆道："这个任务来得虽然比较急，但我当时并不觉得写这首歌词是为了'赶任务'，在我思想上和感情上好像已经有了准备。我愉快地接受了这个任务，立即构思，只用了十分钟左右就写好了歌词，歌词把党比作'灯塔''舵手'，歌颂党是领导的'核心'，代表着抗战的‘方向’。这些形象和概念，都是当时整个抗日形势，首先是山东半岛的形势的真实反映。一九四〇年六月，抗日战争已经进行了三年，广大人民群众，在我党领导下，前赴后继，浴血奋战，抗击日寇，保卫国土家园。可是，国民党顽固派，非常惧怕以我党为代表的人民力量，他们消极抗战，制造摩擦，不断掀起反共逆流，制造残害八路军、新四军和人民群众的惨案。日本帝国主义，也把主要作战力量转移到敌后战场，加强对我根据地军民疯狂地‘扫荡’和掠夺，抗日游击战争进入了最艰苦的阶段。但是广大人民群众在党的领导下，不仅没有被敌人吓倒，而且信心百倍地和敌人进行斗争，他们清楚地看到只有中国共产党和八路军，才是抗日的中坚力量，是真正同人民群众同甘共苦的，是全心全意为人民服务的。因此，人民群众无限热爱党拥护党，他们坚信不管困难有多大，风浪有多高，道路多么崎岖，黑夜多么漫长，只要有共产党在，中国就不会灭亡，人民就不会做亡国奴，黑暗就会消失，曙光就在前面。我作为一个年轻的共产党员和八路军宣传战士，从周围群众中感受到、看到和听到这种朴素的感情和坚定的信念，我的心灵深处，也

《跟着共产党走》歌曲的诞生纪念地沂南县孙祖镇东高庄村

积聚着同样的思想和感情。革命斗争的实际表明，我们的党不愧是夜海中的灯塔，航船上的舵手。没有党的领导，就不可能有抗日战争的彻底胜利和人民群众的翻身解放，这已经是历史的结论。我当时就是怀着这样的信念、思想和感情来写歌词的，可以说，这歌词是从我心中迸发出来的。”

《跟着共产党走》这首歌写出来后，马上安排试唱，随后被搬上了抗大一分校党代会和建党 19 周年纪念会。会议结束后，各代表将这首歌带到各解放区，甚至通过地下工作者传到了敌占区。这首歌写出了根据地军民对党的衷心拥护，表达了广大党员、干部、群众跟着党走的坚定信念。1949 年 10 月 1 日，在中华人民共和国开国大典上，军乐队奏起了《跟着共产党走》，万千群众齐声高唱，其中一句歌词由“年轻的中国共产党”改为“伟大的中国共产党”。

《沂蒙山小调》的诞生

山东费县蒙山望海楼山下白石屋村耸立着两块花岗岩石，一块镌

《沂蒙山小调》诞生地白石屋村

刻着“沂蒙山小调诞生地”字样；另一块正面镌刻着《沂蒙山小调》的歌词与曲谱，背面镌刻着《沂蒙山小调》诞生记。从诞生记中可以了解到《沂蒙山小调》是一首革命歌曲，由阮若珊作词，李林作曲。

阮若珊，祖籍河北省怀安县柴沟堡镇，幼年在家乡小学读书，1933 年随父母迁居北平，1934 年在北平师大第二附小毕业，由学校保送至北平师大女附中读书。1935 年冬参加了北平一二·九抗日救亡运动，1936 年 2 月参加抗日民族解放先锋队，在地下党的领导下积极参加抗日活动。李林，原名李森林，祖籍河北省，1938 年到革命圣地延安，进入抗日军政大学。先后在八路军第一一五师六八八团、晋东南抗大一分校、文工团任干事、文化教员、创作股长。1939 年 4 月在晋东抗大一分校加入中国共产党。

《沂蒙山小调》的前身是歌曲《反对黄沙会》。黄沙会是被国民党反动派利用，诋毁共产党及党领导的抗日军民，离间党与当地群众关系的反动会道门组织。1940 年 6 月，抗大一分校接到命令，参加了消灭黄沙会的战斗。其中，文工团的任务是用文艺宣传的形式，一方面控诉黄沙会的罪行，另一方面教育被蒙蔽的广大群众。为此，

阮若珊（前排左二）、李林（前排右二）与文工团战友合影

文工团团长袁成隆找来阮若珊与李林，让他们写首新歌，以此揭露黄沙会的阴谋，团结广大群众，辅助反对黄沙会的斗争。

当时文工团驻扎在白石屋村。在一间由乱石砌墙、茅草盖顶的破旧石屋里，阮若珊与李林开始了创作。虽然白石屋村地处山区、十分贫瘠，但是山清水秀。阮若珊沉醉于这宁静又美好的自然环境，写下了前两段歌词：

“人人那个都说（哎）沂蒙山好，沂蒙那个山上（哎）好风光。青山（那个）绿水（哎）多好看，风吹（那个）草低（哎）见牛羊。”

然而这样美好的家乡，却被黄沙会搞得乌烟瘴气。于是后六段歌词揭露了黄沙会的反动本质，号召大家跟随共产党消灭这害人的反动会道门。自然而然这首歌的歌名就叫做《反对黄沙会》：

“自从（那个）起了（哎）黄沙会，大家（那个）小户（哎）遭了殃。

牛角（那个）一吹（哎）嘟嘟响，拿起（那个）刀枪（哎）上山岗。

硬说俺的肉身子（哎）能挡枪炮，谁知（那个）子弹穿过见阎王。

装神（那个）弄鬼（哎）把人害，烧香（那个）磕头（哎）骗钱财。

八路（那个）神兵（哎）从天降，要把那些害人虫（哎）消灭光。

沂蒙山的人民（哎）得解放，男女（那个）老少（哎）喜洋洋。”

在给歌词谱曲时，李林回想起了儿时在沈阳街头听到的闯关东的人们唱的小调。在小调的基础上，李林完成了这首歌的作曲。随着这首歌的广泛传播，关于小调是源起于山东还是河北，引起了争议。李林回忆："关于小调的来源究竟系属山东还是河北民歌？我已记不清楚也弄不清楚了。因当时'闯关东'流落街头讨饭卖唱的人，大多系山东、河北人……加上当时年纪太小，很难分出是哪儿的民歌，只是听得好听，多了，熟了，就留下点印象。"

为适应革命形势的发展，阮若珊与李林对《反对黄沙会》进行了较大的修改，在保留前两段歌词的基础上，将反黄沙会的部分改为了抗日的内容。比如将"自从来了黄沙会"改为"自从来了日本鬼"；揭露国民党"光吃军粮不打仗，一心一意要投降"；痛斥汉奸"勾结鬼子来扫荡，奸淫烧杀丧天良"；等等。歌词内容进行较大幅度修改后，歌名也随之变更为《沂蒙小调》。1940 年 8 月 1 日，这首歌曲首次在庆祝会上被演唱便受到广大军民群众的热烈欢迎。

歌曲很快传遍了鲁中、鲁南、滨海、胶东、渤海等地，随即又传到华北、华东等各大根据地，起到了团结群众、鼓舞抗战士气的作用。张小芳在《〈沂蒙山小调〉创作散记》中记录了李林好友、著名作曲家商易的回忆："我第一次接触这首民歌是 1944 年。当时我正在日寇盘踞的济南市读中学。一位高班的同学悄悄地唱给我听，说是从鲁南抗日根据地传过来的。在那长夜漫漫的敌伪统治区，听到这样的民歌，真像数九寒天扑面吹来一阵温暖的春风，又像渴饮一杯清洌的泉水沁人心脾，顿时感到无比振奋——人民在战斗，中国不会亡！"

这首歌从抗日战争唱到解放战争再唱到新中国成立。1953 年，山东军区政治部文工团乐队队长李锐云与副团长李广宗、研究组组长王印泉一起，把这首脍炙人口的歌进行了改编。在前两段歌词的后面续写了 4 段，歌颂沂蒙山好风光，又重新记谱，改歌名为《沂蒙山小调》。文工团内女高音王音璇首次唱响了改编后的《沂蒙山小调》，这首革命歌曲由此定型。

（孙炜）

刘少奇 1942 年山东行

1937 年 7 月，卢沟桥事变发生，中国抗日战争全面爆发。在国共合作共同抗战期间，1941 年 1 月，蒋介石制造了“皖南事变”，随后频频制造摩擦。日伪军的疯狂“扫荡”和“蚕食”，国民党顽固派的进攻，使全国抗日根据地进入极端困难时期，山东抗日根据地也步入黎明前的黑暗阶段。

1942 年，为指导山东人民渡过抗战最艰苦的岁月，中共中央派刘少奇到山东检查指导工作。于是，党的历史上有了一段“少奇来鲁”的传奇之行。

“少奇来鲁”前的山东局势

1936 年 4 月，中共中央北方局派黎玉到山东，指导重建中共山东省委。5 月 1 日，艰苦斗争中保存下来的革命力量，在济南重建山东省委。山东省委重建后，山东各地党的组织逐渐恢复发展起来，山东民主抗日运动风起云涌。

1938 年前后，抗日武装起义遍布山东各地。冀鲁边抗日武装起义、鲁西北抗日武装建立、天福山和威海及胶东各地抗日武装起义、黑铁山抗日武装起义和徂徕山抗日武装起义等，此起彼伏。山东大地成为反抗日本侵略的汪洋大海。

抗日武装起义的接续爆发，推动了山东抗日民主根据地建设。1938 年 1 月 15 日，中共中央就山东发动游击战争作出建立根据地的重要指示。在中央指示下，山东相继创立冀鲁边抗日根据地和鲁西北抗日根据地等，抗战获得了后方依托。与此同时，抗日武装建设也在根据地发展起来。经过一段时间的酝酿，1938 年 12 月底，中共山东分局正式宣布成立八路军山东纵队。

各地抗日武装建立后，普遍面临干部缺乏的问题。武器落后，战斗经验不足，兵员多来自农民以及争取过来的地方武装……一系列问题导致军队政治素质不高，无法有效抗击日军侵略，难以应对与国民党顽固派的斗争。1938 年 2 月底，山东省委刘杜会议决定，由黎玉去延安，向党中央、毛泽东请示汇报，请求增派干部和八路军主力到山东。

应山东省委请求，中共中央决定，派一批干部到山东。1938 年 5 月，中共陕甘宁边区党委书记郭洪涛等一行约 50 人，携带两部电台，来到山东。郭洪涛等人临行前，毛泽东作了重要指示，刘少奇单独接见郭洪涛，作了指示和叮嘱。郭洪涛等人到达山东后，按照中共中央决定，重组山东省委。重组的山东省委，郭洪涛任书记兼军事部长，林浩兼组织部长。

1938 年 8 月，黎玉、张经武等率近 200 人，从延安来到山东。

1938 年底，八路军主力部队陆续进入山东。12 月，八路军总部命令第一二九师师长刘伯承和政治委员邓小平率三八六旅主力和先遣支队一部，进入冀南和鲁西北。14 日，三八六旅旅长陈赓率六八八团一部到达鲁西北展开活动。

主力部队的进入，大大提高了山东人民的抗战热情。特别是八路军第一一五师主力入鲁后，山东抗日根据地发展形势一片大好，更以“齐鲁红都”和“华北小延安”著称。

由于山东的特殊战略地位，中央对山东抗战形势倍加关注。1939 年 3 月 19 日，毛泽东在给彭德怀的一封电报中，就“领导骨干”问题，进行了特别强调。毛泽东指出：“发展则应着重鲁、苏、皖、豫、鄂五省，目前请特别注意鲁省。该省我们已有基础，但缺一个领导骨干，当敌人新进攻到来时，请考虑解决这个领导骨干问题。”

1941 年，国民党频繁制造摩擦，日军也加紧在山东部署。仅 1941 年一年间，日军在山东的大“扫荡”就达 29 次。到 1942 年，山东及其周围部署的日军总兵力多达 4.7 万人，比 1940 年底增加 1.1 万人；伪军总数激增至 16 万人，比 1940 年底的 8 万人翻了一番；据点由 1940 年底的 1156 个增至 3700 多个，增长 2 倍多。艰苦斗争中，活跃在山东大地的抗战力量，遭受严重损失。1942 年底和 1940 年底相比较，山东抗日根据地的面积缩小 1/3，人口由 1200 万下降到 750 万，八路军人数减少 1/4。

在日伪军的疯狂进攻面前，山东党政军没有形成一个统一的领导核心，未能有效地阻止日军践踏中华大地的铁蹄，更无法打破日军的野心。几年来，中共山东分局、八路军第一一五师和山东纵队没有产生一个“领导骨干”，各主要领导人对反“扫荡”策略各持己见，在如何做群众工作问题上也你争我吵。这些问题，对本已严峻的山东抗战形势来说，无异于是雪上加霜。

中央致电刘少奇

伴随敌后抗日根据地进入最困难时期，党中央和毛泽东对山东问题心存隐忧。

从山东党政军领导人给中央汇报工作的情况中，毛泽东意识到问题比较复杂。山东主要领导人之间的众多分歧，仅靠山东自己恐怕无法解决。党中央必须对山东工作给予指导。“皖南事变”后，山东曾归中原局领导，刘少奇在中原局任书记时，对山东工作比较熟悉。中央派人指导山东工作，刘少奇是最佳人选。

1942 年 1 月 21 日，中共中央书记处致电山东党政军主要领导人并电告刘少奇。山东的朱瑞、陈光、罗荣桓收到中央指示："你们之间的争论，中央派少奇同志去山东和你们商讨解决，请你们先行准备总结山东工作的一切必要材料。"

2月4日，刘少奇接到毛泽东发来的电报。电文指明山东"发生争论为时已久……你经山东时请加考查予以解决"。同时，电报中还对山东领导干部的配备提出几点意见。

3月3日，针对山东严峻形势，中共中央书记处分别致电刘少奇、中共山东分局、第一一五师和山东纵队，指导解决山东领导问题。在给中共山东分局、第一一五师和山东纵队的电报中，中央明确要求，各部门要多作自我批评，在工作和领导上要努力求得团结统一。

其中，给朱瑞的电报里，中央指出，山东"近年来的工作，在旧的基础之上，曾有若干新的开展，这是好的一面"，但"亦有严重弱点"。

给陈光、罗荣桓的电报讲道，"山东的军事统一指挥是要你们负责的"，你们"必须以最严格的自我批评精神首先检查自己，以便团结一一五师与山纵，消灭山东领导方面的不团结现象"。

给刘少奇的电报讲道："目前山东工作处在比前更加艰苦的阶段"，"不仅由于敌人残酷'扫荡'，地区缩小与分割，主观上亦存在相当严重弱点"。

看着电文中描述的山东情况，考虑到山东领导人之间意见分歧的来龙去脉，刘少奇的眉头越拧越紧。

一个月内，连续多次接到中央发来的关于山东干部问题的电报，刘少奇意识到山东问题的严重性。他情不自禁地喃喃自语："看来，山东问题很复杂，必须去帮他们解决啊。"

1942年3月19日，44岁的刘少奇肩负中央委托，化名胡服，与随行的100多名干部一起，从苏北阜宁单家港出发，踏上由华中途经山东回延安的漫漫长路。途中，3月21日，再次收到中共中央书记处来电。电报再次强调，对山东工作“必须从整个思想中、工作中彻底肃清主观主义、宗派主义”。4 月，刘少奇一行人冲破日伪军的重重封锁，进入山东境内。

朱樊村解惑

1942 年 4 月 10 日，一支神秘的队伍，悄然出现在中共山东分局、八路军第一一五师驻地。山东临沭县朱樊村（今江苏省东海县朱范村）的人们虽没有敲锣打鼓夹道欢迎，但他们的眼神中透露出深深的期待。人们仿若预感到一些重大的事情即将发生。

刚到山东抗日根据地，刘少奇忍受着胃病的折磨，投入紧张的工作中。

在刘少奇心头，一直萦绕的问题是山东党政军之间的分歧到底为什么解决不掉？为找到问题症结，在沂蒙山区一家破落的地主大院里，连续几天的长谈拉开刘少奇山东“破冰”之行的序幕。

刘少奇首先与山东分局书记朱瑞进行了三天的促膝长谈。两位长期在革命战争中摸爬滚打的人一见面，都激动不已。彼此紧握的大手，传递着中央的关怀和山东的殷切期待。

“可把你们盼来了！”

紧接着，朱瑞把山东抗日根据地党组织的重组和发展情况，向刘少奇详细地作了汇报。对山东抗日根据地两年多来遭受的日军“扫荡”和国民党顽固派的迫害，朱瑞进行了详细

刘少奇在朱樊村使用过的桌椅

说明。

朱瑞几天的汇报，刘少奇都认真倾听。他时而发问，对一些具体细节深入了解；时而安静，紧锁眉头，长时间一动不动，静静思考。当朱瑞讲到根据地党员群众付出巨大牺牲时，这位身材颀长、铁骨铮铮、久经革命考验的中央领导忍不住几度动容。

一个声音在刘少奇心头萦绕："多么好的党员！多么好的群众！我们党的组织工作必须做好啊！"

与朱瑞谈过之后，刘少奇紧接着又同第一一五师政委罗荣桓、代师长陈光长谈了一天一夜。之后，他又与山东分局副书记、山东纵队政委黎玉长谈一天，同时听取了第一一五师政治部主任萧华的工作汇报。

经过几天的连续谈话，刘少奇对山东分局、第一一五师和山东纵队之间的关系，有了一定了解。从苏北到山东22天跋山涉水时缠绕在心头的困惑，初步得到解答。谈话期间，刘少奇带有湖南口音的回应，也使接触他的山东同志倍感亲切。刘少奇在谈话中透露出来的谦逊和民主、朴实的作风，使山东的同志们克服拘谨，畅所欲言，把最深切的感受汇报出来。

除了听取山东当地领导汇报，刘少奇还到群众中调查访问。

这位长期在险恶环境中斗争的党和军队高级领导，像沂蒙老汉一样，吸起手卷"喇叭烟"，和当地小警卫员唠家常。甚至连警卫员说的一句"抗战、抗战，父母要饭，老婆养汉"的话，刘少奇都耐心地问清楚。在后续工作中，他指导当地采取相应措施，保障抗属、军属生活，使军属摆脱小流氓的袭扰。

挑灯夜谈，田间问话，外加阅读山东党报《大众日报》和党刊《斗争生活》，山东地方问题在刘少奇脑海中越来越清晰。半个多月的调查了解后，刘少奇决定把解决山东问题的思路，摆到同志们面前。

联席会议拨迷雾

刘少奇到达山东后的半个月时间里，不分昼夜，连续工作。最让他费神的，也是中央派他来山东的最重要目的，就是解决山东团结统一不足的问题。

在一段时间的调查后，经过刘少奇和山东党政军领导人之间日日夜夜的交谈，解决山东分局、第一一五师和山东纵队之间关系问题的时机，已经到来。

1942 年 4 月 26 日，刘少奇召集中共山东分局委员开座谈会。参加座谈的包括朱瑞、罗荣桓、黎玉、陈光以及萧华、陈士榘等人。座谈中，刘少奇在肯定山东成绩之后，严肃地指出山东工作中的缺点和错误。他向同志们讲道："今后的任务是继续坚持山东的抗战，巩固各根据地，加强各游击区，积蓄力量，准备条件，迎接国内国际伟大事变的到来。"

那么，如何达到这个目的呢？

刘少奇（前排左二）与山东党政干部在一起

刘少奇给大家指出三个办法："第一，要粉碎敌人的'扫荡'，并进行敌伪工作，向敌占区发展；第二，击溃顽固派对我们的进攻，加强友军工作，进行统一战线工作；第三，组织群众，发展群众武装，加强军区工作和改造政权工作。"

给大家提出明确的解决问题的办法之后，刘少奇又耐心地作了说明："做好上述工作的先决条件，就是调查研究，埋头苦干，打破主观主义、清谈主义、机关主义、官僚主义，到群众中去，到支部中去，改造一切不良的作风。"

把对山东工作形势的判断，与党的群众工作结合，并努力从党政军的作风入手，扭转不良局面，是刘少奇指导山东克服困难的重要成就，也是党的工作方法的重大发展。

26日和27日，刘少奇召集主持山东分局和山东军政委员会联席会议。会议的直接目的，就是要理顺山东党的领导和军队体制的关系，理顺山东境内部队与部队之间的关系。

联席会议上，刘少奇先听取了山东领导人的工作总结，包括朱瑞和黎玉等人的自我批评，之后，刘少奇作了恳切发言。

刘少奇明确肯定山东自抗战以来，坚持敌后斗争，取得的巨大

山东同志在刘少奇指导下进行整风学习

成绩。然后，话锋一转，他语重心长地说：“山东根据地出现今天我们不愿看到的困难局面，既有客观原因，也有主观原因。我们应有一个正确的估计。”

针对山东同志们的工作困扰，刘少奇娓娓说道：“我们根据对抗战形势发展的正确分析和判断，可以制定出我们的科学对策，我们通过不断的调整，把自己主观方面的认识提高了，思路就打开了，策略就出来了，再加上措施上的加强，我们的力量就提高上去了，这就是规律。”

在连续两天的会议上，山东的同志们彻底敞开心扉，长期积压的问题开诚布公地摆出来，对问题的看法公开谈出来，正确地做法和实践提炼出来，取得了较好的效果，特别是对几个重大原则问题，大家取得了一致认识。

28 日，刘少奇向党中央报告在山东检查工作的情况，以及对山东工作的意见。他在给中央的报告中写道：“参加者均有意见发表，他们都完全同意我对山东过去工作的批评及所提出的今后任务。”

对于今后山东的总任务，刘少奇给中央报告了“粉碎敌伪‘扫荡’”“争取友党友军共同对敌”等 6 条内容，以用于“继续坚持山东抗战”，“在三角斗争中求得有利于我之若干转变”。报告中，刘少奇还针对当前形势，向中央汇报了在后面要展开的几项具体工作。

座谈会和联席会议的召开，对山东工作来说，无疑是一场及时雨。座谈会和联席会议上的思想沟通，消除了隔阂，达成了共识，为山东几年的迷茫工作指明了方向。山东抗日根据地建设要拨开迷雾，向着光明大步迈进了。

多方落实定乾坤

座谈会和联席会议后，山东的同志们思想活跃起来。大家心往一处想，劲往一处使，如同紧攥的铁拳，集中解决存在的问题。以勤劳朴实著称的山东人民在作准备，随时向顽敌作坚决斗争。

按照座谈会和联席会议部署，第一一五师师部、山东纵队指挥部与山东分局合署办公，进行人员精简，人数由 1 万压缩至 3500 人。山东分局、第一一五师师部和山东纵队的干部实现统一调配。这样安排，避免内部消耗，大大增强了山东境内党政军合力。

山东分局召开分局委员会议，研究推进山东党的领导工作。按照刘少奇报告精神，朱瑞在分局委员会议上作了《抗战四年山东我党工作总结与今后的任务》报告。分局就这一报告作出决议，向山东各级党组织进行传达。

在以上工作展开的同时，1942 年 4 月底和 5 月，刘少奇在山东干部会议上多次作报告，向山东干部解释党的政策。在讲述《群众运动问题》时，刘少奇把党和群众的关系形象地比喻为母亲和儿子，“群众是共产党的母亲，党是群众的儿子”。他启迪山东干部说：“我们的党无论在任何时间、任何地方都要与劳动群众结合起来，依靠自己的群众，依靠自己的阶级。”

刘少奇不仅用语言教育山东干部，还率先垂范，以实际行动给山东干部作出榜样。在鲁期间，刘少奇在执行群众路线上，以身作则，带头维护群众利益。有一次在护送刘少奇西进途中，经过一片西瓜地。当时酷暑难当，大家都口渴得要命，嗓子像要冒出烟来。一名勤杂人员想着给刘少奇解渴，摘了老乡两个西瓜。刘少奇忍着干渴的煎熬，对那名同志说：“我们自己要主动维护党和群众的关系啊！”他对那名护送人员进行了严厉批评。后来，再一次经过乡亲的梨园，大大甜甜的梨子挂在枝头随风轻微摆动，但没人再去摘取。

1943 年 8 月，刘少奇离开山东赶往延安的一年之后，山东分局作出《五年工作总结及今后任务》的总结部署。在总结经验部分，文件写道：“群众是我们的母亲，是我们的依靠，故斗争的胜利，取决于群众。历史经验告诉我们，必须认真进行基本群众的动员与组织工作，必须把我们的抗战事业放在千百万有了觉悟、有了优势的群众政治基础上，我们才有了依靠，我党我军才有战斗力，根据地才能巩固，我们才能胜利。”毫无疑问，山东分局的这一认识，与刘少奇山东之行的思想教育有关，也是对刘少奇 4 个月辛勤工作的一种纪念。

在山东期间，刘少奇还作了《中国革命的战略与策略问题》《改造政权问题》《党内斗争问题》《关于财政粮食问题》等报告。以讲述这些问题为线索，刘少奇向山东干部解释马克思主义理论，进行思想教育和知识普及。山东干部都被这位身穿灰色旧中山装、脚上一双黑色粗布鞋的汉子深入浅出的讲解所打动，又为他那渊博的知识和风趣的比喻所折服。

吴文桥，刘少奇的随身警卫员，对刘少奇这一段工作经历记忆深刻。他说刘少奇“经常熬到二三更天”，而且由于连续几天作报告，他的“嗓子都哑了，几乎讲一句话就要咳一声，脸色也不太好”。看着刘少奇的状况，吴文桥很心疼，他说：“找个医生看看吧。”刘少奇微微一笑，摇摇头说：“不要紧，上了一点火，过两天就会好的。”

统一认识，疏通思想，理顺队伍关系，加强党的统一领导，这是刘少奇山东之行的重要工作内容。在实践上，刘少奇还有力地领导推动了山东抗日根据地的减租减息运动，把党的统一战线政策落到山东工作实处，把“儿子”维护“母亲”的利益工作做到实处。

在刘少奇指导下，山东分局先后出台《关于减租减息改善雇工待遇开展群众运动的决定》等多个文件。文件对山东的“双减”工作，要求做好“点面结合、中心突破、典型引路”，先试点，后扩大。山东减租减息工作开展得有声有色。

1943 年 8 月 20 日，黎玉在山东省临参会一届二次会议上作报告，指出，山东根据地的“双减”工作，仅在 1942 年一年间，实行减租的有 18294 户，减租地近 40 万亩，减租粮达 620 万斤；实行减息的仅清河区就有 151 户，折合减粮 2.5 万多斤，减息达 11 万多元，增加工资的达 4 万多人。

山东抗日根据地也在艰难的岁月中巩固下来，原来那个被敌顽分割成“东西一线连，南北一枪穿”的支离破碎局面不复存在，一个连成大片的山东抗日根据地重新呈现。

1942 年春，在山东朱樊村、夏庄村、东盘村等连续调查和指导工作之后，刘少奇接到毛泽东从延安发来的电报。电报中，毛泽东告诉刘少奇，因为最近敌人的疯狂“扫荡”，去延安路上比较危险。毛泽东在电报中说：“因沿途通过无保障，山东又缺乏统筹之人，故你不宜西进亦不宜南返，以中央全权代表资格长驻一一五师，指挥整个山东及华中党政军全局似较适宜。”电报把毛泽东对安全局势的判断，和对一位战友安全的考虑，都充分体现了出来。

6 月，刘少奇继续留在山东根据地指导工作。他随山东部队移驻赣榆县大树村，调查研究，细致指导。月底，他出席了山东分局召开的纪念七一干部大会，作了党的 21 年奋斗史的报告。他动情地说：“二十一年来我党为民族为阶级而英勇奋斗，得到了很大的成绩。”他认为，中国共产党已经是一个全国性的大党，这个大党在中国社会的政治生活中起了很大的作用。这些成绩和作用的取得，原因很多，其中一项是中国共产党“更有了精通马列主义和中国实际情况为每一个党员所拥护的党的领袖——毛泽东同志”。他还说：“党二十一年宝贵的遗产是几十万党员的血换来的，我们要好好地接受。”这些朴实的语言，饱含着深刻的马克思主义哲理，也饱含着一位从事革命 20 余年的老共产党员的远见卓识和革命情怀。

7 月 9 日，毛泽东再次致电刘少奇：“我们很望你来延并参加七大，只因路上很不安全，故不可冒险，仍以在敌后依靠军队为适宜。”他叮嘱刘少奇：“你的行止，以安全为第一，工作为第二，以此标准来决定顿在山东还是仍回军部。”

9 月中旬，刘少奇到达山西辽县（今左权县）。12 月 30 日，经过 9 个多月的长途跋涉之后，刘少奇安全回到延安。

在 9 个多月辗转奔袭中，刘少奇有 4 个多月是在山东。若干年后，萧华对这一段历史作了深情回忆。他说：“少奇同志以深刻的洞察力，高度的原则性果断地处理了山东问题，使得困难时期的山东形势迅速发生了转折。”还有其他亲历者回忆说：“少奇同志的山东之行，是山东人民抗战历史的转折点。”

（刘树燕）

真实的铁道游击队
——鲁南军区铁道大队

“爬上飞快的火车，像骑上奔驰的骏马。车站和铁道线上，是我们杀敌的好战场……”这首《弹起我心爱的土琵琶》荡气回肠，唱遍了祖国的大江南北。铁道游击队也是真实存在的，它就是鲁南军区铁道大队。

历史沿革　辉煌灿烂

鲁南军区铁道大队抗日战争时期隶属于八路军第一一五师鲁南军区苏鲁支队，队员主要由铁路工人、矿工组成，人数最少时仅10余人，最多时达300余人。前后两任大队长，分别是洪振海、刘金山；六任政委，分别是杜季伟、文立征、杨广立、赵若华、张鸿仪、郑惕。正如罗荣桓等高度评价这支英勇的队伍，它像“一把钢刀插入敌人的胸膛！”

1938年，日军占领枣庄之后屠杀百姓，疯狂掠夺资源，并派重兵把守这里的矿井、火车站等地方。为了反抗日军侵略，中共苏鲁豫皖边区特委进行了鲁南抗日武装起义。5月1日，鲁南人民抗日义勇队第一总队成立，总队长张光中、政委何一萍。经人介绍，洪振海和王志胜在墓山正式加入鲁南人民抗日义勇队，后因表现出色，二人均被提升为排长。9月，总队长张光中指示洪振海、王志胜返回枣庄矿区，了解敌情，为部队提供情报。10月，洪振海与王志胜返

位于山东省枣庄市的铁道游击队纪念馆空中俯瞰图

回枣庄，在火车站西侧的陈庄建立了秘密抗日情报站。这是鲁南军区铁道大队的初创。此后，洪振海以卖煤身份，千方百计地搜集城内敌人的消息；王志胜以搬运工的身份打入日军开设的洋行，打探情报。

1939 年秋，罗荣桓率领八路军第一一五师部分主力部队来到抱犊崮山区，将抗日义勇总队整编为苏鲁支队。11 月，按照上级“迅速建立抗日武装”的指示，洪振海召集 6 名战友，在情报站的基础上建立小型抗日武装。洪振海、王志胜成立了义合炭厂，洪振海担任经理，王志胜担任副经理，以此掩护为苏鲁支队搜集情报。

1940 年 1 月 25 日，鲁南铁道队成立。2 月，苏鲁支队正式将铁道队纳归直属，以洪振海为大队长，王志胜为副队长，杜季伟为政委，王怀文为指导员。4 月，鲁南军区成立。为了加强统一领导，鲁南铁道队与其他铁道队合并，统称为鲁南铁道大队，洪振海任大队长，王志胜任副大队长。5 月，义合炭厂被查封，失去据点的铁道大队公开打出“八路军鲁南铁道队”的称号。

1945 年 12 月底，鲁南军区铁道大队在滕县接受整编。至此，铁道大队番号撤销，光荣完成历史使命。第二任大队长刘金山被任命为鲁南铁路局副局长，副大队长王志胜被任命为鲁南铁路局办公室主任。

在短短几年时间里，鲁南军区铁道大队“挥戈于百里铁道线上，出没于万顷微山湖中”，以抱犊崮山区抗日根据地为依托，以临城（今枣庄市薛城区）为中心，活跃在微山湖、津浦铁路一带，广泛发动群众开展游击战争，打洋行、截火车、除日特……沉重打击了日军，支持了鲁南军区八路军主力部队的抗战，为抗日战争的胜利作出了不可磨灭的历史贡献。

二打洋行　灭日威风

1939 年 1 月，日军开设枣庄国际公司，群众称之为洋行。洋行表面上是日军进行物资贸易的场所，实是搜集情报的特务机关。

以搬运工身份潜伏于洋行的王志胜，经过一段时间观察，发现大掌柜、二掌柜和三掌柜表面上经商，实则是日本特务，但是他们警惕性都较低。洪振海、王志胜商量后决定打掉洋行这一日军的眼睛。1939 年 8 月的一天夜里，洪振海、王志胜等拿着大刀，借着微弱的月光翻墙而入，迅速制服正在熟睡的 3 个掌柜。这次袭击，击毙大掌柜和二掌柜，击伤三掌柜，夺取长、短枪各 1 支。

不久，被击伤的三掌柜金山升为大掌柜。王志胜不仅没有受到质疑，反而被提升为搬运工头，照常在洋行上工，为第二次打洋行埋下伏笔。

经过上次血洗洋行事件，日军加强了戒备，特务增加至 13 人，木门换成铁门，并在高墙上布置了层层电网。为了知己知彼、奇袭制敌，王志胜在上工时悄悄摸清院中布局和 13 个日本特务的居住情况。为牵制日军对鲁南山区的“扫荡”，洪振海、王志胜决定第二次攻打洋行。1940 年 8 月的一天夜里，趁着大雾天气、洋行警备松懈之机，洪振海、王志胜与队员共 30 余人，在后墙凿开一个墙洞。洪

铁道游击队二打洋行旧址

振海带1个组在墙外掩护，王志胜带领4个组从墙洞潜入院内，分别进入东南西北4个房间。这次袭击是铁道游击队公开旗号后的首次战斗，共击毙日军13名、翻译1名，缴获长、短枪6支以及手表和怀表100多块。

铁道大队二次袭打洋行，大快人心，沉重打击了日军的嚣张气焰，振奋了军心民心。因此，群众亲切地称赞鲁南军区铁道大队为“从天而降的飞虎队”。

铁路作战　支持抗战

鲁南军区铁道大队把铁路线作为战场，火车上杀敌寇、夺物资，上演了一个又一个惊心动魄的传奇。

1939年10月，王志胜在火车站装车时，意外得知车内是日本人运送的武器。他赶忙与洪振海商量，决定扒火车夺取武器。当晚，洪振海和王志胜等人埋伏在路边。当火车缓缓经过时，王志胜纵身踏上列车，来到事先做好标记的车厢，将武器一件件扔下。洪振海等人迅速将扔下的武器捡起拿走。这次共劫步枪12支、机枪2挺和子弹2箱。事后，他们把这些武器全部交给了山区主力部队。

1940年春，山区抗日部队物资匮乏，生活极端困难。7月，铁道大队接到为山区部队筹集资金的任务。经过一番侦察，洪振海得知有一列日军的票车将经过枣庄。经过周密安排，洪振海带领12名勇敢机智的队员潜入列车。火车开动后，他们先除掉日军司机，控制火车。王志胜带领12名精干的短枪队员埋伏在预定地点，待火车经过时跃上火车，除掉随车的20余名日军。这次劫票车共缴获伪钞8万多元、长枪12支、短枪8支、手炮1门和机枪1挺。这些战利品除3支短枪经上级批准留队使用外，其余全部上交鲁南军区。

1940年10月，根据地军民的药品短缺，鲁南军区要求铁道大队务必搞些药品。铁道大队从内线情报得知有一车药品刚从日本运来，将从临城运往南方，于是决定“飞车夺药”。按行动计划，晚上10点，火车从临城站开出后，2名队员迅速爬上火车，打开车厢，把车内的医药物资扔出，接应队员迅速收集搬走。这次行动截获了大批药品，并及时运送到鲁南军区。

1941年11月，由于被服厂遭到日军破坏，鲁南军区八路军战士面临严重的衣物短缺。鲁南军区再次把截取日军布匹的任务交给铁道大队。铁道大队从内线得知一列挂了两节布车的火车将由青岛发往南方。按照截布车行动计划，当火车停在沙沟时，内线将沙子放进火车油壶里，火车启动后沙子和车轴摩擦起火，只得减速行驶。队员们巧妙地爬上缓慢行驶的火车，并将布车车厢脱钩停在铁轨上。提前埋伏在此的群众爬上火车搬运布匹。这次行动共截获棉布1200匹、军服800余套、皮箱200只、缎子被100余床、显微镜4架、电炉2个、呢子和毛毯各1床。这批战利品被运送到抱犊崮山区的军区被服厂，成功解决了军区部队缺少棉衣问题。

铲除日特　破除谍网

1941年，日本特工课课长高岗茂一从济南来到临城，组建第五特别侦谍队，专门训练了一支特种作战小队，妄图彻底消灭铁道大队。高岗茂一不仅是一个受过严格训练的特务头子，也是一个中国通，能说一口流利的东北话。为了对付铁道大队，他一到临城，就采用“拜兄弟”“认干亲”等手段，拉拢临城附近40多个伪乡保长为自己搜集情报，同时实施多种阴谋诡计打击游击队，给铁道大队带来了危险。因此，铁道大队决定除掉高岗茂一。

铲除高岗茂一首先遇到的一个难题是，如何找到和辨识高岗茂一。为此，铁道大队派出2名队员化装成铁路检修工人，趁着夜色进入火车站，摸查站内环境和警卫分布情况，以及高岗茂一办公的地方。次日，2名队员看到从车站侧面进来2个日本便衣，迎面走来的一个中国人上前打招呼，并说：“高岗先生，早上好。”其中一个日本人微微点了点头。就这样，队员们锁定了目标，他就是高岗茂一。

解决难题后，铁道大队队员们埋伏于车站旁，寻找机会。第三天晚上，机会终于来了。7月13日晚上10点多，铁道大队将队员分成4个组，大队长洪振海带领1个组守在外面，负责放哨和支援行动，其余3个组由刘金山率领迅速越过封锁沟，爬过电网，直奔临城火车站，直扑高岗茂一的住处。睡眼惺忪的门卫正要抬头，被刘金山一枪击毙。正趴在台灯下写东西的高岗茂一听到外面枪声，刚要抬头询问，就被敏锐的刘金山发现，　枪击中脑袋。其他铁道游击队员趁机制服了伪铁路警备队，收缴枪支。整个过程不到15分钟。这次战斗共缴获子弹数千发、步枪30余支、手枪3支和机枪2挺。

事后，日军恼羞成怒，下令四处搜寻证据，终于在车皮底下发现了队员们故意留下的伪军帽子。日军误认为是作恶多端的伪军阎成田串通八路军杀了高岗茂一，便刺死了阎成田，还将其他伪军全部押到东北去做苦力。日军在临城苦心经营的谍报网从此分崩离析。

秘密通道　护送“胡服”

1942年，由于日军残酷“扫荡”、分割“蚕食”湖西到鲁南地区，导致华中与陕北之间的交通线完全被切断。紧要关头，鲁南军区赋予铁道大队一项任务：开辟交通线，护送党的干部通过微山湖、跨越津浦路。经过一段时间的努力，铁道大队打通了一条秘密通道。

1942 年 7 月下旬，铁道大队接到了护送一个叫“胡服”的人通过津浦铁路和微山湖的重要任务。“胡服”实际是刘少奇的化名。皖南事变后，刘少奇受命赴苏北重建新四军军部。1941 年 10 月，毛泽东致电刘少奇：“中央决定你来延安一次，谅已收到电报，并希望你能参加七大。”次年 3 月，刘少奇带着几个工作人员和警卫班十几人从苏北阜宁单家港出发，踏上回延安的征程，于 4 月到达山东抗日根据地。在此停留期间，他按照中央的安排做了大量卓有成效的工作。

1942 年 7 月下旬，完成任务的刘少奇再次动身前往延安。据黎玉回忆，出于对刘少奇安危的着想，山东分局领导研究了两个方案：一是派主力部队一个营护送；二是由铁道大队护送。刘少奇选择了第二方案，即以一个普通战士的身份启程。这样，护送的任务就落到铁道大队的头上。

刘少奇一行和大队长刘金山、副大队长王志胜、政委杜季伟等人在小北庄汇合后，准备第二天晚上，在干沙河处的涵洞穿越铁路线。正准备行动时，一辆日军巡逻车驶来，车灯发出刺目的光。见状，大家赶紧隐藏起来。日军眼看四下无人，四面放了几枪就离开了。刘少奇淡定地看着大家说道，“这是敌人在虚张声势，别看鬼子表面上那么嚣张、猖狂”，其实正说明“他们内心十分空虚、害怕”。说罢，大家从涵洞穿过了铁路，然后沿着小路向微山湖方向走去。

微山湖上，当刘少奇和护送人员正准备渡到湖西时，突然接到上级指示：湖西有敌人重兵把守，封锁严密，不宜此时渡湖。之后，刘少奇和队员们在湖上度过了难忘的十几天。船上的日子非常艰苦。刘少奇和队员们不仅一起克服困难，找野生藕片填肚子，还非常关心铁道大队的发展。有一次，他向队员们详细指导了如何扩大、巩固根据地，如何更有力地打击敌人。他强调要尽量隐藏自己，出其不意打击敌人；要在敌占区讲究斗争策略，对当地的伪保长、伪乡长等打拉结合……另外，他还给队员们讲全国、山东的抗战形势，讲战略战术，向大家宣传抗日救国的真理。他的教导使队员们的思想觉悟有了很大提升，斗争艺术得到了极大提高。

8月中旬，刘少奇离开湖西，经鲁西南前往冀鲁豫边区，并于12月30日顺利到达延安。不久后，他给铁道大队寄来感谢信，队员们大吃一惊，纷纷感叹：原来这位名叫“胡服”的干部就是刘少奇呀！

抗日战争时期，铁道大队用忠诚担当、鲜血汗水在微山湖上铺就了一条山东、华中抗日根据地通往延安的“秘密红色交通线”。1942年至1944年间，铁道大队先后护送苏北、滨海、鲁南等地千余名干部往返延安，其中就包括党的高级干部刘少奇、陈毅、罗荣桓、肖华、朱瑞等，从未出现一次差错。

沙沟受降　扬我军威

1945年8月15日，日本天皇裕仁宣读《停战诏书》，宣布日本无条件投降。朱德总司令连续发出七道命令，令各解放区抗日军队向日军发出最后通牒，限期投降。驻扎在临城一带的日军坚决不向共产党领导的军队投降，并打算从津浦铁路经徐州逃回日本。铁道大队得知消息后，决定在日军南逃的铁路线上设下埋伏，迫使日军投降。

11月的一个深夜，当日军乘坐火车前往徐州，行至临城南的沙沟时，突然发出刺耳的刹车声，发现前面的铁路已经被破坏。静待几个小时后，日军再次开动火车，试图退回临城。这时，铁轨上又发出一声爆炸，日军这才明白自己的退路也被切断了。迫于进退两难的境地，日军只得和鲁南铁道大队进行谈判。

在沙沟，与日军代表太田谈判的刘金山说：“我奉华东军区首长指示，命令你们投降。私人财产不动，光缴武器。”太田说：“只交

刘金山

炮和重机枪，步枪随身带走。”刘金山责令：“所有武器都要缴。”太田又提出条件：“一、你们要保证护送我们到华北；二、我们的东西（除武器外）全带走；三、要允许我们携带自己的防身武器（指刺刀、指挥刀）。”双方经过几个回合的较量，太田垂头丧气地说：“你们游击队是在铁道上战斗的，我们也是在铁道上战斗的，但我们最后败给了你们，我们向你们投降。”

12月1日，受降仪式在沙沟车站西边的一片庄稼地里正式举行。附近的群众听闻日军投降都赶来观看。仪式上，1000多名日军由太田带领，一队一队先上前三鞠躬，然后退三步，把枪放在地上摆好交给铁道大队。这次行动共接收步枪千余支、子弹千余箱、轻机枪130多挺、重机枪8挺和山炮2门，队员们用20辆牛车运回鲁南军区司令部。

千人正规部队向一支不足百人的抗日武装投降，在军事战斗史上实属罕见。因此，鲁南军区铁道大队成为全国唯一一支接受日军正式投降的中国共产党领导下的地方武装。

英雄不朽　精神永存

从1939年至1945年，铁道大队活跃于日伪控制的心脏，以非凡的智慧、大无畏的胆魄，书写了人民战争史上的一段惊心动魄的传奇，屡立战功。同时，也付出巨大的牺牲，先后有150余人血染沙场，包括第一任大队长洪振海和两任政委文立征、张鸿仪。2014年，

3名铁道游击队员入选全国首批300名著名抗日英烈名录，分别是洪振海、张鸿仪、孟昭煜。另外，在这支队伍中还诞生了2名共和国将军，分别是郑惕和杨广立。2015年，唯一在世的铁道游击队队员李洪杰参加了抗战胜利70周年的大阅兵。

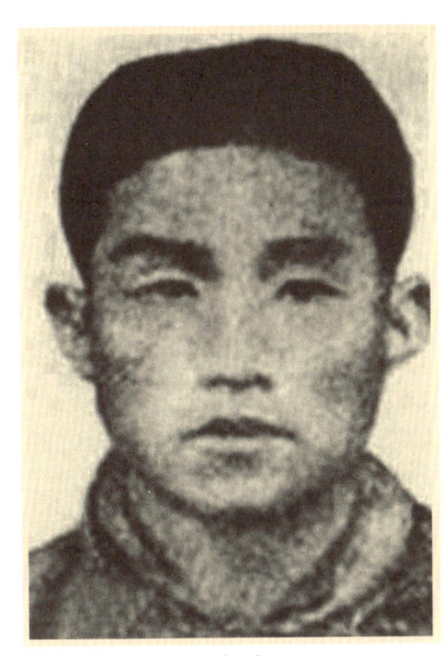
洪振海

2019年，经过广泛征集民意和专家论证，铁道游击队精神被高度凝练为16个字，即“赤诚报国、不怕牺牲，机智灵活、勇于亮剑”。为了更好传承这份红色基因，枣庄现已建成铁道游击队纪念碑、铁道游击队将军碑廊、铁道游击队纪念广场、铁道游击队纪念馆……在铁道游击队纪念馆内，鲁南铁道大队使用的作战地图、缴获的日军装备、一枚枚荣誉勋章等文物从历史深处走来，传递着那段战火岁月里，游击队员们发出的时代强音。

英雄永远被铭记，他们的精神也将永存于浩然天地之间。

（刘晓凤）

海阳民兵和地雷战

海阳地雷战，威震敌胆，闻名中外。抗日战争中，面对日伪军的猖狂进攻和野蛮屠杀，海阳民兵和人民群众，创造性地运用地雷武器开展伏击战、破交战、围困战、破袭战、麻雀战，“铁西瓜”遍地开花，炸得日寇心惊胆战，谈雷色变。海阳民兵运用地雷与敌作战2000余次，毙伤俘敌1000余人，缴获各种武器600余件。海阳民兵用地雷保卫了自己的家园，打出了“地雷战之乡”的赫赫威名，在胶东乃至全国抗战史上留下了浓墨重彩的一笔。在轰轰烈烈的地雷战中，海阳涌现出各级英雄模范600多名，赵守福、于化虎、孙玉

山东军区出席华东军区第一届英模代表大会全体代表合影（后排左二赵守福、左三孙玉敏、前排右二于化虎）

敏三位“全国民兵英雄”是其中的杰出代表。

“地雷大王”赵守福

赵守福，海阳行村镇赵疃村人，是电影《地雷战》主角赵家庄民兵队长赵虎的原型人物之一。赵守福原名赵良桂，因许世友司令希望他收复失地，守住海阳这块福地，故改名为“守福”。

1940 年 2 月，日军由青岛侵入海阳，先后在县城、鲁古埠、行村、大山所等地安设据点。然后以这些据点为依托，不断四处侵扰，蹂躏百姓。赵守福见到家乡被糟践的惨象，胸中怒火焚烧。1941 年秋天，他加入了赵疃村游击小组，与敌人展开了斗争。

山枣埠布雷 1943 年 10 月的一天，200 多名日伪军从行村据点出来到寨头“扫荡”。民兵们探知日伪军下午要从赵疃西大道回行村据点，立即飞报赵守福。这时，已是时近中午，赵守福正在家里吃饭，听到这个消息，顿时来了精神，把筷子往桌上一撂，嚯地从凳子上站了起来。“我们得赶紧下手！”他边说边往外走，大步流星地来到赵同伦和赵乾江家，人还没有进院，敞亮的嗓门已经响了起来。赵守福把民兵报告的情况向他们讲了一遍。两人一听，觉得的确应该趁这个机会下手，炸炸日军的威风。于是，赵守福、赵同伦和赵乾江来到村南的山枣埠顶，在通往行村的路上埋下两颗绊雷，一颗埋在路西侧

赵守福

的石堆里，另一颗埋在路东侧的地瓜地里。然后，三人隐蔽在山顶的丛林里观察动静。

下午三四点钟，日伪军成群结队地往回走。由于抢了不少东西，他们有说有笑，有些得意忘形。走着走着，“轰”地一声，一个尖兵绊响了石堆里的地雷，后边的人慌忙向东跑，又绊响地瓜地里那颗地雷。这两颗地雷炸死了七八个日伪军。

“走，回去吃饭！”躲在暗处的赵守福兴奋地拍了拍赵同伦和赵乾江的肩膀。第一次埋地雷就取得如此的战果，让赵守福他们着实高兴了一番。

困敌锄奸 1944 年，在八路军主力部队、地方武装和民兵爆炸队的沉重打击下，驻扎在行村的日伪军龟缩在据点里一连数月不敢出动。为了彻底消灭敌人，民兵爆炸队配合主力部队在行村据点周围，进行封锁、围困、袭击，通过政治攻势，瓦解伪军。不少伪军主动向八路军和民兵们通风报信，有的送出枪支弹药，有的三三两两或成小队弃暗投明。

如此一来，驻行村据点的日伪军如坐针毡，惶惶不可终日。出于安全的考虑，也是为了控制残局，他们把据点的四个大门堵死三个，只留下一个南门进出。即使如此，他们还不放心，又在南门护城壕下专设了一个“登记所”，盘查过往的行人，避免民兵趁机混入据点。这个登记所的所长姓刘，长了一对三角眼，满脸像个马蜂窝，是日军的一条忠实走狗，人送外号“大麻子”。凡从这里进出的百姓，都要经过他的询问和盘剥，轻则雁过拔毛，重则拳打脚踢，此人不除，民愤难平。

一天深夜，借着夜色的掩护，赵守福浑身涂满黑泥，肩扛四颗地雷，摸到行村据点南门外。打探清楚敌情后，赵守福迅速布下两颗雷；后潜入“麻子”所长的登记所，三两下撬开窗户，在堂门上又布下第三颗雷；把最后一颗雷放到太师椅旁的篓子里，用纸掩埋好，把雷弦绑到椅子腿上。第二天一大早，日伪军一打开城门就吃了个开门炸。“大麻子”见势不妙，踉踉跄跄跑向登记所，猛一推门，当即脑袋被炸开了花，几个日军闻声赶来，慌乱之中绊倒纸篓，伴着一阵轰隆声，七八个日军连同登记所就上了西天。

损失惨重的日伪军恨得咬牙切齿，到处张贴布告：“谁捉着赵守福赏1万元，割着他的头者赏5000元。”对此，赵守福毫无惧色，坚定地说：“革命不怕死，怕死不革命，小鬼子越想捉我，我就越在他们眼前活动！”

1944年8月中旬，胶东军区发起强大的秋季攻势，地方武装和广大民兵积极配合，很快拔除了烟青公路两侧的数十处日伪据点，行村、大山所的日伪军逃往青岛，海阳全境得到解放。

巧摆地雷阵　1945年5月上旬，不甘失败的日伪军3000余人重新占据海阳盆子山区，制造了震惊中外的“盆子山无人区”。整个盆子山区，田地荒芜，颗粒无收。海阳民兵陷入于极端困难之中。他们人数少、武器简陋、弹药缺乏、后勤补给差，经常一连几天吃不上饱饭，饿了只能挖野菜充饥。即便如此，民兵们照样坚持战斗。赵守福因病住院，听说日伪军又来“扫荡”，顿时怒从心头起，不顾别人的劝阻，身带重病赶回赵疃村。

5月18日，这天刚过中午，驻行村据点的四五百名日伪军从石人夼、西村庄方向朝赵疃村扑来，企图趁民兵不注意，偷袭赵疃村，打民兵们一个措手不及。赵守福、赵同伦等事先获取了日伪军的动向，当机立断作出决定：引敌进村，关门打狗，炸他个人仰马翻！

日伪军杀气腾腾地闯进村口。隐蔽在村口两旁的民兵迅速跃出，挂好雷弦，然后故意暴露一下身影，引诱日伪军上钩。日伪军不知是计，看到人影一边开枪一边追，丝毫没有留心脚底下，刚刚跑出百十步，忽然觉得脚底下被什么东西绊了一下，心中暗叫不好，可为时已晚。“轰隆！轰隆！”村头的“夹子雷”“连环雷”一齐开花，跑在前面的五六个日伪军应声倒下，其余的赶忙躲闪，四处逃窜。慌乱之中又踏响几个大地雷，霎时硝烟滚滚，尸首遍地。活着的日伪军失魂落魄地趴在地上，吓得连口大气也不敢喘。

受到惊吓的日伪军硬着头皮重整队伍，壮着胆子向村里挺进。民兵们见日伪军追来，赶紧进村分片挂好地雷。赵国湖在北街十字路口牌坊下挂上雷弦迅速隐蔽好，赵新瑞和赵炳坤两人故意在离敌人 100 多米远的地方暴露一下自己。日本军官一见人影拍马挥刀就追，刚到牌坊下，“轰”地一声巨响，一个特大的“箱子雷”在马肚子底下开了花，大洋马和日本军官同时倒在血泊中，身后紧跟的几个人也跟着一起见了阎王。当官的一死，日伪军顿时没了主心骨，纷纷夺路而逃。赵疃民兵这次摆的地雷阵，共毙伤包括 1 名日军军官在内的 16 名日伪军。

赵守福性格耿直，胆大心细，作战勇猛，人称“铁胆英雄”。他在地雷战中创造了 30 多种地雷战术，依靠地雷给日伪军以沉重的打击。抗日战争和解放战争时期，他先后参加战斗 200 余次，毙伤敌 183 人，培训民兵爆炸手 12000 多名。从 1943 年到 1950 年，他先后被授予“爆炸大王”“山东民兵英雄”“全国民兵英雄”等荣誉称号。

“爆破大王”于化虎

于化虎，海阳行村镇文山后村人，是电影《地雷战》主人公赵虎的原型之一。为了维持家庭生活，于化虎从 9 岁时，就给地主打活，长达 17 年。在那漫长的岁月里，他为地主当牛当马，挨打受骂，食不果腹。有一年腊月，眼看就要过年了，家里连吃顿饺子的面都没有，东奔西跑才借到了两升麦子。于化虎的母亲正扶着磨棍磨面，结果又被国民党游击军抢了个一干二净。大年初一那天母亲

于化虎

又遭到日本兵痛打。地主、反动派和日军的剥削压迫，使于化虎全家过着水深火热的悲惨生活。1940 年，于化虎参加抗日斗争，自制石雷、“空中绊雷”、梅花雷、头发丝雷等 20 多种地雷，通过巧妙布阵、灵活作战，炸得日伪军魂飞胆丧。

晋生“化虎” 于化虎原名于晋生，化虎这个名字是一代名将许世友给他改的。那是 1943 年 7 月 1 日，胶东军区在海阳战场泊村西沙河召开英模大会，于晋生应邀参加。大会刚一结束，许世友司令员就健步走下讲台，朗声问道：“于晋生呢？于晋生在哪里？”于晋生跑步来到许世友司令员跟前，“报告司令员，我在这儿！”许世友司令员笑着挥起拳头，照着于晋生的胸脯就是一拳：“记者都告诉我了，怎么，听说一颗雷吃掉两对半敌人还嫌少，胃口不小啊！”于晋生嘿嘿一笑。

许世友紧紧握着于晋生的两只手说：“晋生啊，北海区出了个林化龙。你呢，我给你改名叫于化虎，怎样？”“谢谢司令员！”于晋生满脸绯红，“啪”，敬了一个标准的军礼。许世友司令员指着于化虎，转向在场的人们，满脸带笑，声若洪钟：“同志们，北海出了一条龙，东海又有了一只虎。中国人民就是龙，就是虎！龙挟雨，虎生风，龙腾虎跃，暴风骤雨，这就是东洋小鬼子的大灾大难！”

文山后村四面环山，只在西南墨石硼和仗子山的夹缝中有一个山口，沿河道通向赵疃和行村。于化虎多次在这里埋下地雷，回回都开花。有一回，招远县（今招远市）武委会送来一颗 25 斤重的大地雷，上写“活雷化虎”4个字。于化虎提着地雷，埋在墨石硼石堆里。不过半个小时，300多名日伪军不请自来，要从这里经过。结果“活雷化虎”开花，11名敌人顿时命丧黄泉。从此，“活雷化虎”的威名传遍胶东。

此后，鬼子把这个山口叫做“老虎嘴”。当时流传着一首顺口溜：“进了老虎嘴，有来没有回，不是地下躺，就是天上飞。”

为了对付于化虎的土地雷，日军组织了地雷探索队，发现地雷就用绑着铁钩的长杆拉。拉响几个之后，日军高兴得手舞足蹈。不想几天后，日军拉出一个屎尿罐子，大叫晦气，上前猛踹了一脚，却踏响了于化虎埋下的连环雷，17个日军一下子报了销。

一计不成，又生一计。日军改用小铁锹起雷。于化虎将计就计，搞了个真假挨雷，上面为假，底下为真。日军挖出假雷后，真雷随即爆炸。后来，日军变“聪明”了，挖雷的圈开得大大的，坑挖得深深的，然后剪断真假相连的引火弦。但好景不长，于化虎和爆炸队员们又试制成功了土定时雷。一天，日军地雷探索队挖出4个定时雷带回炮楼。结果，定时雷炸了窝，7个日军被“活雷化虎”的新产品送回了老家。

“土八路”能造定时雷，日军不肯相信这是真的，怀疑于化虎请来了地雷专家。明察暗访，一顿忙活，毫无结果。日军气急败坏，到处悬赏要抓于化虎。

日军要抓于化虎，于化虎的“虎气”更加抖擞，频频率领民兵展开地雷战。日军防不胜防，叫苦不迭。于是，日军在疑有地雷的地方用石灰画圈圈，在疑有雷群的地方写上“雷田”两个字。这样一来，左一个圈、右一个圈，有些地方圈连圈。日军出动时，为了躲避圈圈，一个个眼睛瞪得圆圆的，脖子伸得长长的，腿抬得高高的，落地放得轻轻的，远远看去，日军就像是在表演“东洋体操”。于化虎等人就疑生疑，在日军画圈的地方之外，另外画圈，并在圈与圈之间，埋上雷。所以日军的“东洋体操”表演得再好，也无济于事。

黔驴技穷之后，日军从青岛调来了工兵和探雷器。于化虎和他的队员们又成功地制成了胶皮雷、头发丝雷、梅花雷等，几个回合下来，把青岛的日军工兵和探雷器也一同送上了天。

“虎”入“狼”窝 日军屡屡败阵，被民兵们的地雷吓破了胆。到 1944 年春天，他们竟然不敢轻易迈出炮楼一步，整日龟缩在据点里。既然敌人不出来，那就主动送雷上门。于化虎率领爆炸队，寻机潜入日伪据点内部。

为了完成任务，于化虎率领的爆炸队，整天地雷不离身，每时每刻都在寻找战机。但是日军防守十分严密，单独住在行村的西寺，据点四面是两人多高的围墙，设立三道铁丝网，外面还有一道壕沟。不要说是老百姓，就是伪军也不能随便进出。怎么才能进去呢？于化虎他们一连盯了好几天，一直没有找到合适的下手机会。

于化虎他们着急，据点里的日军也像热锅上的蚂蚁，日夜不得安宁，于是便向青岛的日军求援。青岛的日军先向莱阳的穴坊派出 300 人，准备秘密移兵行村。于化虎他们任务还没有完成，听说敌人又要增兵，心里更加焦急。

一天深夜，天阴沉沉的。日军炮楼里的灯光如鬼火般时隐时现，加上日军偶尔放上一两声凄厉的壮胆枪，越发增添了炮楼的阴森和恐怖。于化虎和侦察员老王带着 4 颗 25 斤重的大地雷，还在野外侦察敌情，伺机进入敌人的据点。

“今天看来又白等了！”老王有些丧气地说。

“别灰心嘛！我看会有机会的！走，我们到西面瞧瞧。”说着，于化虎带着老王向行村西面摸去。他们走到行村西面几里外的地方，隐隐约约听到一种奇怪的声响。

“什么声音？有情况！”于化虎精神一振，小声嘀咕道。说着，两人迅速隐藏到路边的水沟里察看。

“咕咚、咕咚……”由远至近，声音越来越大。于化虎和老王看见黑暗中4匹高大的战马向着行村方向而来。那马蹄不知钉着什么还是包着什么东西，马跑起来发出的声音既轻又小。

“我们跟过去看看！”老王耐不住性子了。

“慢着！”于化虎按住了刚想起身的老王。话音刚落，只见那4匹马又返回来，向西跑去。

“这是探路的！”于化虎心想，可能是日军的增援部队来了，这4个前哨兵后面肯定是大部队。于是对老王说道：“我想跟着鬼子进炮楼！”

“不行！不行！这样太危险。”老王连连摇头。

“好不容易盼来这个机会，过了这个村就没这个店了！”于化虎一边脱衣服，一边说道。

“那好，要去咱们一块儿去。”老王也开始脱衣服。

“多一个人，多一个目标。你就在外面等我。”于化虎命令道。说完，他在身边的泥塘一滚，成了泥人。随后往两条裤腿各装进一个地雷挂在脖子上，手里拎着两个地雷，又用老王的皮带把8颗手榴弹捆在腰上，挂把刺刀和一把小镢头。然后对老王说：“我进去后，如果地雷响过我不出来，就是报销了，你给上级说一声。”

日军的人马刚过，于化虎“嗖”地起身，身负百斤地雷，尾随在日军队伍的后面混进了据点，趁天黑在操场上埋下4颗地雷，安全地回到老王身边。

第二天拂晓，日军出操，4颗地雷同时爆炸，猝不及防的日军被炸得人仰马翻，伤亡33人。就这样，于化虎靠着机敏和胆识，出色地完成了任务。没过多久，出于对地雷战的恐惧，炮楼里的日军竟一个不剩全部逃到青岛。

巧救婴儿 1945年5月的一天清晨，村妇孙言竹刚生下孩子不久，村头突然响起凄厉的枪声和地雷被踏响的爆炸声。

“鬼子来了！赶快撤到北山！”民兵们一边大声喊着一边照顾老人小孩撤走。孙言竹听到民兵的喊声，支撑起虚弱的身子跌跌撞撞地奔向北山。

“天哪！我的孩子，我的孩子呢？”孙言竹在北山上看着村子陷入一片火海，这才发现孩子丢了。为了救出孙嫂的孩子，民兵于振兴和年逾六旬的赵锡匠下山，不幸被日军捉住押着去踏雷。

日军的兽行令于化虎义愤填膺，他愤怒地抓起一根柴棍折成了两截，走到孙言竹面前说：“孙嫂，你放心，只要有我于化虎，孩子就有救。”

夜半时分，于化虎带着几个队员围着村子观察敌情，摸清了日伪军的岗哨规律，一个救孩子的战斗计划在他脑中形成了。

第二天半夜，于化虎带领民兵下山，干净利落地摸掉了伪军岗哨。民兵们全部换上敌伪军服。此时已是凌晨 1 点 15 分，离日伪军放流动哨的时间只有 45 分钟。

于化虎下令：“一排在村头放哨；二、三排进村埋雷；四排掩护。我带两个民兵找孙嫂的孩子，听到猫头鹰叫三声，立即撤离。”

部署完毕，于化虎直插村北孙言竹家。屋子里黑洞洞的。布置好警戒，于化虎先到西间，摸了半天，炕上没有孩子，于是他转身进了东间，发现炕沿上露着 8 只脚。原来，这里躺着 4 个伪军。于化虎灵机一动，大模大样地喊道：“别给我挺尸啦，起来站岗去！”“别胡闹，老子正看孩子呢。”一名伪军不满地应道。

“孩子在哪？”于化虎的声音有些急促。

“这儿搂着哪。太君有令，明天就要拿她去活捉于化虎。”伪军全然没有发现丝毫异样。

“太君要我来看看孩子是死是活，给我！”于化虎凑近了。伪军睡意正浓，斜着身子把孩子递过去，倒头又打起呼噜来。

于化虎把耳朵贴在孩子鼻子上，一听孩子呼吸均匀，睡得正香。他解开衣襟，把孩子贴在胸脯上捆扎停当，大吼一声："起来！我就是于化虎。"

"啊！"4个伪军睡意顿消，触电一般"唰"地爬起来，哆哆嗦嗦直喊饶命。于化虎发出轻蔑一笑，押着伪军，发出了撤离的信号。随即，放哨的、埋雷的民兵一个不少地陆续回到集结地。

于化虎，因设雷巧妙、布雷灵活，享有"活雷化虎"之誉。在抗日战争期间，他凭借过人的胆识屡建奇功，历经大小战斗数百次，毙伤敌171人，曾创单雷杀敌7人的纪录，并任胶东子弟兵团一营营长等职，荣立一等功1次，获得"钢枪奖"5次，先后被授予"爆破英雄""战斗英雄""爆破大王""全国民兵英雄"等光荣称号。2009年被中央评选为"100位为新中国成立作出突出贡献的英雄模范人物"。

巾帼英雄孙玉敏

在中国人民抗日战争纪念馆中，有一张胶东籍女民兵扛枪站立的照片，照片中女民兵飒爽的英姿让人过目不忘，她就是"全国民兵英雄"孙玉敏。

孙玉敏，出生在海阳行村镇小滩村一个贫苦家庭里，14岁时父亲去世了，她和母亲守着几亩薄地，艰难度日。在生死未卜、动荡不安的岁月里，年仅15岁的孙玉敏就参加了妇救会，积极拥军支前、埋雷炸敌，16岁即加入中国共产党，是海阳三位"全国民兵英雄"中年龄最小的一位，可谓是巾帼不让须眉。

冒死送信救乡亲　1943年的夏天，行村的日伪军突然包围了小滩村，挨门逐户地搜查。全村的人都被赶到村中的广场上准备逐个登记。这时，村中正住着县委的5名同志，情况万分危急。唯一的办法就是穿过鬼子的重围，捎信让附近的八路军来解救他们。面对村头密布的日军岗哨，谁能把信送出去呢？紧要关头，个头不高、稚气未脱的孙玉敏站了出来：“俺去！”她撕破鞋口，把信缝了进去，然后挎个小背篓来到村口。

孙玉敏

面对日本兵的凶恶盘问，孙玉敏镇定地回答：“俺家没吃的，上山去挖野菜！”就这样，她机智地骗过了日伪军，把信顺利地送到了八路军队伍手中，及时营救了被困的地下党员。

苦练杀敌本领 在硝烟弥漫的岁月里逐步成长起来的孙玉敏，深深地意识到武装斗争的重要性。1944 年，在民兵三期整训期间，孙玉敏怀着对日寇的满腔仇恨，在区委提出的“每人学会一套杀敌本领”口号鼓舞下，苦练杀敌本领。

春天在山上刨地时，她一有工夫便持着铁锨做立式瞄准，锻炼射击的腕力与肘力；夏天当她在山里锄地休息时，就把锄柄搁在地堰上，像使枪一样地瞄准；当她在锅灶口帮母亲烧火做饭时，她就端起了烧火棍瞄着画在院子墙上的圆圈；在街上，她诙谐地瞄着乘凉的老人们，老人们笑了，她也笑了；在上妇女识字班的午饭后，她总是早早就到了学校，拿起断桌子腿，顺着棱瞄起来。卧倒、跪着、站立，认真地做着各种射击动作。虽然膝盖磨破了皮，胳膊肿得抬不起来，但是她始终坚持练习。功夫不负有心人，经过 240 多个日日夜夜的训练，孙玉敏终于练出了一身百步穿杨的好枪法。在这一年的全区民兵检阅大会上，她以三发三中的优异成绩荣膺全区第一名！

难忘盆子山斗争　1945年5月27日，500多名日伪军进入盆子山区“扫荡”。孙玉敏和民兵隐伏在北山头上，当日伪军逐渐走近时，北山头上的土炮、土枪、钢枪朝敌人怒吼起来了。日伪军慌乱地散开，支起机关枪向四外疯狂地扫射。孙玉敏看见在山下的营盘里有20多个日本兵支着机关枪，但是相隔太远土枪射不到。她把土枪反转在背后，踏着深草，穿过浓密的松林，从山顶顺着山沟躬身飞奔下来，逐步向敌人靠近。当离敌人只有七八十步的时候，她卧伏在一堆草丛里，身子紧贴着地面，屏住呼吸、瞄准——“叭”！一名敌人瞬间倒了下去！其余的敌人急忙散开，四处逃命。

孙玉敏提着土枪，靠着巧妙的冷枪战术，在草丛和山林间不断周旋，把部分日伪军引进民兵布雷区，炸得粉身碎骨。3个多月的反“扫荡”斗争中，她参加了近百次的大小战斗，巧妙埋设“铁西瓜”，5次在敌群中开了花，杀敌17人。

孙玉敏天生聪慧、胆大心细，很快就成为一名威震敌胆的“女爆炸大王”，先后被授予“民兵模范”“胶东民兵英雄”“全国民兵英雄”等荣誉称号。

海阳地雷战纪念碑

海阳不仅有3位全国民兵英雄，还涌现出很多胶东民兵英雄："胶东爆炸大王"赵同伦、"支前模范"陈桂香、"海上民兵英雄"隋良萱……据统计，胶东24个县市中涌现出的民兵英雄，名册上有220名，其中海阳就有133名，占总人数的60%。

海阳，这片英雄的土地孕育了英雄的人民，书写了英雄的史诗，铸就了英雄的精神。1995年8月，为纪念抗战胜利50周年，山东省委、省政府在海阳地雷战的主战场赵疃村修建了地雷战纪念碑。迟浩田上将为纪念碑亲笔题词"地雷战精神永存"。2019年，海阳市对原有的地雷战纪念馆进行改建，建成地雷战党性教育基地，全方位展示海阳党政军民浴血奋战、英勇杀敌的英雄事迹，展现伟大的地雷战精神——敢于担当舍身报国的家国情怀、敢于斗争不畏强敌的英雄豪情、敢为人先大胆创新的聪明智慧、敢于胜利乐观自信的坚定信念。

战争硝烟虽已散尽，但海阳英雄儿女用血肉之躯铸就的地雷战精神却深深根植于海阳人民的血脉之中，成为代代相传的红色基因。

（姜艳英）

“沂蒙红嫂”

20 世纪 60 年代，山东著名作家刘知侠在访问苏联的途中听李子超讲述了沂蒙妇女用乳汁救护伤员的事迹，大受感动。回国后，刘知侠以此为原型创造了短篇小说《红嫂》。《红嫂》自问世起，便在全国引起了巨大的反响。“红嫂”成为革命战争年代出现在山东地区的，为革命无私奉献的众多沂蒙妇女的整体形象，并形成党群关系的经典样本“红嫂精神”。

从沂蒙妇女到“沂蒙红嫂”

传统文化培养了沂蒙妇女仁爱、忠义的品质，同时也存在大量歧视、束缚、残害妇女的习俗与观念，比如男尊女卑、夫为妻纲、缠足等。在近代，经过新文化运动与五四运动的洗礼，中国女性得到一定程度上的解放，但主要集中在城市精英女性群体中。尽管沂蒙地区曾于 1920 年设立两所女子初等小学，但由于地处内陆山区，传统文化植根深入，整体而言，女性的社会和家庭地位仍然没有得到质的改善。是什么让封建文化禁锢下的沂蒙妇女变成为革命战争中无私奉献的“沂蒙红嫂”呢？是共产党领导的妇女解放。

抗战时期，共产党通过大众教育，提高了沂蒙妇女的文化知识水平，充分调动了妇女们的斗争积极性。1938 年，为抗击日本的侵略、挽救民族于危亡，中共山东地方组织及其在抗日武装起义基础上建立起来的抗日武装，开始在沂蒙山区创建抗日根据地，建立抗日民主政权。如何在贫瘠偏僻的山区立足、扎下巩固的根基？唯一的途径就是用党的革命理念对当地的政治、经济秩序进行彻底的改造，将贫困落后的山区变为抗日斗争的沃土。进行这种改造，其中一个重要的手段就是对根据地的民众进行广泛的大众教育，唤醒民众，启迪心智、增强信念。在这一过程中，提高广大妇女的政治地位、文化素养与抗日积极性，是一项重要的任务。为解决这一问题，沂蒙地区党组织创立了识字班、农民夜校、午校等形式与时间灵活、内容由浅入深的学习班，有计划地展开妇女解放、抗日宣传、革命理论教育。在党的耐心领导和精心组织下，妇女的大众教育有声有色地蓬勃发展起来。至 1943 年，仅莒南县就办了 520 多个识字班，学员 15700 余人。“识字班”也因之成为沂蒙方言中对年轻未婚女性的代名词。党组织的大众教育为沂蒙妇女走出家庭、心向革命做了知识和信心的铺垫。

随着抗战的深入，党需要越来越多的妇女干部与党员。鉴于此，中共山东分局组织部专门下发《关于组织工作的补充指示》，要求大力培养妇女干部、发展妇女党员，使妇女党员占到党员人数的 1/5。为此，沂蒙地区党组织在大众教育和实践锻炼的基础上，选拔优秀基层妇女党员和妇女干部，专门成立旨在培养基层妇女干部的培训班，进一步提高她们的理论知识与思想觉悟。如莒县的“东心河村妇女干部训练班”，重点传授妇女解放、妇女运动等内容，共培养了 200 多名妇女干部。此后，沂水县、费县、平邑县、蒙阴县纷纷效仿，为沂蒙地区培养了千余名妇女干部。

组织是妇女工作的关键，为将沂蒙妇女进一步团结起来共同抗日，需要建立和完善统一的、由党组织领导的各级群众性妇女组织。对此，抗日根据地党组织和民主政权采取了三步走策略：第一步，在党组织内部设立独立的妇女部、妇女委员会等妇女领导机构，提高妇女工作在党内的重要性；第二步，在党组织的直接领导下建立覆盖县、区、村的各级妇女救国会等群众性妇女团体，由党组织委派负责人，统一领导沂蒙地区妇女开展革命斗争；第三步，以《妇女救国会宣传大纲》的形式具体明确各级妇女救国会等群众性妇女组织在抗战中的地位和主要任务。就这样，沂蒙地区的妇女党员、干部越来越多。可以说，中国共产党通过加强对妇女群众的教育，对妇女党员、干部的培养和对妇女团体的领导，推动了沂蒙地区妇女的解放，为沂蒙妇女转变为“沂蒙红嫂”奠定了思想与组织基础。

“沂蒙红嫂”的感人事迹

根据《红嫂》改编的舞剧《沂蒙颂》中的唱段“蒙山高、沂水长，我为亲人熬鸡汤。续一把蒙山柴炉火更旺，添一瓢沂河水情更长”，被亿万群众铭记在心里。艺术源于现实，那么，真实的“沂蒙红嫂”是什么样呢？

红嫂祖秀莲 1941年冬天，日军纠集5万余人对沂蒙山区进行“铁壁合围”大“扫荡”。八路军山东纵队决定转移，派侦察员郭伍士去侦察情况。郭伍士途中遭遇日军，不幸中枪。他强忍伤痛跑到桃棵子村附近时昏迷了过去，日军追上来又对他开了两枪，捅了数刀后才离开。郭伍士再次醒来已是下午，他艰难地拖着身体在地上挪动，终于爬到一个草屋边。

正在这时，屋里走出一个妇女，她就是祖秀莲。祖秀莲看到浑身是血、奄奄一息的郭伍士不禁惊呆了。回过神后，她观察郭伍士的着装打扮，认定是八路军，便把他拖扶到草铺上。郭伍士已无法说话，使尽浑身力气指了指锅台边的壶。祖秀莲立马明白他要喝水，赶紧往水里加了点盐，让他喝下。谁知，被血块包裹的断牙塞满了郭伍士的嘴，水怎么也喂不进去。祖秀莲心疼地抠出堵在郭伍士喉咙里的血块、断牙，水这才缓缓地流进郭伍士的喉咙里。

祖秀莲

眼下对祖秀莲来说，最大的难题是在日军再次“扫荡”前，给郭伍士找个安全的藏身地。此时日军刚“扫荡”过去，村里空无一人，只有身患重病的丈夫和祖秀莲。正当祖秀莲愁眉不展之时，三个侄子来了。他们分别是解放后当了村支书的张衡军，人民公社时期当了大队长的张衡宾，还有一位是张衡玉。他们本来是想趁日军没回村赶紧把大叔背走的，祖秀莲却让他们先把郭伍士抬到村西北角的柴草屋藏好。等日军回据点后，祖秀莲赶紧去柴草屋看郭伍士，这才发现郭伍士身上没有一块好地方，其中肚子的伤口还能看到肠子。没有药，祖秀莲只能烧了热水，用盐给郭伍士清洗、包扎。家里病重的丈夫，还有受重伤的郭伍士都需要吃食，祖秀莲便将家里没被日军发现的唯一一只鸡拿去换了粮食，做成糊糊，一点一点地喂郭伍士。

日军三天两头来“扫荡”，村里人不是钻山洞就是进地洞，柴草屋根本藏不住郭伍士。祖秀莲只得求助于村干部。村干部让她赶紧把郭伍士藏到村西头卧牛石下面的地洞里。地洞里潮湿阴暗，郭伍士受伤严重，不久伤口便感染了，人也烧到昏迷不醒。祖秀莲天天给郭伍士擦洗身体、包扎伤口，经过20多天的照顾，郭伍士的伤势才开始好转。祖秀莲听村干部说八路军后方医院到了临近的中峪村一带，便连夜给郭伍士收拾衣物、干粮，趁天黑让村干部找来可靠的村民抬着郭伍士去找八路军的后方医院。

后来，郭伍士经后方医院救治，渐渐康复，回到了部队。1947年，郭伍士因伤病复员，本是山西人的他却向上级申请到沂南县，在那里娶妻安家。后经辗转，郭伍士再次来到桃棵子村，向村干部打听、寻找当年救护他的大娘。哪知村支书就是当年抬过他的张衡军！经村支书带路，郭伍士找到了祖秀莲。随后，郭伍士向领导申请，由沂南县迁入桃棵子村，与祖秀莲同住一村，以母子相称。

祖秀莲在革命战争年代经常救助、掩护伤员，还为八路军掩藏、护送行李、文件等。1976 年经党组织批准，祖秀莲实现了梦寐以求的党员梦。翌年，祖秀莲因病重救治无效去世，享年 86 岁。

《红嫂》原型明德英　明德英，1911 年出生在岸堤村一个贫苦农民家庭。自出生起 20 多年，她几乎没吃过一顿饱饭。由于天生不能说话，明德英经人介绍嫁给了一个守墓人，夫妻俩在墓林边搭了一个又低又矮的团瓢（沂蒙山一带的一种圆锥状的小屋），墓林边的空地成为明德英一家唯一的粮食来源。

1941 年，八路军队伍来到了明德英家附近的村庄。山东纵队指挥部驻扎在马牧池，山东总动员委员会驻东官庄。这年冬季，日军突然包围了马牧池，八路军山东纵队领导干部被迫转移到鲁寒山上。由于事态紧急，纵队机关的其他人员未能及时撤离，一场包围与反包围的战斗打响了。

明德英

激战中，一名八路军战士冲出包围圈，跑到王家河岸上。凶恶的日军也追了上来。这名战士见前面是墓地，有墓碑可暂时躲避枪弹，便冲进墓地。日军也尾随至此。他们在墓碑间搜寻、追击，时隐时现。半个小时过去了，战士最终寡不敌众身中两枪，他强忍着伤痛朝墓地边的树林跑去，希望能隐藏在树林中。

此时，明德英正抱着孩子坐在位于林边的自家团瓢门口。她显然不知道林子里发生了什么，只见一位受伤的战士直奔她而来。她看受伤战士的穿戴，明白了战士的身份与处境，马上一手抱着孩子，一手把战士拉进团瓢，让战士躺在团瓢最里面的床上，给战士蒙上被子，自己重新抱着孩子坐回团瓢门口。日军追过来，看了看淡定的明德英，瞥了一眼明德英身后又矮又黑又小的团瓢，怎么也想不到战士就藏身于此。他们发现明德英是个哑巴，就边比画着战士的打扮，边打手势问战士跑到哪去了。明德英故作配合地指着西边的山，日军便朝西山追去。

明德英眼见日军离开，立刻转身进团瓢查看战士伤情。此时，战士已经因失血过多昏了过去。明德英赶紧为他包扎伤口以尽快止血。性命攸关时刻，明德英来不及为战士生火烧水做饭，毅然决然地将自己的奶水喂给了战士。为了让战士更好藏身，明德英和丈夫一起找了一个空坟，在坟里铺了厚厚的草，让战士暂时栖身于此。由于环境恶劣，战士伤口包扎不洁，导致伤口感染发炎，脓水不断流出，散发着恶臭。看着战士日渐衰弱的身体，明德英愁眉不展。她与丈夫除了每天为战士用盐水冲洗、包扎伤口外，还杀掉了家中仅有的两只鸡给战士恢复身体。半个多月后，战士伤情逐渐好转，向明德英及其丈夫说了自己的情况及想归队的打算。明德英的丈夫担心战士不认路，便把他送到依汶集上，借钱买了一个锅饼，托付一个与部队后方搞贸易的人带他去找部队。临别时，战士留下了感动与惜别的泪水。

沂蒙母亲王换于 王换于 1888 年出生在沂南县圈里村，19 岁时嫁到东辛庄于家。生活在旧社会的王换于本没有名字，只是随夫姓冠以于王氏。1938 年腊月，王换于加入共产党，不久被选为村妇救会会长与艾山乡副乡长，为便于工作，起名王换于。此后，王换于这个名字伴随她经历了抗日战争、解放战争，直至20世纪80年代去世。王换于一生中为党为人民作了数不清的贡献，其中包括抚养八路军子女和保存《山东省联合大会会刊》。

1939年夏天，日军“扫荡”的时候，中共山东分局和八路军第一纵队机关首长徐向前、朱瑞等来到了东辛庄。随着部队一同到来的还有20多个首长与战士的孩子。这些孩子大的七八岁，小的还不满月，甚至有刚出生几天的婴儿。初来时，这些孩子由徐向前的爱人照顾。由于革命战争年代女党员忙于抗战，无暇照顾孩子，导致孩子们十分瘦弱。王换于看在眼里疼在心里，心想革命战士是为大家，俺们也要为战士。于是王换于向首长们建议由乡亲们照顾孩子，既可以给孩子更好的照顾，又便于战时掩护。首长接受了这个建议，委托王换于具体安排。

此时的王换于已50多岁，有两儿两女的她深知在山里养活孩子得靠奶水。于是王换于四处打听谁家的孩子夭亡了，打听到就赶紧去人家里劝其别回奶，以哺育八路军的孩子。这样一来，20多个孩子全被送到乡亲们家照顾，其中王换于家负责照顾两个孩子。不管到哪个村开展抗战动员工作，她总是去看看寄养在那里的孩子。有一次，到西辛庄看望革命烈士的孩子时，发现抚养孩子的人家没有奶水，山里又缺衣少食，孩子瘦弱不堪。王换于心疼得一把抱起孩子带回自己家里。此时，王换于的二儿媳正在哺乳期，王焕于便劝道：“把这个孩子拉扯大吧。这是烈士的孩子！咱的孩子死了，你还能生，烈士的孩子死了，就断了烈士的根了。”由于

王换于

革命战争年代烽火不断，加上山里环境艰苦，王换于二儿媳的头两个孩子都没有养活，而寄养在家的烈士的孩子却十分健康。

从 1939 年至 1945 年，王换于先后收养了 41 名八路军子女，包括罗荣桓的女儿罗琳、陈沂与马楠的女儿陈小聪等，而自己的 4 个孙儿却全部夭亡。

1940 年 7 月，山东省各界代表联合会在青驼寺召开，会后出版了《山东省联合大会会刊》。书中收录了各界代表的报告原文以及山东省行政机关和群众团体领导成员的名单。出于保密考虑，这本书仅由少数几位首长保存。

在日军对沂蒙山区展开大“扫荡”的紧急关头，山东省参议会副参议长马保三把书交给王换于。他一改平时乐呵呵的样子，郑重地对王换于说：“咱们全山东所有抗日领导机构和干部名单都在上面，要是落到敌人手里，将对我们造成极大损失。您要千方百计把这本书保存好，等战争胜利了我们再来取。”王换于接过这本薄薄的书，心里却沉甸甸的。好在东辛庄曾经在隔河靠山的隐蔽处挖了许多山洞，农户家里也挖了地洞。大众日报社、北海银行等部门的物资曾经藏匿在那里，不曾遭到破坏。王换于用棉布小心翼翼地把书包起来，隐藏好。

抗战胜利后，王换于以为这本书总算可以重见天日了。谁知，国民党反动派又发动了内战，还在村里成立了还乡团，迫害群众。一些了解村里情况的人，知道抗战时哪个山洞可以藏人，哪个山洞可以藏东西。王换于只好将书藏在身上。尽管如此，敌人也没有放过王换于。根据王换于在《沂蒙红嫂颂》中的回忆，当时的情形是这样的：

1947 年冬季的一天中午，国民党还乡团到解放区烧杀掳掠。王换于得到消息后带上这本书准备转移。突然一伙匪徒闯进了王换于家。匪徒们恶狠狠地问道：“你叫王换于吗？听说你给八路军藏过东西。现在还有什么，快交出来！”

“俺是个老粗，听不懂你们的话，过去打鬼子的，到俺家也不过是喝水、吃饭，俺没见过什么东西。”

“啪，啪！”一个匪徒劈头盖脸打了王换于两个耳光，打得王换于两眼直冒金星。匪徒把刺刀架在王换于的脖子上威胁说：“你这老东西装糊涂！今天要是交不出东西，就要你这条老命！”

王换于定了一下神说：“我今年60岁了，死了也不算少亡。你们愿意要我这条老命就拿去吧！”王换于摆出一副满不在乎的样子，其实心里跳得扑通扑通的——书正掖在棉裤腰里呢，万一他们要搜身怎么办？

敌人搜查了一阵，没有结果，就又把注意力转移到王换于的身上。一个匪徒朝王换于走来，刚要动手，王换于就撒了泼，大声骂道：“混账东西，你想干什么？我老妈子60多岁的人了，过去日本鬼子也都没能把我怎么样，你想怎么着？你有没有父母？你是不是爹妈生的？你是不是个中国人？你难道连个畜生也不如？”王换于这一招还真有效，只见那匪徒缩了手，脸红到了脖根儿底下。可是冷不防，背后一个匪徒捣了王换于一枪托子。王换于疼得猛一缩肚子，那本书一下子滑到裤筒里去了，王换于心想：“这帮坏家伙总不能向我下身搜吧，书滑到裤筒里，双腿都缠着扎腿带子，反倒更安全了。”王换于顾不得腰疼，故意提高嗓门说：“你们不用打，也不用翻，我自己脱下衣裳给你们看看，你们哪一个不算娘养的，尽管睁开狗眼，可别闭上……”说着便解开大襟扣子，露出了半个肩膀，接着就做出要解裤腰带的样子。匪徒们看见这个架势，断定王换于身上不可能有重要的东西，也不愿出丑，就灰溜溜地走了。

全国解放后，王换于一直在等首长取回这本书，但始终没有人来。1978年，这位九旬老人将书交给了沂南县相关部门。县委派人送来一张奖状与一包奖金。后来，这本书被送到山东省档案馆，填补了省档案馆关于山东省第一次各界代表联合大会资料的空白。

沂蒙六姐妹 蒙阴县烟庄有6位支前女英模，人称“沂蒙六姐妹”，她们是：张玉梅、伊廷珍、杨桂英、伊淑英、冀贞兰、公方莲。

1947年5月，孟良崮战役即将打响。烟庄150多户人家中青壮年男子都到前线了，庄里只剩女人。为躲避敌机轰炸，大家都疏散进山沟里，烟庄就像一个空壳。

当时，人民解放军为围歼国民党军第七十四师，频繁在烟庄一带活动。兵马未动，粮草先行。庄里没有领头人，无法操办区里派下的任务。六姐妹看在眼里，急在心上。眼下前方战事正紧，党是为了百姓，百姓也不能丢下党。她们商量既然没有村委，就成立村委。如此，张玉梅当村长，伊廷珍当副村长，其他人分别担任文书、财粮员、公安员等职务。

待大军到了庄头，她们主动迎上去。面对部队管理员的询问，她们乐观而坚定地说：“我们都是村长！要做什么，快说吧！”在六姐妹的努力下，战士们所需的事项都顺顺利利、安安当当地准备好了。

听上去简单的事情，在战争年代做起来却是难上加难。5月15日，天还没亮，解放军部队还有担架队伤员就陆续进了庄。正当六姐妹与烟庄妇女们为伤员包扎伤口时，区里连续下了道紧急通知——3批军鞋任务，总计245双，要求5天内完成。烟庄妇女们在繁重的日常工作下，又默默拿起了针线。

根据《沂蒙红嫂颂》中六姐妹的回忆，冀贞兰是个沉默寡言的姑娘，但她眼明心细，做的一手漂亮的针线活。当时，冀贞兰和姐妹们打鞋壳子、弄鞋帮子、纺线捻麻绳，已经忙活了一整天，夜深了，她又坐在昏暗的油灯下纳鞋底。一只鞋底多达120行，一行至少30针，每针都要锥眼、穿针、走线、拉紧等。每针每线都饱含着沂蒙妇女们的深情。

纳好了鞋底，却没布做鞋面，怎么办？冀贞兰翻箱倒柜都找不到一块布，最后她毫不犹豫地把自己穿在身上的衣服大襟撕下来。这是她过年时才做的新衣服，一直舍不得穿，才洗了一次。看着自己的衣服，冀贞兰想到了村里最穷的杨化彩。杨化彩家只有她和 4 岁的儿子两个人相依为命啊。当初接到做鞋的任务时，杨化彩虽然嘴上没说什么，但紧锁的眉头与愁容，还有那家徒四壁的房子，她怎么会不为难呢。想到这里，冀贞兰急忙赶到杨化彩家，她扒着窗棂往里看，只见杨化彩正准备撕自己的大襟。冀贞兰知道，她撕了这件大襟就没衣服穿了，于是赶忙进去制止，并把自己的大襟撕下来给了杨化彩做鞋面。到大家交鞋的时候，杨化彩 4 岁的儿子穿着盖不过肚脐的小褂，抱着 4 双鞋走出来，却怎么也不肯放下鞋。大家都知道，这孩子长这么大都还没穿过鞋。

沂蒙妇女就是这样拥护着子弟兵，这样感人的故事还有很多，比如六姐妹组织妇女们不眠不休地为解放军烙 5000 斤煎饼并按时运上前线，等等。党和人民没有忘记她们的功绩。迟浩田将军曾多次专程到烟庄村看望“沂蒙六姐妹”，并为“沂蒙六姐妹”题词。2010 年 12 月，“沂蒙六姐妹”纪念馆在烟庄破土动工，2011 年 5 月竣工。

“谁第一个报名参军，我就嫁给谁”的梁怀玉　梁怀玉出生在莒南县洙边村的一户贫苦农民家庭。自从共产党来了以后，本来名不见经传的梁怀玉，变成了家喻户晓的名人，人称“金凤凰”。原来，16 岁的梁怀玉出演了反映夫妻生产的小戏《买驴》，戏中的她身段美、演戏好，轰动全乡。后来，梁怀玉又演了《王宝山参军》的小戏，戏中讲的是妻子和小姑子鼓励王宝山参军，自己在家搞好生产的故事。梁怀玉在戏中演妻子，又一次获得了乡亲们的好评。梁怀玉心想，我一个穷孩子，这份光荣还不是共产党给的？所以她积极参加抗战，1944 年，19 岁的梁怀玉当了识字班队长、村团支部委员。

1945年春天，沫边村的参军动员工作开始了。梁怀玉想：“我是团干部，党的后备军，只要是党交给的任务，一定完成。”第二天，动员大会在村里召开，父老乡亲们都来参加了。党支部书记动员讲话后，梁怀玉立刻上台发言说：“当兵就不要顾虑家，俺们识字班今后一定照顾好军属。当兵上前线，也不要担心找不到对象，俺们识字班找对象就要找个当兵的，谁当兵谁光荣，谁第一个报名，我就嫁给谁！”梁怀玉讲完，刘玉明就第一个报名参军了。在刘玉明的带动下，全村11人参军，全县1488人参军，其中1339人进入主力部队。

会后，刘玉明对村长说：“村长，俺是不是第一个报名的？”村长说：“是呀，这还有假吗！”刘玉明不好意思地憋了很久才说：“村长做主，给俺提提这门亲吧。”党支部为了安定军心和后续动员工作，派副村长找梁怀玉谈婚事。

梁怀玉家犯了难。当时梁怀玉已是小有名气的“明星”。刘玉明却是小矮个，父亲失明、母亲病重、妹妹尚小，家贫如洗，实在门不当户不对。梁怀玉父亲起初坚决不同意。梁怀玉对父亲说：“党是咱的救命恩人，为了党的工作，个人怎么都行。”父亲只得同意了这桩婚事。乡亲们尽管都觉得梁怀玉可惜了，但也都佩服她说到做到。

为了让刘玉明安心跟着部队走，梁怀玉就和刘玉明在区中队集训期间完了婚。结婚12天，刘玉明就随部队走了。从此，刘家的担子就落到了梁怀玉身上。后来，国民党反动派到处抓共产党干部和军属。

梁怀玉和丈夫刘玉明年轻时的合影

梁怀玉一家只得东躲西藏。敌人闯进她家，找不到人，就在墙上写道：“梁怀玉，你丈夫当共军，在哪里？”以此恐吓威胁她。梁怀玉不惧怕敌人威胁，继续从事革命活动，推米磨面、烙煎饼、藏军粮、做军鞋。她的事迹还上了《滨海日报》。

1948 年 12 月，徐州解放了。刘玉明第一次从部队驻地给梁怀玉写了一封信。梁怀玉接到信后马上赶往徐州，但是刘玉明又随部队上前线了，她空跑一趟。1950 年，她再次只身前往徐州，终于找到了刘玉明，夫妻俩在徐州拍了一张合影。1955 年，刘玉明转业，被安排在临朐县公安部门工作，直到 1980 年离休回乡，他们才真正生活在一起。1992 年，梁怀玉被山东省妇联、省民政厅、省军区政治部评为“山东红嫂”。

（孙炜）

战火中的保育摇篮
——胶东育儿所

“敌机来轰炸时，乳娘就会像母鸡扑倒小鸡一样保护每个孩子；为了让孩子们睡着，她们会一遍遍哼唱自编的儿歌……生我的是父母，养我的是乳娘。”这是乳儿宋玉芳和养育她的乳娘的故事，也是胶东育儿所 300 多名乳娘和 1223 名革命后代动人事迹的缩影。

育儿所在抗日战争中艰难起步

随着抗日战争形势的发展，中国共产党日益重视妇女在抗战中

胶东育儿所旧址

的作用与影响。1941年后，很多妇女干部结婚生子。为了不耽误工作，她们有的将小孩送回老家，有的交给老百姓养，也有个别自己带。送回老家或交给老百姓带的孩子大多夭折了，自己带又耽误了党的工作与自身的学习。这给妇女党员干部带来了巨大的身心痛苦，成为亟须解决的问题。为此，1942年，在中共胶东区委、胶东行政主任公署及胶东妇联的领导下，胶东育儿所成立了。

1942年初，胶东行政主任公署成立胶东医院时，曾筹办了一个育儿所，只接收了所长和医院干部的孩子。后来胶东行政主任公署要求医院与育儿所分开，育儿所搬迁至牟平田家村，由王福芝担任所长。除所长外，育儿所还有两个奶妈、一个管理员、一个炊事员，并开始对外接收孩子。

随着孩子的增多，育儿所的人员和组织机构也开始增加，设立了巡视组、总务组、医务组。巡视组的任务是联系当地妇救会寻找乳娘；及时调查各村乳娘带小孩的情况；做好乳娘的宣传教育与动员工作，以确保日军“扫荡”时乳娘和孩子周全。总务组的任务是管理好孩子的日常生活，按时给孩子和乳娘发放补给品。虽然当时正值抗日战争最困难的时期，但是党和政府对育儿所的待遇是格外关照的。当时规定，乳娘每人每月发粗粮60斤，孩子按年龄分别发粮18斤、20斤、22斤。孩子们还发服装、被褥等，从不亏待孩子。医务组的任务是深入乳娘家庭，宣传卫生常识，预防各种传染病，检查孩子身体。

反“扫荡”中的“红色乳娘”

目前关于胶东育儿所及“红色乳娘”最为翔实、全面的史料整理成果，是乳山市档案馆与乳山市党史市志办公室编著的《胶东育儿所》。该书序言中写道：“为便于今后开展党史考证研究、档案开发利用，书中尽可能原汁原味地保留原始档案、口述资料……”本书中所写“红色乳娘”事迹多来自于该书的口述资料。

宫元花　山东省档案馆内保藏有一本1944年编印的小册子，封面是一个妇女怀抱着一个乳儿坐在雪地里的景象。封面中的妇女就是宫元花，乳儿叫福勇。

1941年，草庵村的宫元花成为胶东育儿所的乳娘，哺育刚满周岁的福勇。为照顾好福勇，宫元花和婆婆商量把自己的孩子送到亲戚家寄养，自己全心全意养育革命的后代。

1942年正是根据地最难熬的一年。这一年，日军开始拉网式的大“扫荡”。冬日里的一天，听到村里人喊“鬼子来啦，快跑啊”。宫元花立刻抱起福勇，和保育员李玉华一起随乡亲们进山躲避。夜里，下起了大雪。宫元花和李玉华把福勇抱在中间，一起温暖小福勇。奈何天寒地冻，日军还未撤退，眼看着福勇被冻得鼻脸通红，小脚冰凉，宫元花赶忙解开自己的棉衣，把孩子放进去，用自己的身体温暖着冰凉的福勇。到后半夜，雪越下越大，天越来越冷。宫元花和李玉华把福勇夹在中间，面对面紧紧抱在一起。孩子暖和了，安然地睡去，屎尿都拉在宫元花的棉裤里。一整天过去了，宫元花手里拿着逃难老乡给的一块玉米饼子，却舍不得吃，留着一口一口嚼碎喂给了小福勇。

1944年，在育儿所儿童节大会上，哺育福勇3年的宫元花被评为“育儿模范”。

姜明真　1942年9月，东凤凰崖村姜明真的孩子刚满8个月，姜明真就给孩子断了奶，从育儿所抱来了刚刚满月的福星。

姜明真

两个月后，日军来根据地“扫荡”。姜明真与婆婆抱着福星和自己的儿子往山里逃。原本她们藏在同一个山洞里，可是两个孩子在一起就哭闹。为了不让敌人发现，姜明真把自己的儿子抱到另一个山洞里，然后返回来保护福星。谁知姜明真刚回来，敌机就开始轰炸，藏着自己儿子的洞口被炸塌了。婆婆心急如焚，急着要去看孙子。姜明真眼里含着泪，阻止婆婆说：“妈，千万别出去，要是被搜山的鬼子发现了，福星就难保了……”天下有哪个母亲不爱自己的孩子呢？日军撤退后，姜明真和婆婆疯了一样冲到被炸塌的洞口前，扒开洞口，进去找自己的儿子，见未满周岁的儿子一人在山洞里乱爬，手脚被石头磨得鲜血淋漓，嘴上沾满了泥土和鲜血，肚子胀鼓鼓的，再也哭不出声。姜明真抱着儿子泪流满面。回家后没几天，姜明真的儿子就夭亡了。儿子的夭亡让姜明真恨彻心扉地怒吼：“这是日本鬼子欠下的血债！”此后，姜明真将对儿子的思念与爱全部倾注到福星身上，直到福星被亲生父母接走。

那几年，姜明真先后抚养过 4 个八路军的子女，自己的 6 个亲生骨肉却因为战乱、饥荒、疏于照顾等原因夭亡了 4 个。

李秀珍　在纪念抗战胜利 70 周年之际，中央电视台戏曲频道播出吕剧《乳娘》，受到全国观众的好评，也引起了人们对“红色乳娘”这一光荣群体的关注。经采访得知，剧中女主角的原型就是李秀珍。

李秀珍，山东招远人，曾是胶东育儿所一名脱产乳娘。1942 年 9 月，育儿所开始对外接收孩子，接收的第一个孩子名叫东海，由李秀珍哺育。刚来时的东海身体虚弱，坐都坐不稳。看着体弱又瘦小的东海，李秀珍心中涌起一个念头：“孩子爹娘为革命，我们不能让孩子受损伤。”在李秀珍的精心抚育下，东海身体强壮了很多，可以在育儿所里开心地耍闹。一天，日军飞机突然掠过育儿所的上空，听到轰鸣声的李秀珍赶忙抱起东海往山里跑。正跑着时，日军轰炸机就投下了炸弹。危急关头，李秀珍拱起身子将东海护在身下。被炸弹炸飞的石头像刀子一般刮割着李秀珍的身体，而身下的东海却安然无恙。

还有一次，日军来“扫荡”时，李秀珍抱着东海往山里跑。东海还小，以为是大人在和他玩游戏，被颠得咯咯直笑。笑声引来了敌人的注意，危险逐渐逼近，3 个日伪军端着枪朝他们走来。李秀珍见状赶忙把东海藏进山洞，自己堵在山洞外，大声朝敌人喊话以掩盖住东海的声音：“你们要干什么！”狡猾的敌人却不上当，直接把李秀珍推倒在地，然后朝洞里搜去，不多一会儿，就把东海抓了出来。李秀珍见敌人抓住了东海，不要命般朝敌人撞去，拉扯间大声喊：“还我孩子，那是我的孩子！”凶狠的敌人再次将她推倒在地，一阵拳打脚踢。面对敌人的威逼利诱，李秀珍坚持说：“那是我的孩子。”最后，趁敌人疏忽之际，李秀珍抱起孩子逃了出来。

张启花 1943 年的崖子镇东涝口村，住着张启花一家。春天，张启花刚生下的女儿没几天便夭折了。村里人都知道张启花人实在，村妇救会就赶来做张启花的工作，让她不要回奶，做乳娘。张启花二话没说就答应了。她看着旁边似懂非懂的儿子沙永臣，语重心长地对他说：“八路军对咱穷人好，咱就要对人家好。你给妈记住，从今往后，孟丽就是咱家的孩子，妈的闺女，你的妹妹，谁问都这样说！”永臣使劲点点头。

在张启花一家的养育下，孟丽由原来那个羸弱的女婴儿，变得白白胖胖，像年画里的娃娃，十分招人疼爱。张启花怕她烫着，做饭时从不让她在旁边；怕她喝凉水闹肚子，一天烧好几次热水。张启花专门为孟丽养了几只鸡，鸡蛋都精心留好，只给孟丽吃，哪怕自己的儿子发烧，张启花也舍不得给儿子一个。别人看了都说：“哪个才是你亲生的呦？！”张启花不管那些，她说：“照顾不好孟丽，俺良心过不去。”在张启花的言传身教下，永臣也比别的孩子懂事早，一心一意地爱护着孟丽这个没有血缘关系的妹妹。孟丽玩困了，永臣的后背就是床；跟别的小孩闹别扭了，永臣就是她的靠山。

有一天傍晚，永臣和孟丽在村南头等张启花回家。久等妈妈不来，却来了两个不速之客。两个陌生人偷偷靠近他们，堵住他们的路，阴阳怪气地问永臣：“哎，这个小女娃是你什么人？”永臣见状警惕地抱紧孟丽，怒声回答：“我妹妹，她是我妹妹！你走开！”两个人无论怎么问，都问不出孟丽的身世。其中一个年轻一点的，恼羞成怒，气急败坏地动手打永臣。吓坏了的孟丽张口大哭，哭声引来了附近的村民，两个陌生人吓得仓皇逃跑。

1948 年，孟丽 5 岁了。组织上派人来接孟丽回到亲生父母身边，但是孟丽却不愿离开张启花一家。在她的记忆里，张启花就是她的妈妈，永臣就是她的哥哥，这里就是她的家，她哪里也不去。没办法，张启花看了看永臣，永臣明白妈妈的意思，虽然不舍，还是哄着妹妹做游戏一般，把孟丽带到了河对岸，交给了来接她的人。

在解放战争时期发展　在和平时期移交

抗战时期由于日军“扫荡”，胶东地区缺医少药，再加上流行病的肆虐，百姓家夭折的孩子不计其数。在党的关怀、育儿所工作人员及乳娘的细心照顾下，育儿所只有 7 个孩子死于疾病。后来，东北形势好转，为了孩子们能够健康成长，胶东行署和妇联决定派人到东北解放区募捐。募捐资料中，有一本 32 开的小册子，封面是两位抱着乳儿的乳娘，这两位乳娘就是宫元花和李玉华。募捐从 1946 年 7 月前后持续到 1947 年 4 月，募捐的资金买成了药品，自那以后育儿所再也没有幼儿死亡。

1945 年日本投降后，形势发展很快，山东南下干部数量是全国最多的，其中很多是胶东籍的干部。这些干部为了国家忍痛将孩子放在育儿所里，育儿所的任务更重了。1946 年形势相对稳定，大一些的孩子，也就是 1942 年、1943 年来的孩子该接受正规的幼儿教育了。按行署指示，育儿所将大一些的孩子集中起来，搬到莱阳江格庄村接受教育。那里距离胶东医院驻地仅有二三里，离莱阳城十几里，方便就医和接受上级指导。1947 年由于国民党进攻，育儿所又回到田家村，所里的工作人员带着乳儿们分散到各村百姓家里，凡是有乳儿的村里，就有所里的工作人员。

随着形势好转，育儿所也在硝烟中逐步成长。据所长张福芝回忆，育儿所开始对外接收乳儿时，只有正、副所长 3 人，巡视员 2 人，会计 1 人，司务长 1 人，炊事员 1 人，共 8 人。到 1945 年育儿所初步将乳儿集中在一起时，机构和人员有所扩大，包括所长 1 人、事务员 1 人、指导员 1 人、文化教员 1 人、会计 1 人、事务长 1 人、医助 2 人、巡视组成员 19 人，共 27 人。到 1948 年，育儿所的组织构成包括：保育股 1 个，下设 4 个室；总务股 1 个；教育股 1 个，下设保育小学 1 处、幼稚园 1 处、医务股 1 个，其中医务股下设外科室 1 个、司药室调剂员 1 人。全所共计工作人员 121 人。这说明在硝烟弥漫战火纷飞的艰难环境中，在党的领导下，胶东育儿所取得了较

1951 年胶东育儿所全体人员合影

大发展。

1952年初，胶东育儿所由乳山县接管，改名为“乳山育儿所”，乳山县的孩子于1952年5月10日开始入所。根据乳山市档案馆馆藏资料记载，1955年，由于国家积累资金搞建设，决定解散乳山育儿所，所内工作人员就地解散，物资全部由财政科接收，属于公共设备的全部由财政科分给各部门，小孩所用设备全部由财政科保存，以备将来成立托儿所用。人事科联系父母将幼儿带走，最后剩下8名幼儿无人认领。为让这8名幼儿找到亲生父母，乳山县育儿所曾在《大众日报》刊登寻找乳儿父母的启事，实在找不到父母的只好送给别人领养，并说好今后如亲生父母找来，领养家庭须无条件将小孩还给亲生父母。

如今，胶东育儿所已消逝在历史的长河中，乳娘们也大多年事已高相继离世。为将胶东人民贵善爱生、拥军爱军的精神传承下来并教育后人，2016年5月，乳山市委、市政府在原胶东育儿所旧址、胶东行政主任公署旧址建起一处红色教育基地，由胶东育儿所纪念馆、胶东育儿所旧址两部分组成，迟浩田上将为胶东育儿所教育基地亲自题名。

（孙炜）

13 万两黄金送延安

1945 年 4 月 23 日的延安，在杨家岭的中央大礼堂，来自全国各根据地的代表们正在召开一次盛会，这就是党的七大。细心的人们会发现在礼堂两边有两个贺幛，一个是陕甘宁边区的，一个是山东抗日根据地的，这凸显了山东在抗日战争中的地位。山东如此重要，其中一个重要原因就是山东抗日根据地从财政上直接支援了中央。

山东抗日根据地有五大战略区，胶东是其中之一。胶东三面环海，物产丰富，战略地位极为重要。这里的招远自古就以盛产黄金而闻名，是中国著名的“金都”，其矿产早已被日本人盯上。他们武装占领招远后大肆掠夺该地的黄金，而胶东党组织和八路军则同日本侵略者展开了激烈的斗争。据统计，全面抗战时期，胶东军民共筹集 13 余万两黄金送延安，成为保障抗战经费的一个重要来源。

日寇掠夺

日本人对胶东半岛丰富的黄金资源一直垂涎不已，“招远金矿之重要性，毋庸赘言，因其为东洋第一之优良矿，早知有开发之必要”。早在 20 世纪初，日本人就以入股招远玲珑金矿的名义，开始掠夺胶东的黄金。1937 年 7 月 7 日，卢沟桥事变爆发，日军全面侵华，不久，日军即沿津浦铁路南下直驱山东。

1939年2月27日，日军占领招远县城，翌日又占领了玲珑金矿，并直言："宁失招远城，勿失玲珑矿。"日军占领招远后，开始对黄金资源大肆掠夺。日军在华北成立的"北支那开发公司"，是日本对华经济掠夺的最大公司，负责华北地区金、银、铜、铁、煤及铁道等工矿企业的组织与开发。日本的一些中小企业，凭借日本的军事扩张，纷纷来到华北开发掠夺宝贵的矿产资源。来到招远掠夺黄金资源的第一个日本公司是鬼怒川矿业公司，两年后被"北支那开发公司"赶出玲珑。之后，"北支那开发公司"又与日本三菱矿业公司合作成立了山东金矿开发组合招远矿业所。从此，由日军扶持控制的招远矿业所攫取了玲珑金矿的开采权，直至抗战胜利后才撤出。日本在招远掠夺黄金资源的第二个场所是蚕庄的虎头沟、金钱沟金矿。日军盘踞蚕庄，赶走当地的采金群众，大肆掠夺金钱沟、虎头沟黄金。

在占领招远期间，日军一方面从"民间收买原矿，采取纯金"，一方面"复旧扩大施设工事"。据1944年来到招远金矿，并长期居住在中国的山本市郎介绍，收金工作主要由招远矿业所的采金课和警

日军掠夺玲珑金矿时所修日处理矿量150吨的选矿厂遗址

备队负责。一般情况下，采金课和警备队会一同派出采购人员和警备兵，“拿着日伪联合准备银行的纸币在白天去收购”。在黄金生产方面，1944 年山本市郎来到玲珑金矿之时，“矿山设备已相当现代化了，月处理能力为 8000 吨的浮游选矿厂已经开始生产”。日本侵略者采取民间收购和设矿开采两种手段，肆无忌惮地抢夺资源。在占领招远 6 年半的时间里，日军“共掠夺黄金 16.5 吨、白银 38.45 吨、铜 6262 吨”。

日军的疯狂掠夺是建立在军事占领以及灭绝人性的屠杀基础上的。日军在招远城仅驻 50 余人，而在玲珑矿区这样一个弹丸之地，竟然驻扎 1000 余人（这其中包括 1 个 200 余人的配有精良武器的日军中队和 7 个伪军中队）。此外，还从农村组织了近百人的“自警团”。日军在招远设立的炮楼、据点多达 30 多处。矿区及其周围是日军防备的重点，他们在玲珑矿区中心建起一座中心炮楼，在周围山顶上修了 7 座炮楼，在半山腰设置了两层铁蒺藜网和一道电网，矿山唯一的进出口设立了三道岗哨，牵着凶恶狼狗的日军不停地在矿区游荡，整个矿区俨然成了一座戒备森严的集中营。日军为了控制黄金资源，残酷镇压中国人民的反抗，实行灭绝人性的大屠杀，其手段之残忍，规模之巨大，时间之长久，世所罕见。

虎口夺金

为了有效应对日本侵略者对黄金的大肆抢掠，胶东党组织一方面积极组织武装力量与日军进行长期的反掠夺斗争，另一方面则加快黄金矿业的发展，以服务于抗战大局。

1939 年，日军侵占招远城之后，胶东党组织和地方武装陆续开展了对日军的军事行动。1939 年 4 月，八路军山东纵队第五支队协同招远县大队进攻招远城，并消灭大量日伪军。1939 年 9 月，八路军山东纵队第五支队在大郝家村西公路伏击日军，炸毁多辆日军运输汽车。当时，日军虽然占领了招远玲珑金矿，但其所需生产物资以及产出的黄金，要依托招远城至龙口港的公路进行运输。为了确保这条运输线的安全，日军在这条公路设立了多个据点，每个据点都有一个班到一个中队的伪军驻扎。为了配合主力部队，打击日军对招远黄金的掠夺，1943 年 8 月，中共北海军分区（即胶东军区二军分区）组织成立了北海武工队，主要任务是"开展多种形式的斗争，瓦敌、锄奸，打击敌人，组织群众，积极迎接战略反攻"。武工队根据战时的具体情况，制定灵活多变的斗争策略，沉重打击了日伪军的嚣张气焰。

在经济斗争中，胶东党组织充分发挥党员与群众的聪明才智与敌周旋，采取多种方式"虎口夺金"。姜选是当年深入玲珑矿的一名地下党员，日语翻译张万相曾与他共事。据张万相回忆，姜选当时担任选矿课管理人员，为了把金粉、水银搞到手带出去，他和矿工们冒着生命危险与敌斗智斗勇，把金粉藏在头发里、鞋底里、送饭的篮子里等等，姜选还利用自己的身份，趁和日本人一起到矿外检查水泵的机会把水银带出去。工人们在作业时经常故意制造机械故障，以破坏敌人的生产秩序。在工作之余，矿上工人也用"交朋友"的方式和日本监工搞好关系。山本市郎回忆道："在选矿厂的中国工人中，有很多很好的中国人。这些人似乎都和八路军通气。"

与此同时，多种所有制形式的黄金生产组织也在胶东抗日根据地建立起来。"有采金局出资办的公营金矿，采金局和矿商合办的公私合营金矿，矿工集资办的合作社金矿，以及矿商办的私营金矿，从而大大推动了黄金生产的迅速发展。"

"虽然玲珑金矿不在我们手里，但群众生产的黄金我们是能掌握的。”抗战伊始，中共胶东特委即成立了招远采金委员会。1940 年 8 月，胶东党组织又正式成立了玲珑采金局，统一领导群众采金。在金矿管理部门的指导下，胶东抗日根据地建有九曲、灵山、金翅岭等金矿。1939 年冬，中共胶东区特委为打破日伪军的封锁，委派工会书记苏继光秘密赴招远，负责开展筹募及向根据地运送黄金的工作。苏继光接受任务后，化了装，他头戴破毡帽，身穿烂棉袄，腰间扎根草绳子，担着柴禾，来到招远。他到蚕庄金矿后，在工友的帮助下，混入上班的矿工人流，进入金矿，白天一边干活，一边向工人们宣传革命道理；晚上则走门串户开展工作。同时，他以十几位工人为骨干力量，协助开展宣传发动工作。后来当上民政部副部长的苏继光回忆道：“要像钉子一样深深钻进金矿，扎下根。在实际工作中，要严格遵循党的方针政策，特别要做好统一战线工作，以工人群众为依靠力量，争取一切可以争取的人，团结一切可以团结的力量，确保完成任务。”

在反抗日军的残酷斗争中，无数胶东儿女前赴后继，抛头颅洒热血，为民族解放付出了自己宝贵的生命。吕品三就是其中的优秀代表。1939 年至 1943 年，吕品三和战友们采取秘密收购、武装斗争等方式，从日军手里夺回了大量黄金。1943 年，日军使用奸计，找到吕品三的住址，并在村内进行诱捕。被抓后，吕品三被押到招远城日军司令部。日军严刑逼供，让他交代八路军上下级组织的情况，但他只承认自己是八路军，其他只字不提。恼羞成怒的敌人将他装进麻袋，用刺刀将他残忍杀害。

在胶东，这样的英勇故事还有很多，他们抛头颅、洒热血、前赴后继、虎口夺金，不为别的，只为支援中央，只为民族解放。正如谷牧所言：“胶东根据地能从战略高度跟日伪争夺并经营金矿，从而保证了大量黄金上缴中央。”

运金延安

由于国民政府发放的军饷、苏联的援助以及海内外的捐款，抗战初期党的财政来源比较充足，财政负担不重。随着日军的大规模“扫荡”和国民党的经济封锁，党的财政日趋紧张。1938 年夏，黎玉前往延安汇报工作，亲身经历和感受到党中央财政紧张和拮据，认为“向党中央提供山东的黄金，支持延安的财政经济，意义重大”。1940 年，为解决财政困境，党中央“组织选派了一个近百人的中央财经工作团赶赴山东，争取向中央输送比较充裕的现款和‘通货’”。据当时在鲁中工商局工作的孟英回忆：“罗荣桓同志说过：‘我们这里管的黄金是给中央送的，我们一两也不留，要全部上交中央’。”

运往延安的黄金大部分来自胶东，胶东军民从虎口夺下来的黄金，绝大部分都运往了中共山东分局、山东军区所在地——沂蒙山区，然后由此转送延安。运金延安是一项特殊而又高度机密的工作。整个运金路线由多段秘密交通线构筑而成。

黄金首先由胶东运送至中共山东分局，而路径有“渤海走廊”和“滨海通道”两条通道。1939 年至 1943 年间，胶东向山东分局输送黄金走的是“渤海走廊”。“渤海走廊”东起胶莱河，西至寿光县东北部的榆树园子村一带，东西长 120 多里，南北宽不过 10 余里，像一条带子，两头分别延伸至胶东和清河抗日根据地（后改称渤海军区），这是早期运送黄金的主要通道。为了安全，“渤海走廊”弃直取曲，路程较长。其出发点主要有两个，一是从胶东的平（度）招（远）莱（阳）掖（县）边区根据地出发；二是 1941 年以后从以牙山为中心的栖（霞）海（阳）牟（平）边区根据地出发。路途中，运金队伍要跨过的第一道关隘，是在夜间冲破栖（霞）莱（阳）之间的烟（台）青（岛）公路封锁线，之后西行通过胶莱河进入昌邑、潍县北部的沿海地区，经过清河区的寿光等县，继续往南穿过胶济铁路进入鲁中区，最后跨越沂蒙山区到达山东分局驻地。

1943 年 7 月，山东分局决定由胶东和滨海两军区协同作战，直接打通胶东至滨海的交通线，后被称为“滨海通道”，并创建诸（城）胶（县）高（密）边抗日根据地。“经过胶东、滨海两军区协同作战和诸胶高党政军民团结奋战，历时 8 个月的艰巨斗争，于 1944 年 2 月胜利地完成了任务。”此后，“滨海通道”成为山东抗日根据地党政军人员和物资往来的主要通道。其路线大致为：从胶东大泽山区出发，经胶县、高密两县，穿过胶济铁路，再经过滨海区的诸城、莒县等地直达山东分局。“滨海通道”的建立，大大缩短了人员物资往来的时间，“由胶东区到山东分局和山东军区所在地，只要两天就可到达了”。

为了保证运送黄金的绝对安全，中共胶东特委和八路军科学、合理配备使用兵力。平时一般是两个连，选派的都是机警有经验的八路军战士，身穿特制衣服，将黄金藏在衣服里，基本上每人携带 10 两左右，既方便行军，遇到敌情也能从容应对。他们的安全一般由沿途护送的部队给予保障。黄金运送任务每月都有，甚至不止一次。让人印象深刻的是 1940 年冬天的那次运送，运送负责人是 1955 年授予少将军衔、被朱德称为“游击大王”的贾若瑜。这次任务非常重要，运送黄金数量多达 3 万两，动用了两个营的兵力，几十匹骡马，每匹都驮着一只装有黄金的箱子，运送部队每名指战员的身上也都缠了几十两不等的黄金。

运送的路上危机四伏，困难重重，遭遇日军伏击和偷袭是常有的事儿。如何确保安全，让损失降到最低？应对策略是加强政治建设和纪律建设，严格保守运送时间、地点、部队番号、运送兵力和行走路线等秘密。运送黄金的是如此，沿途护送黄金的也是如此。

贾若瑜（右一）在胶东

每次护送开始前的最后一刻，上级领导才宣布执行的任务，具体情况只限于领队的负责人知道，选派的队员都是政治绝对可靠、作风干练、严守纪律的党员。许多担当护送任务的战士，直到最后也不知道，他们护送的到底是什么，要到什么地方去。据当时在鲁中工商局工作的孟英回忆："运送黄金工作是黎玉同志实际指挥安排的。黎玉同志长期是山东的主要领导人，与中央有电报联系，掌握战事情况。只有他才有可能掌握出发运送的时机。"

在抗战时期，胶东送到中共山东分局、山东军区的黄金，没有一两丢失，更没有一人携金叛逃，不得不说是一个奇迹。

黄金到达中共山东分局后，再由山东分局运送至延安，路线大致为：从山东分局驻地出发，经微山湖和湖西根据地，抵达冀鲁豫边区，之后再转往太行山地区和延安。总体而言，这段路程主要由湖上交通线和冀鲁豫边区交通线组成。

湖上交通线，是连接鲁南地区与冀鲁豫边区的必由之路。这条交通线由陆上交通和微山湖的水上交通组成。"这条交通线于1940年冬建立。东起山东分局所在地沂水，经抱犊崮抗日根据地的大炉、姬庄，越津浦铁路，走彭楼、西万、刘昌庄、寨子至夏镇南庄南的十字河葫芦头，过微山湖，经大捐、王楼抵湖西，再穿邓园、六里井、鹿楼一线，过丰县顺河，最后到达单（县）虞（城）抗日根据地，中共湖西地委机关驻地终兴集。”

湖上交通线之后就是冀鲁豫边区交通线。1942 年 5 月，冀鲁豫边区沙区办事处在内黄县井店设立，这标志着冀鲁豫与太行山地区之间的交通线正式建立。这条交通线以林县任村为中枢，西通山西辽县麻田（八路军总部驻地），东连内黄县井店（冀鲁豫军区沙区办事处驻地），并分别设有北、中、南三条交通线。由于交通线比较完善，“从冀鲁豫到太行山是比较容易走的，只要一过平汉路就到了。到了太行山，回延安最艰苦的阶段就基本上过去了”。抗战时期，冀鲁豫边区交通线运送了大量军需和民用物资，大批党政军人员也经由此线抵达延安。

一般情况下，“给中央送金大多是和护送过路领导干部、首长一起办理”。此外，黎玉也会安排运金队伍在战事相对稳定的情况下，由事先安排好的交通线运往延安。“1942 年刘少奇同志来山东视察，离开时带走 1 万多两黄金。”在返回延安途中，他明确指示湖西地委要“加强对微山湖湖上交通线的控制”。1943 年，中共山东分局书记朱瑞也经由这条交通线赴延安参加党的七大。在微山湖边休息时，他卸下腰间的一个沉甸甸的黑布袋子，袋子的破洞处闪着耀眼的金光。他小声地对身边工作人员说：“这里边是金砖，你可要保密，这是我上交党中央的经费。”抗战时期，随着日军对根据地的不断“扫荡”，这条交通线成为山东、华中地区通往延安的重要通道。

胶东抗日根据地的黄金经过“渤海走廊”和“滨海通道”源源不断地运至山东分局，再从山东分局出发，经过湖上交通线和冀鲁豫边区交通线，最后送交中央。这条运金路线，穿越华北大地，犹如一条黄金丝带，闪耀齐鲁，舞动华夏。

1945年8月21日，玲珑金矿解放，玲珑金矿重新回到中国人民的怀抱。2005年7月，在抗日战争胜利60周年之际，中央电视台在《红色记忆》栏目中公布了中央军委的统计数字：在整个抗战中，山东共向延安输送了13万两黄金。在如此艰难的岁月，13万两黄金显得弥足珍贵，这是山东人民节衣缩食、不畏强敌，一心求解放、一心向党的真实写照。

历史是凝固的，也是流动的。“13万两黄金送延安”凝固于抗战胜利的那一刻，像一座不朽的丰碑矗立在中华大地上，同时也像一条奔腾的大江流淌在人民的心中，波澜壮阔、生生不息。

（张文）

第四编
解放战争时期

抗日战争胜利后，针对形势变化，党中央确定了“向北发展，向南防御”的战略方针，山东成为实施这一方针的重要力量和战略枢纽。在党中央指挥下，近7万名山东八路军战士和重要干部从海路、陆路挺进东北，成为创建东北根据地最重要的武装力量和干部队伍，并以山东部队为主体创建了叱咤东北战场和全国解放战场的多个主力军，也涌现出杨子荣等无数战斗英雄。主力部队挺进东北后，山东解放区掀起大参军运动，先后有几十万名热血青年踊跃报名，奋勇杀敌，组织进行了经典的莱芜战役、孟良崮战役、鲁西南战役、济南战役等。山东人民群众在共产党领导下，全力支前，涌现出撑起半边天的沂蒙六姐妹、“淮海战役打不完，咱们坚决不复员”的支前大军和子弟兵团，以及“一走就是一辈子”的南下干部。这些充分证明，历史是由人民书写的，胜利永远属于英雄的中国人民！

山东八路军部队挺进东北

1945 年 9 月，中共中央根据形势的变化，提出了“向北发展、向南防御”的战略方针，调动八路军、新四军部队全力抢占东北。在中共山东分局书记、山东军区司令员兼政治委员罗荣桓的调遣下，从 1945 年 9 月至 12 月，6 万余名山东八路军战士、6000 余名干部，或由胶东乘船渡海，或从陆路日夜兼程，形成了有史以来少见的部队闯关东的壮观景象。

大决策

1945 年 8 月 9 日凌晨，苏联红军 150 万人突破中国东北日军防线，长驱直入，日本关东军迅即土崩瓦解。同日，美军在日本长崎投下第二枚原子弹。10 日，日本政府通过驻瑞士和瑞典大使馆向苏美英中四国发出乞降照会。形势急转，国共双方顿时忙碌起来，在部署对日大反攻和争夺受降权的同时，都盯住了同一个地方——被日军占领了 14 年的东北。

苏联出兵的第三天，朱德总司令即命令原东北军吕正操所部、张学思所部、万毅所部以及冀热辽军区李运昌所部，向东北进发。12 日，中共中央书记处决定，集中延安的东北籍干部及确定去东北工作的干部组成训练班，准备开赴东北。尽管作了这样的安排，但对如何到东北去，中共中央仍没有形成最终意见。

为摸清东北的情况和苏方的态度，中共中央指示山东军区等对东北进行战略侦察。8月24日，山东分局致电胶东区党委，派出适当人选以东北义勇军名义，穿便衣在旅顺、大连与苏联红军接洽。9月5日，由吕其恩、邹大鹏、柳运光和于克率领80余人的先遣支队，分乘两艘汽轮由烟台港出发，于6日抵达庄河，随后成立庄河县民主联合政府。支队向山东分局和胶东区党委电告了行动情况。10日，胶东区党委向山东分局和中央电告了与苏军非正式接头及先遣支队的情况。

9月14日，先行进入沈阳的冀热辽军区第十六军分区司令员曾克林与苏军代表飞抵延安。中央政治局随即听取了曾克林的汇报。当晚，政治局会议通过两项决定：立即成立以彭真为书记的东北局；从华中、华北派遣100个团的干部去东北。9月17日，彭真、陈云等搭乘苏军飞机抵达山海关，改乘火车前往东北，18日住进张作霖在沈阳的大帅府，东北局开始运转。

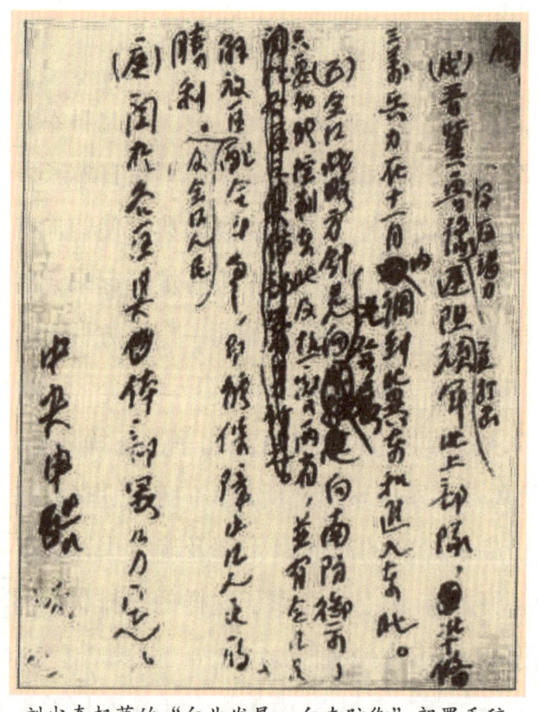

刘少奇起草的“向北发展、向南防御”部署手稿

送走彭真一行，刘少奇等致电在重庆的毛泽东、周恩来，提出“向北推进、向南防御”的战略方针。19日，毛泽东、周恩来复电完全同意。当夜，刘少奇为中共中央起草了关于“向北发展、向南防御”的战略方针部署给各中央局的指示电，其中，要求山东主力及大部分干部迅速向冀东及东北出动，先由山东调3万

兵力到冀东，另由山东调3万兵力进入东北发展。

“向北发展、向南防御”，全力争取东北，是特殊背景下的一场战略大角逐，犹如一盘大棋，各个战略区都是摆在这一大棋盘上的棋子，山东则是其中举足轻重的一枚，走得好坏，直接影响争夺东北的战局。

毛泽东、朱德点将万毅

万毅率领的东北挺进纵队是第一支开赴东北的山东部队。调万毅部去东北，首先是毛泽东点的将。1945年8月10日，他电示罗荣桓、黎玉等：“万毅部东北军人数、战斗力与干部配备状况请查明，即告并待命调动。”11日，朱德发布第二号命令，再次点将万毅。罗荣桓接到命令后，立即将万毅召回莒南大店的山东军区驻地。

毛泽东和朱德为什么点将万毅呢？因为他是从东北军走出的传奇人物。万毅时任滨海军区副司令员兼滨海支队支队长。这支部队原为东北军第一一一师起义部队，对于他们来说，进军东北等于打回老家。万毅欣然受命，并以滨海支队为基础组建东北挺进纵队。

1940年初，赴东北军第一一一师三三三旅任代旅长途中的万毅

9月2日，东北挺进纵队向胶东进发。23日，万毅率先遣连在蓬莱栾家口登上一艘机动渔船，先行探路。25日，万毅一行登陆辽宁兴

城。30 日，乘火车到达沈阳郊区。万毅换上便衣乘坐一辆小驴车赶至大帅府，向东北局报到。

罗荣桓调兵遣将

日本投降后一段时间，山东分局和山东军区忙得不可开交。最忙的是分局书记和军区司令员一肩挑的罗荣桓。这时的罗荣桓是一个患有严重肾病的重症病人，不断尿血。为了进军东北的大局，他坚持抱病躬亲。

9 月 11 日，中共中央电报山东军区，决定从山东抽调 4 个师 12 个团共 2.5 万人到 3 万人，分散经海道进入东北，并派肖华前去统一指挥。接到电报后，罗荣桓当即电令正在前线的肖华火速赶回军区。罗荣桓对肖华说："已经研究决定了，你带一个精干的指挥机构"，"不要声张，迅速从海上过去。"经过两三天准备，山东分局委员、山东军区政治部主任肖华率军区机关及部队 1000 余人，火速奔赴胶东。

渡海到东北，首先要控制海口，掌握足够的船只，还要设置兵站，保证部队供应。罗荣桓把任务交给了胶东军区司令员许世友。9 月 10 日，许世友赶至龙口，成立了海运指挥部，全力调集船只，先后动员了 30 余艘汽船、140 余艘帆船。为保障海上安全，许世友指挥部队肃清了长山岛上的伪军，控制了渤海海峡间的大小岛屿，在砣矶岛设立

许世友在胶东

兵站，囤积粮草。

渡海工作就绪后，罗荣桓了却了一大心事，便全力落实中央9月15日下达的关于从山东调集30个团架子的军事干部开赴东北的指示。9月17日，山东分局致电各区党委，下达了抽调干部去东北的指令。正当他忙碌时，中央于9月19日发来关于“向北发展、向南防御”的战略部署的指示。罗荣桓、黎玉向中共中央报告了山东分局的决定：除万毅和肖华所率部队和干部外，胶东军区副司令员兼师长吴克华，政治部主任彭嘉庆兼政委，带3个团及师直全部，渤海军区副政委刘其人带1个团，共5个大团，3个小团，争取一周内全部出发。另抽调10个团全套干部。

电报发出的第二天，罗荣桓接连收到中央两封催促出兵急电，并要求罗荣桓与肖华尽快到东北。一日两电！罗荣桓感到形势之急迫已非同寻常，但他无法立即动身。陈毅还在途中，山东一摊子事，不能扔下就走。最让罗荣桓焦虑的是，如何照顾进军东北和山东两个大局。津浦线方向，国民党军正紧锣密鼓向徐州集结，新四军部队尚未到达，担负阻敌任务的鲁南、鲁中部队不能轻易调动。于是，罗荣桓将调兵重点集中到胶东、渤海、滨海军区。9月24日，罗荣桓、黎玉致电中央：“（一）山东已决定调赴东北及冀东之部队：胶东六个团，万毅两个团，由胶东经海上赴东北”；“（二）渤海区三个团，由刘其人率领，已要其从渤海经海上进到冀东”，“滨海区主力两个师，走此路线，准备参加冀东作战”，“其余抽调之十个团的干部，将不断由胶东出口……”电报强调，山东主力抽调后，要由华中部队接替，请中央催华中首先以主力3个团向鲁南集结。第三批约可抽调3个师。按此部署，山东第二批计抽调5个师、15个团，比19日的部署增加一倍多。但中央仍感不足，要求山东再增调两个旅。于是，罗荣桓电令杨国夫率第七师北上。至此，胶东、渤海、滨海军区主力基本抽空。

山东部队向东北进军

由于新四军尚未出动兵力入鲁，致使滨海第二师和鲁中第三师难以脱身。这时的问题已不只涉及山东方面，而是东北、山东、华中三地的统筹部署。中央意识到这一点，于10月28日发出三地统筹部署电，要求山东除留四、八两师作基干不调动外，第二批竭力争取出足5万人，分别海行、陆行，争取于11月全部到达东北，愈快愈好。华中调赴山东之野战军，须调足6个旅18个团，约4万人。

至此，最终确定了山东进军东北的全部人马。最有战斗力的8个主力师，调出6个，即第一、第二、第三、第五（大部）、第六、第七师，以及一批富有经验的军政领导干部，抽调最空的胶东军区只留下第五师主力第十三团。

罗荣桓还为大批干部的抽调绞尽脑汁，采取了合并军区之策，以便抽出干部到东北。为调集精兵强将，罗荣桓可谓呕心沥血，劳苦功高。

渡海最急

1945年秋冬，胶东北海岸的龙口港、蓬莱栾家口港热闹起来，一队队人马向这里涌来，港口里是各种船只。这里成为山东由海上挺进东北的集结地和起程码头。

自9月份刘少奇指示山东要以全部力量去发展东北之后，中央就不断电令山东尽快出兵，对海运催促尤急，几乎一天一电，口气严厉。9月28日，中央电告罗荣桓：“目前是时间决定一切，迟延一天即有一天的损失。”29日又电令：“必须用全力迅速组织渡海，再不能容许片刻迟缓。”10月1日再次严厉指出：“渡海行动如此迟缓，已是大错，如不立即补救，将逃不了历史的惩罚，望坚决完成此任务。”10月15日，国民党军一部乘军舰开到营口、锦州海岸试探，东北形势紧急。第二天，中央军委致电胶东区党委并陈毅、罗荣桓、黎玉：集中一切船只星夜赶运，不得片刻迟缓。25日，毛泽东给陈毅、罗荣桓下达了更严厉的命令：“渡海与野战并重，而渡海最急。”“务使每日不断，源源北运。”11月3日，毛泽东再电胶东区党委：渡海“千万要多要快，不得片刻迟误，将此当作第一位工作，派大批干部准备渡海，其他工作均属次要”。中央的迫切心情是可以理解的，“向北发展、向南防御”的关键是快。这是一场八路军的脚板和帆船与国民党、美军的飞机和军舰的赛跑。在中央的一再催促下，胶东海运迅速进入紧张、繁忙的抢运工作中。

运送部队的渔船

从龙口、栾家口走海路到辽东半岛，如遇顺风，一夜即可到达，与陆路相比，应是轻松愉快。然而，身临其境后，一切理想的设定就没有了，并生出许多渡海故事。最作弄人的是捉摸不定的风浪。有的船只漂到鸭绿江口，有的漂到兴城，有的已看到海的北岸了，一阵北风吹来，又漂回南岸，来来回回，有的部队竟在海上航行一周多的时间。更难以让人忍受的是晕船，呕吐声此起彼伏。第三师第八团特务连更是霉运连连，船只到达长山岛附近，风向变了，又折回龙口。第二天下午，船老大说可以走了，到了砣矶岛又走不了了。停了一天又走，进入老铁山水道，迎面驶来一艘国民党军舰。船老大喊了句“去大连运梨的”混过去了，没想到又遇上苏军军舰，因语言不通，被当成“海匪”扣押了好几天，10 多天后回到部队时，团里已扎好花圈，要给他们开追悼会了。肖华说，对于渡海挺进东北的干部战士来讲，完全可以用“碧海丹心”4 个字来概括。他们以顽强的斗志和毅力，甚至以鲜血和生命，实现了以木船渡海的战略决策。

此次胶东渡海行动自 9 月 22 日开始，至 12 月 2 日结束，历时 2 个月零 10 天，计海运部队、干部 46526 名，开创了人民解放军历史上最大规模的海上战略转进的先例。

陆路风雨兼程

山东挺进东北的部队，还有 3 支是走陆路的，分别是刘其人和王兆相率领的渤海军区独立旅、杨国夫率领的渤海区第七师、梁兴初和梁必业率领的山东第一师。

渤海区，1944 年 1 月由清河区和冀鲁边区合并组成，大反攻开始后，编成第七师和警备第六、第七旅。正当杨国夫、景晓村部署对商河发起总攻时，接到山东军区电令：急编 1 个团，由军区副政

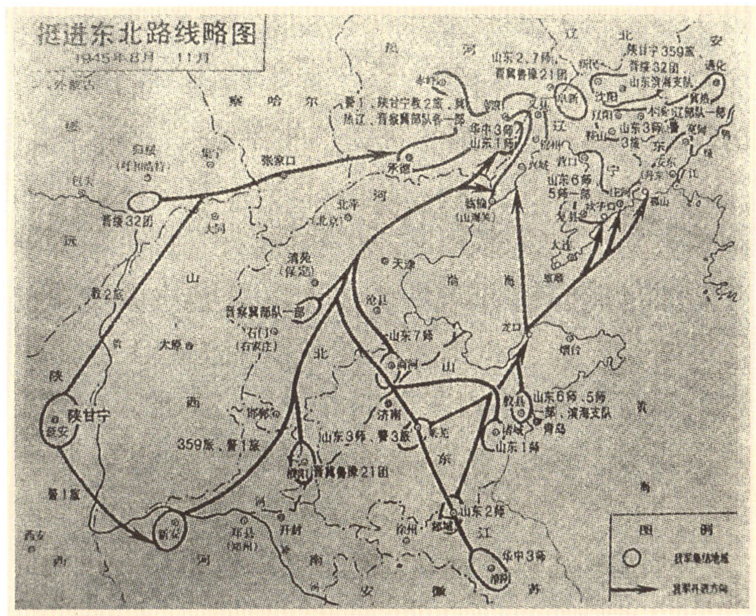

挺进东北路线略图

委刘其人率领开赴东北。杨、景二人当即决定，组织1个团，争取一周内出发。尚未出动，罗荣桓又电令抽3个大团，由海上兼程前进，向冀东一带登陆。杨、景再次决定组织1个独立旅，就近在黄骅县集结。1945年10月5日，独立旅踏上北上征程，由于船只筹集困难，改由陆路开进。

1945年9月下旬，杨国夫接到山东军区电报，令其率第七师海运陆运同时并行，半月内全部到达冀东。杨国夫令第三军分区副司令员黄荣海带4个连，乘船插至冀东乐亭登陆，探明路径。黄荣海率1个营和团部特务连，由黄骅冯家堡渡口乘1艘小火轮和50只木船紧急开动，经过几天航行，抵达乐亭，途中多次受到美蒋军舰和飞机的干扰。鉴于形势变化，杨国夫决定第七师主力绕道陆路北上，第五军分区副司令石潇江率师直警卫营乘船直驶山海关。因遭遇狂风，石潇江的指挥船触礁，30余人罹难，其他船只在营长率领下，漂泊数日，才登陆归建。

陆路开进的独立旅行至唐山丰润时，接到中央紧急电报，令刘其人率部星夜兼程开赴古北口、承德一线，歼灭由北平进攻承德之顽军，暂不去东北。刘其人、王兆相率部西进，11月初赶到古北口。1946年1月，国民党军从三个方向进逼承德、平泉。独立旅参加平泉方向作战，因数月间连续奔波，状态不佳，损失较大。平泉之战后，部队开赴东北，同第七师合兵一处。

刘其人

王兆相

第七师辖3个团，约7000人。为隐蔽企图，部队于1945年10月8日北开盐山城，10日折而西行，穿铁路、渡运河，疾速北上。是秋大雨成灾，天津西北地区一片汪洋。部队换乘木船、板筏、笸箩等分批渡水，抵玉田城郊。10月28日，中央军委电令杨国夫，开赴山海关，协同当地军队阻击国民党军对山海关地区的进攻。杨国夫率部紧急北开，途中连续遭遇国民党侦察机低空巡查、干扰。行抵抚宁，改夜间行军，于11月4日进入山海关。第七师的到来增强了山海关的防守力量，兵力达到1万余人。此时，国民党第十三军和第五十二军主力已全部到达，总兵力约7万人。

11月8日至15日，国民党军发起连续进攻，并向山海关侧后迂回，企图切断山海关与绥中通路，陷山海关守军于背海面山绝境。第七师也已经弹尽力竭了，杨国夫紧急率部向绥中方向转移。山海关之战，是第七师挺进东北途中进行的一场激烈的战斗，迟滞了国民党军对东北的进攻，为新四军第三师和山东第一师的转进争取了时间。

第三支陆路开进的是由滨海军区部队编成的山东第一师，辖3个团，约8000人。第一师成立后，与滨海支队配合，连克胶县、诸城。滨海支队北上后，第一师正准备攻击泊儿镇时，接到军区急电，令该师立即向诸城东北集结，准备挺进东北，由渤海渡海向冀东山海关一带登陆。9月底，改令由胶东渡海。行军第三天，军区电令，第一师向渤海区方向加速前进，转冀东作战。部队转向急进，经南皮、文安、霸县，直插香河、玉田，11月4日，由冷口跨出长城。时已是深秋初冬，天气寒冷，这一地区政权尚未建立，宿营、筹办粮草等全靠部队自己设法解决，困难重重，很多战士睡在地上，幸运的才能住牛棚或苞米楼。21日，梁兴初、梁必业率部队进至兴城以西地区。此时辽西的形势已是战火弥漫，国民党军已占领绥中，并向兴城、锦西、葫芦岛推进。第一师几乎与国民党军平行开进，

渤海军区司令员杨国夫在祝捷大会上讲话

梁兴初

梁必业

不时接火激战。1946年1月，东北人民自治军改称为东北民主联军，山东第一师和新四军第七旅归总部直属，由林彪直接指挥。改编后，两支部队由海州、阜新开赴彰武、法库地区整训，开辟根据地。2月，第一师和第七旅发起秀水河子作战，全歼美械装备的国民党军1个加强团，在东北站住脚。第一师从诸城出发，行军40多天，行程2500余华里，是山东部队中行程最艰苦的一支队伍。

罗荣桓告别山东

不停忙碌的罗荣桓，在1945年10月初，得到一个好消息：陈毅到临沂了！为了保密，他与陈毅在一座教堂的小楼里会了面。罗荣桓忍受病痛，详细介绍了山东的形势、敌情和留山东部队、干部配备等情况。

10月24日，罗荣桓接到中央来电，要他率轻便指挥机关，日内去东北。当日，罗荣桓告别黎玉等人，带领军区部分机关人员和特务团1个营，从临沂出发，11月5日到达龙口港。许世友赶来送行。

罗荣桓握着他的手，指着相伴四五年的枣红马说:“把它留给你吧。”许世友将自己佩戴的手枪回赠罗荣桓。

罗荣桓一行分别登上6艘汽船，驶出龙口港，为防止在海上碰到美国军舰，穿的都是便衣。由于大多数人没有坐过海船，经不起风浪的颠簸，不一会儿就一片呕吐声。罗荣桓和警卫员一会儿打扫船舱，一会儿端起痰盂将呕吐物倒进海里。下午，汽船停靠砣矶岛，在海岛渔村的兵站住了一宿。第二天，小汽船驶离砣矶岛。天色逐渐暗下来，船长告诉罗荣桓，过了城隍岛，就算离开山东了。罗荣桓顺着船长指的方向，举起望远镜观察着。前方一个小黑点越来越大，一艘军舰正向小汽船驶来，是苏军的巡逻艇。靠舷后，一位苏军军官问话:“船上载的什么人？”“是中国共产党领导的中国红军。”罗荣桓回答。“你们上来一个人。”苏军军官要求道。罗荣桓派苏静带翻译上艇交涉。不一会儿，苏静返回告诉罗荣桓，苏军艇长请他过去谈谈。罗荣桓登上巡逻艇。“你是八路军山东军区的司令员吗？”艇长打量着身穿长衫的罗荣桓。为消除对方疑虑，罗荣桓取

1946年初罗荣桓（后排中）和肖华（后排左）、吕麟（后排右）、林月琴（前排左）、王兰新（前排右）等在一起

出一张照片。照片是红军初到延安时照的，上面有毛泽东、罗荣桓和井冈山时期的老同志。苏军艇长认出了毛泽东和罗荣桓，马上站起来向罗荣桓敬礼，说：“司令员同志，实在对不起，打扰您了，请务必原谅，我不得不履行自己的职责。”艇长端出咖啡招待，并向罗荣桓透露了苏军行动的原则，船可以在除旅顺、大连以外的任何一个港口登陆。

旅顺不能去了。罗荣桓令汽船按预定的另一方案，向东北方向开，最后在临近黄海的貔子窝登陆。上岸后，罗荣桓一行自普兰店车站，乘坐运货的闷罐车赶至距沈阳 60 多公里的辽阳站，找到十六军分区司令员曾克林后，换乘汽车于 11 月 13 日到达沈阳，开始了在东北的征战。

新四军北移山东

“向北发展”与“向南防御”是中共中央大决策中不可分割的两个环节。为填补山东主力北上后的空白，新四军要调 8 万兵力到山东，江南部队撤至江北。

中共中央部署“向北发展、向南防御”时，陈毅正行进在从延安回华中的路上，到达河南濮阳时，接到急电，要求陈毅取捷径到山东接替罗荣桓的职务。

在陈毅奔赴山东的同时，新四军江南部队开始向江北撤退。1945 年 10 月初，粟裕率领苏浙军区机关和第一、第三纵队及部分地方武装万余人，从宜兴地区出发，于 10 月 8 日到达苏中泰兴。叶飞率领的第二梯队在冲破国民党军的重重封锁与围攻后，于 10 月中旬撤至泰兴。10 月初，皖南部队从繁昌过江到达巢县、无为地区，与皖中部队会合。至 10 月底，新四军总计从江南撤出 7 万部队。

北撤的同时，新四军部队北移入鲁也开始部署，10 月下旬，罗炳辉率新四军第二纵队进入鲁南。11 月中旬，新四军第七师进入鲁南。两支部队计 6 个旅、3.6 万人。另一支入鲁的是叶飞部。叶飞率第二、第四纵队渡过长江后，于 11 月 10 日在苏北涟水与苏中军区教导旅合编为第一纵队，准备由龙口渡渤海开赴东北。12 月初，因形势变化，中央军委解除开赴东北任务，转入津浦路作战。

历时 3 个多月的津浦路阻击作战，是实施“向北发展、向南防御”战略决策的重要组成部分，对于掩护山东主力部队挺进东北起了重要作用。

在北撤山东的部队中，还有一支特殊的队伍。他们是从海上来的，而且坐的是美国的运输舰。这支队伍是来自于广东的东江纵队。1946 年 7 月，东江纵队到达烟台港，中共中央“向北发展、向南防御”的战略部署画上圆满的句号。

卓越功勋

中共中央向东北调遣了多少部队，有不同说法，以 11 万人说法

东江纵队在烟台登陆

居多。但比较一致的意见是，此次行动，山东部队是绝对主力。山东开进东北的部队也有5万余人、6万余人、9万余人等说法。抛开各种因素，6万余人的说法更为可信。山东军区司令部1945年11月24日的统计可为佐证。滨海军区：滨海支队，即万毅率领的挺进东北纵队，4个主力团，3306人；第一师，3个主力团，7300人；第二师，3个主力团，7823人。胶东军区：第五师，2个主力团，5000人；第六师，2个主力团，4900人；基干团，5个团，包括海军支队，11669人。鲁中军区：第三师，3个主力团，8300人；警备旅，2个基干团，4000人。渤海军区：第七师，包括刘其人部，计3个主力团，3个基干团，7950人。军直：抗大一分校，1个主力团，1880人；军直，850人。总计，21个主力团，10个基干团，共31个团，62978人。另据第四野战军战编室统计，山东调东北部队为67000人。

除武装部队外，山东开赴东北的还有约6000名干部，配备了三套省级领导班子，在各解放区开赴东北的2万多名干部中也是主力。在这些干部中有相当数量的一批女干部，其中仅胶东就抽调了

日照县公安局于日照城欢送去东北的同志

约2000名妇女干部。在残酷的战争环境中，妇女干部承受了更大的压力和艰难。

山东进入东北的部队转战于白山黑水之间，不断发展壮大，并以其为骨干组建起东北野战军第一、第三、第四、第六纵队等叱咤于东北战场的主力军。

说到第一纵队，许多人可能并不清楚，但提起在抗美援朝战争中被彭德怀嘉奖为“万岁军”的第三十八军，提起作家魏巍的战地通讯《谁是最可爱的人》，则几乎无人不晓。这支部队的前身就是诞生在东北战场上的东北民主联军第一纵队，由山东第一师、第二师和挺进东北纵队三部分基本力量组成，于1946年8月在吉林敦化编成。第一纵队组成后，先后参加了三下江南、四战四平、辽西会战、攻占沈阳等战役，1948年11月，改称中国人民解放军第三十八军。东北军区编写的《东北三年解放战争军事资料》对第一纵队作了如下评价：“从参加秀水河子歼灭战起，在东北解放战争重大战役中都担任主力。是东北各纵中人数最多、装备最好、战斗力最强的部队。”其中下辖的第一师、第二师为“东北之头等主力师”。

第三纵队于1945年底在南满地区编成。为改变东北新组建部队成分复杂，虽有新装备但没有战斗力的局面，东北局决定以老部队为骨干“消化”新部队。曾克林、唐凯率领的第二十一、第二十三旅，分别编入山东第三师、警三旅，组成第三纵队，1948年11月，改称中国人民解放军第四十军。第三纵队组成后，先后参加了辽阳、本溪地区作战，四平保卫战，四保临江作战等。1948年9至11月，参加辽沈战役，首克义县，主攻锦州，会战辽西。《东北三年解放战争军事资料》对第三纵队评价为：“部队历史不算老，但战斗力却很顽强，在南满艰苦环境下坚持斗争，进步甚快。作风勇猛，能攻能守。为东北部队中之主力军。”其中第七师为“东北部队中头等主力师”。

第四纵队由胶东进入东北的第五、第六师于1945年底合编组建，1948年11月，改称中国人民解放军第四十一军。第四纵队成立后，参加了三战本溪保卫战，后转战南满，四保临江，创造了许多第一。1946年5月，发起鞍（山）海（城）战役，迫国民党第六十军一八四师师长潘朔端率部起义，开创了东北战场国民党军起义先例。10至11月，在新开岭战役中全歼号称“千里驹”的美式装备的国民党第五十二军二十五师，创造了东北战场一次作战歼灭一个整师的战例。1948年9月，第四纵队扼守无险要地形可依托的塔山、白台山阵地，阻击增援锦州的国民党东进兵团，死打硬拼6昼夜，顶住海、空军配合的国民党军9个师的轮番进攻，对锦州战役的胜利起了决定性作用。战后，第四纵队第十二师三十四团荣获“塔山英雄团”、三十六团荣获“白台山英雄团”，第十师二十八团荣获“守备英雄团”，纵队炮兵团荣获“威震敌胆炮团”称号，20名指战员荣获“毛泽东奖章”。一次战斗获得如此多的称号，在人民解放军战史上是空前绝后的。《东北三年解放战争军事资料》对第四纵队评价为：“四纵队与三纵队一起坚持南满斗争，战斗作风勇敢”，“参战次数最多”，“善于打阵地战，也能打运动战”，“为东北部队中之主力军”。其中第十师为“东北部队中之头等主力师”。

第六纵队由杨国夫和刘其人率领的渤海部队组成的第七师与新四军第七旅于1946年10月合编组建，1948年11月，改称中国人民解放军第四十三军。新四军第七旅与山东关系密切。该部原为八路军第一一五师六八五团，1938年12月，由彭明治、梁兴初率领挺进湖西，与山东抗日义勇队第二总队合编为苏鲁豫支队，下辖4个大队。1940年，第一、第三大队和湖西大队合编为八路军第一一五师教导第一旅，皖南事变后，南下华中，编为新四军第三师第七旅。第六纵队编成后参加了三下江南和东北夏季、秋季、冬季攻势作战。1948年9月，参加辽沈战役，被誉为“攻坚老虎”的第十七师参加了锦州攻坚战。《东北三年解放战争军事资料》对第六纵队的评价为："战斗基础巩固，战斗经验较多，为东北部队中之野战主力军。"其中第十六、第十七师为"东北各野战部队中之头等主力师"。

除以上部队外，由辽东军区独立第一、第二、第三师编成的第五纵队，也主要是以山东赴东北的干部和部队为骨干发展起来的。1948 年 11 月，改称中国人民解放军第四十二军。

不能忘记的山东人民

山东部队胜利挺进东北，与山东人民的支持分不开。在缺乏现代运输工具情况下，数万大军短期内横渡渤海，是十分艰巨的任务。

渡海的首要问题是船只。当时承担运送任务的除了 30 余艘小汽船，主要是 140 余艘各式各样的帆船。这些船是渔民响应中国共产党的召唤，从四面八方汇集到运兵码头的。渔民不仅献出船只，而且充当了运兵的船工。他们既要掌舵，又要照顾晕船的干部战士。肖华在回忆录中写道：望着船老大结实的身姿，我忽然想起了神话传说中的"八仙过海"。他们各自凭仗手中的宝贝，或铁拐，或葫芦，或玉版，充其量也才行了十海里的水程。而我们的军队，数万人在短期内横渡二百多海里的海面，凭依的是什么"宝贝"呢？是人民群众！有真心实意拥护革命的千百万群众，我们党所领导的八路军就是真正的"八仙"，任何艰难险阻都是可以战胜的。

为保障后勤供应，胶东各级政府动员数百万群众夜以继日筹集粮秣、赶制冬装和化装渡海的便衣，仅龙口码头工人就献出 500 多件衣服。工会主任马盛亭将身上的一套新夹袄脱下献出。他回到家里，讨饭出身的妻子非但不埋怨丈夫没了新衣，反而夸奖做得对、做得好。为防止晕船，他们还特别准备了一些急救水（十滴水）、仁丹、咸菜和苹果等。

为了部队的顺利开进，山东人民还一呼百应地扛起铁锹、镐头修复公路，为子弟兵出征开通道路。部队开进的沿途各村都事先设立了茶水站、职务组，备下了充足的粮秣，宿营地的炕都烧得热乎乎的。

对过路的新四军部队也是如此。当年随新四军第三师挺进东北的张竭诚写道：沂蒙山区，不愧为老解放区，乡亲们一路设宣传棚、茶水站、粮站，配向导，看病号，无微不至。老妈妈连洗脚水都准备好了。他们捧出山东大煎饼、大葱、大蒜、大枣、大鸡蛋，硬往战士手里塞，真可谓箪食壶浆喜迎送，鱼水相亲难舍离。

山东人民的真情也使北移入鲁的新四军指战员感动万分。新四军战士许多是江浙人，到山东首先遇到的是生活不习惯。谭启龙回忆：部队集结休整的莒南县朱梅一带的群众，家家户户都打扫得干干净净，而且连锅灶、柴禾、用水、粮食、蔬菜、铺草等都准备得妥妥帖帖，尽量把小米拿出来供应部队。叶飞在回忆录中记述了这样一件事：有个连队的小米饭煮得特别糟糕，简直就像没有淘洗就下锅了。满嘴沙子触怒了一个脾气急躁的班长，气呼呼地把饭倒在大路上。这一行为引起群众的恼怒，当晚召集村民大会，连长、指导员被邀去参加。群众七嘴八舌地批评起来。然而，有位白发苍苍的老大娘发言了：“这不能怪新四军同志，南方人不会煮小米饭，他们淘不出沙子来，为什么咱们不管这事呢？”于是，好心的老大娘、老大爷说：“咱们拥军就要拥到实处，马上去帮军队淘小米，煮好小米饭。”当场分工，第二天群众纷纷到各连炊事房去传授经验。从此，部队吃到了又软又香又没有沙子的小米饭。

主力进军东北后，对山东部队的战斗力产生了一定影响。为组建新的部队，山东解放区发动了大规模的参军运动，至1946年6月，约有 10 万人参军，其中胶东区仅 9、10 两个月就有 3 万青年入伍。

山东人民为贯彻“向北发展、向南防御”战略方针，为八路军山东部队的战略“大搬家”倾尽了全力，他们的功劳是不能忘记的。

（杨明清）

杨子荣传奇

杨子荣是东北解放战争中的著名的侦察英雄，更因曲波的长篇小说《林海雪原》和电影及现代京剧《智取威虎山》的上演，而闻名天下，家喻户晓。电视剧《林海雪原》的播出，更是引起了人们的热议。杨子荣留下了太多的谜，他的传奇经历也吸引了许多人，以致流传出各式各样的、扑朔迷离的故事和描写。

1986年3月，《黑龙江文史资料》第22辑刊载了由东北烈士纪念馆馆长温野撰写的《侦察英雄杨子荣》一文。此文通过走访杨子荣的亲友、首长和战友，在取得大量第一手资料和查阅有关历史档案基础上整理成文。

编入杨子荣生前部队的第三十八军军史组的谷办华，根据军史资料和辗转东北、山东等地对杨子荣的首长、战友、亲友及有关当事人的大量采访，先后发表了多篇关于杨子荣的传记报告，1992年、2004年，解放军文艺出版社两次印刷出版了他撰写的《英雄杨子荣——杨子荣的生前死后》。

这些研究成果为了解一个生前死后都充满传奇的真实的杨子荣，提供了重要的资料借鉴。以下关于杨子荣的记述除有关史料，在情节上参考了以上著述。但杨子荣留下的谜毕竟太多，以至于他是生于1916年还是1917年，仍是一个不解的答案。

流浪少年

杨子荣出生于牟平县（今烟台市牟平区宁海镇）嵎峡河村一个穷苦人家，名宗贵，字子荣。他4岁那年，父母带着全家去东北安东（今丹东市）谋生。但在东北也混不了个肚儿饱，父母决定分开活命。父亲和姐姐留在安东，母亲带着他和哥哥等回了山东老家。在老家，母亲省吃俭用供杨子荣上了几年私塾。

1929年，胶东地区军阀混战，学校关了门。13岁的杨子荣离别母亲，独自去安东找父亲、姐姐。到了东北后，父亲让他继续念书。两年后，到姐姐做工的缫丝厂当童工学缫丝。三年学徒期刚满，工厂裁人。被赶出工厂大门的杨子荣独自闯荡漂泊，到码头搬木头、扛大包，到鸭绿江边放木排、当船工，到鞍山、千山一带当矿工。1943年春天因打了日本监工，逃回老家。

杨子荣故居

杨子荣在东北闯荡14年，尝遍人间酸甜苦辣，也熟悉了东北的风土人情，对行帮活动及土匪暗语黑话等都有所了解，还学过一些武术，胆大心细、机敏果断。这为他后来成为出色的侦察员打下了基础。

杨子荣回到老家后，参加了民兵组织。母亲为他张罗了一门亲事，同一位叫许万亮的姑娘结了婚。妻子给他生了一个女儿，但半年后就夭折了。

参军

1945年9月，胶东掀起大参军运动，29岁的杨子荣参了军。报名时，他没有用“宗贵”的原名，而是报了“子荣”的字。

杨子荣被编入海军支队第三中队。中队领导看他年龄大，就安排他做炊事员。10月，海军支队奉命渡海开赴东北，改称为东满人民自治军第二支队，由副支队长田松、副政委李伟率领开赴北满剿匪，开辟根据地。

东北匪患，由来已久。抗战胜利后，国民党为与共产党争夺东北，以“接收”为名，大肆收罗日伪残余势力和土匪武装，封官许愿，委以“地下军”“挺进军”“先遣军”等各色名目，先后加封委任了30多个“总司令”“总指挥”。这些到处猖狂活动的土匪，与国民党军的正面军事进攻相配合，残害百姓，屠杀中共干部和工作人员。因此，共产党要在东北立足“安家”，必先“打匪”。

北进途中，第二支队在吉林九台、舒兰、榆树、五常等地进行了多次战斗。杨子荣经常冒着炮火把饭送到阵地上，在关键时刻给干部出主意支招。一路上，他动员30多名青年参军，被大队评为“扩军模范”。

支队打下五常县城后，扩编为第一、第二团。田松任支队长，李伟任政委。杨子荣所在的大队编入第二团，其本人也被批准加入中国共产党。

第二支队改编后，奉命紧急东进牡丹江地区。1946 年 2 月 1 日，农历大年三十，部队趁除夕夜收缴了占据海林的地主武装，进驻海林镇。此时牡丹江地区局势极为紧张。土匪谢文东、马喜山等部，从南北两个方向逼近牡丹江，甚至窜到牡丹江军区附近的街道活动，嚣张至极。为扭转不利局面，第二支队从 2 月上旬开始，分兵两路清剿土匪，接连打垮了几股较大的匪帮。

杏树村的壮举

1946 年 3 月，杨子荣被调到二团三营七连一排任一班班长。第二天，杨子荣就参加了攻打林口县杏树村土匪的战斗。

杏树村，也叫杏树底村，坐落在地势平坦的山坡上，围绕村子的是两米多高的土围墙，四角耸立着高大的炮楼。围子外面有三四米宽的壕沟，要道设柞木杖子等障碍物。窜进村子里的土匪有 400 多人，是几股合在一起的。

炮兵轰击后，部队发起强攻，但爆破鹿砦未能奏效，退了回来。杨子荣带领全班战士，运动到离围子 100 多米的小沟里。他一边组织射击，一边琢磨：除了强攻，还有没有别的办法呢？炮击后，村子里传出土匪的叫骂声和妇女、小孩的惊叫声。他想出一个大胆的办法：趁土匪与群众正处在惊恐、混乱中闯进村子，迫使土匪投降。于是，他对身边的战友说：“你们别动，我进村子去说降土匪！时间来不及了，你们替我去报告连首长吧！”说完，趁射击的空隙，纵身冲了出去。他挥动着白毛巾，大声喊道：“不要打枪，我要找你们当官的讲话！”突如其来的情况，惊动了敌我双方，枪声骤然停止。就这样，杨子荣独闯匪寨。他巧妙地利用外逃进村寨的土匪和本村土匪之间的矛盾，对村子里的群众晓以家舍安危，动员群众向土匪施加压力。他对土匪说："乡亲们，部队已把村子包围了，再打下去，老百姓就要遭殃。你们都是有家有业的，你们有的家在本村，打下去会怎么样？对得起你们的父母兄弟吗？只要你们投降，保证你们生命安全，全村也可平安无事。"在他的劝降攻势下，不少土匪开始动摇，村里的群众也纷纷劝说土匪别让乡亲们跟着遭殃。面对这一情况，杨子荣灵机一动，指着一块空地说："伪军弟兄们，不要白送命了，愿意放下武器的把枪放到这里来！"群众异口同声地喊着："欢迎弟兄们交枪！"匪兵们见此情景，纷纷放下武器。杨子荣见大事已成，便令人快去围墙上插白旗。村外进攻部队吹起进军号，迅速开进围子。

杏树村一战，杨子荣立了特等功，被评为战斗英雄，不久，调到团部当了侦察班长。

孤胆擒匪兵

5月，根据群众反映，在亚不力山里有一股土匪，团部派杨子荣去侦察。他和两名战士化装成老百姓两次进入亚不力山。部队根据他提供的情报，一举歼灭了这股匪军，活捉了"许家三兄弟"和国民党派来的赵专员。

6月间，杨子荣外出侦察，沿着森林小铁路往回走的时候，已是半夜时分。走到一个搬道岔的小房子附近，听见里边有土匪谈话。他摸近小屋喊道："我们是民主联军，你们被包围了，缴枪不杀！"他又诈喊："二班堵房后捉活的，三班准备好手榴弹，不缴枪就甩！"屋里的匪兵忙喊："别甩手榴弹，我们缴枪！"杨子荣问："里面有几个人？"土匪回答："3个。"杨子荣一听心里有底了，便喝令："先把枪扔出来，再一个个爬出来，脸朝地，谁抬头就打死谁！"枪扔出来后，3个匪兵一个接一个从屋里爬了出来。杨子荣叫最后一个解下绑腿把另两个家伙倒背手绑上，然后他把这个匪兵的双手捆好，把3

支步枪的枪栓卸下，空枪挂在3个俘虏的脖子上带回团部。

从俘虏的口中得知，匪军“姜左撇子”大队已逃回铁路北面。这股匪军有三四百人。北山里有个百十户人家的屯子，是日本人搞“归屯并户”时建起的“集团部落”。屯子四周有很高的土围堵，当年长期驻守着山林警察队。估计匪军很可能进入这个易守难攻的屯子。

为察明敌情，团长让杨子荣带一个战士前往侦察。杨子荣找了个向导，吃完午饭就出发了。半夜时他独自摸进屯子，抓了一个“舌头”带出来。第二天中午，他们赶回团部，审问俘虏，弄清了匪军的情况。团长让杨子荣留下休息，第二天随后勤人员一起出发。

部队连夜急行军，拂晓前到达该屯附近。正准备发起进攻，突然枪声大作，原来是匪首发现匪兵失踪，赶在天亮前转移，正好与进攻部队遭遇。枪声一响，匪兵四散溃逃，钻进了树林里。就在这时，杨子荣突然来到团长跟前。原来他口里答应留下休息，待部队出发后悄悄跟来了，而且趁匪兵奔逃时抓到了“姜左撇子”的亲信副官。他向团长建议，叫这个俘虏站到大树下喊话，召唤匪兵，部队埋伏在附近捉活的。团长同意了他的建议。杨子荣让俘虏大声喊:“弟兄们，大部队在这里！”连喊了几遍，果然匪兵从四面八方，三三两两地过来了，埋伏的部队顺顺当当地活捉了100多个俘虏，包括老奸巨猾的匪首“姜左撇子”。

7月，第二支队与牡丹江军区合编为军区独立第一、第二团。团成立侦察排。杨子荣被任命为第二团侦察排长。

活捉座山雕

经过1946年的剿匪，到年底，大股土匪基本上被剿灭，只剩一些小股土匪躲进山林深处，继续顽抗，这其中就包括座山雕匪部。

座山雕，本名张乐山，自15岁开始当土匪，是牡丹江一带有名的惯匪，行踪诡秘，张作霖和日军都没能对付了他。日本投降后，他被国民党委任为先遣军第二纵队第二支队司令。第二团曾对其多次搜剿，歼灭了其大部分人马，但一直没有找到他的老巢。

1947年临近春节的一天，海林镇农会接到一封座山雕匪部索要给养的恐吓信。信很快转到团首长手里。从信的内容判断，座山雕的老巢还在海林北部山区，人数不太多。团首长要杨子荣出去侦察，摸清座山雕匪穴的情况，能打就打，不能打要搞清地形地貌，最好抓个"舌头"回来。

杨子荣决定化装成残匪，打进匪伙侦察。他从两个侦察班里挑选出孙大德、魏成友、赵宪功、孙立珍、耿宝林5名经验丰富并熟悉当地情况的侦察员，组成一个精悍的侦察小组。

1月26日，农历正月初五午后，杨子荣带着侦察小组进入完达山的夹皮沟一带。他们在深山老林里转了好几天，在一个叫蛤蟆塘的地方，发现一座大工棚子，有十几个人。杨子荣用土匪黑话试探，意思是想请人帮忙牵线，投奔个山头。一个自称姓孟的工头，答应领他们去一个地方。他拿出一把锯、一把斧子、一把小铁锹和一个盛着半桶苞米面的小铁桶，交给杨子荣等人，然后，把他们带到20里外的一个空木棚子。他对杨子荣说："这里僻静，没人来，你们就在这里住吧！"说完就走了。

杨子荣判断姓孟的肯定与土匪有联系，决定等他再来。可是等了3天，也不见人影子，带的干粮和那几斤苞米面也吃光了。战士们有些着急。杨子荣一再说服大家，要坚持，孟工头一定会来，否则就不会送咱们到这里。又等了半天，那个姓孟的果然来了。他问出去抢吃的没有，杨子荣说没有去。孟工头说："我领你们到夹皮沟找给养吧！"杨子荣看透了姓孟的诡计。为使他解除疑心，当晚，他们跟姓孟的到夹皮沟"抢"了十几斤荞麦面和两只小鸡。这时姓孟的才相信他们是“自己人”，对杨子荣说，他是座山雕的联络副官，愿意引荐他们入伙，山里会来人和他们面谈。

第二天，孟工头把杨子荣等人领到附近一个屯子，在屯长家里见了两个人，先是一番土匪黑话试探，见杨子荣对答如流，才亮出真实身份。一个自称姓刘，是座山雕的副官，表示愿意引荐杨子荣等人上山。两天后，两人如约来到杨子荣住的工棚，说座山雕要请他们上山过元宵节。他俩现在去牡丹江买酒肉，回来时接他们。

两个土匪走后，杨子荣说，咱们已经出来七八天了，团部一定很着急，得派个人回去报告，请示下一步计划。17岁的魏成友是海林当地人，主动要求回团部送信。当晚，他们在夹皮沟“借”了一匹白骡马。魏成友骑上去一口气跑了六七十里路，赶到海林镇团部时，已是夜里11点多了。因天亮前要赶回去，小魏只见到团部作战参谋陈庆，报告了进山侦察的情况。陈参谋让他转告杨子荣：正月二十前能抓回来“舌头”也行，或画好地形图回来，如果到时没回来就是进去了，团部派队伍去支援。他还把部队的口令告诉小魏，以便到时候里应外合。小魏吃了点饭，装上两背篼馒头和熟肉，匆匆返回夹皮沟。

正月十五下午，那两个土匪又来了，说过节的酒肉已筹办好，明天接他们上山。他们走后，杨子荣和大家商量：夜长梦多，不能再等了，土匪再来时就把他们绑起来，叫他们领进山去。因为不知山里有多少土匪，尽可能不暴露身份。如果被识破就强攻，谁活着谁回团部送信。

正月十六下午，来的还是那两个土匪。杨子荣让战士把两人给绑了，骂道：“你们他妈的太不讲交情了，弟兄们等了这么些天，都要饿死了，也不领我们上山，你们安的是什么心？是不是三爷给的给养都叫你们独吞了？”两个家伙急忙分辩，说是为了考验你们是不是自己人。杨子荣假装不信，要面见“三爷”，叫他俩赶快领着进山。

杨子荣一行押着两个土匪在雪地里走了30多里路，到了大砬子山里。座山雕确实狡猾，一路上设了三道哨卡。若是派大部队清剿，不论惊动了哪一道哨卡，土匪都能逃得无影无踪。杨子荣他们每过一道哨卡，都由两个土匪上前搭话，然后，把放哨的土匪也绑了，一同押上山。过了第三道哨卡，土匪说到了。这时才看见前边有微弱的灯光。

杨子荣叫孙立珍、赵宪功、耿宝林看押被俘的土匪，他带着孙大德、魏成友向灯光处摸去。走了百多米，才看见一座埋在雪里的大马架房子。杨子荣一脚把门踢开，和孙大德、魏成友先后冲进屋子，枪口对准地炕上的土匪喊道："别动！"屋里一共7个土匪，其中一个瘦小的老头，70多岁，白头发，下巴上一撮山羊胡子，鹰钩鼻子，两只深陷的小眼睛闪着贼光，此人正是惯匪座山雕。

座山雕见进来生人，赶紧伸手摸枪。杨子荣一个箭步过去，缴了他的枪。其余6个家伙都举起了手。土匪人多，不好对付，杨子荣仍装做土匪，用黑话斥责座山雕说："你三爷太不讲义气了，弟兄们不过是想借条路到吉林去，你却让我们等了八九天，好险没饿死。"座山雕一听，是刘副官联络要入伙的人，连忙说："误会，自己人好说。"杨子荣说："这一带到处都是三爷的关卡，还请三爷送我们一程。"座山雕忙说一定送。

杨子荣叫孙大德、魏成友把座山雕等7名匪首绑结实，连同之前被俘的土匪一块牵着上路了。爬过一座山，天就亮了。到了山下，见到二团团部供给处来拉木头的大车。杨子荣等人公开身份，座山雕腿一软瘫坐在地上，嘴里咕嚷着："真晦气，张大帅、日本人都没整了我，竟被你们几个八路逗了……"他们把十几个土匪绑好，坐上两辆大车，拉回海林镇团部。这天是1947年2月7日，农历正月十七。

听说活捉了座山雕，整个海林镇沸腾了。牡丹江军分区司令部接到电话后，田松副司令员亲自赶来海林祝贺。二团召开庆功大会，给杨子荣记了两大功，孙大德、魏成友各记一大功，其他 3 名侦察员各记两小功。

以少勝多模範戰例

戰鬥模範楊子榮等六人
活捉匪首坐山鵰
賊匪全部落網匪窩棚亦被摧毀

【本報訊】我×團戰鬥模範楊子榮同志（便衣排々長）奉命於二月二日率五名同志，前往蛤蟆塘一帶偵查匪蹤，他們以機智巧妙的方法，查清了敵匪的窩棚，遂於二月七日勇敢大膽的深入敵匪巢穴，將匪首坐山鵰等全部捕獲，創造了一「以少勝多」的模範戰例，茲將其戰果綜合如下：

一、俘匪首「蔣介石東北第一戰區挺進第二縱隊第二支隊司令」張樂山（即坐山鵰）、聯絡部長劉兆成、秘書官李[illegible]、連長劉忠漢以下廿五名。

二、繳步槍六支，子彈六百四十發，糧食千餘斤，其他物品一宗。

短評

活捉坐山鵰

我分區某團戰鬥模範楊子榮等六同志，勇敢機智，深入匪巢，一舉將[illegible]東北第二縱隊第二支隊司令「坐山鵰」張樂山以下二十五名，全部活捉，[illegible]

楊子榮等同志，這一次所以能取得這樣重大的勝利，首先是由於他們堅決完成上級所給予的剿匪任務。[illegible]

當时报纸关于杨子荣活捉座山雕的报道和配发的短评

经过审讯，这些土匪中除座山雕张乐山外，还有联络部长刘兆成、秘书官李少堂、连长刘忠汉等。其余的土匪，也被团部派去的部队剿灭，缴获了一些粮食和枪支弹药，烧毁了匪窝棚。座山雕匪帮被彻底消灭。座山雕后被押送到牡丹江，不久病死狱中。

1947 年 2 月 19 日，《东北日报》以《战斗模范杨子荣等六人活捉匪首坐山雕》为题，报道了他们的事迹，称这次战斗是“以少胜多模范战例”。战友们让杨子荣介绍战斗经验，他谦虚地说：“小经验还没有总结出来，大经验只有一条，就是为人民生死不怕，对付敌人一定要神通广大！”

血洒黑土地

座山雕股匪被剿灭后，牡丹江地区的土匪只有被国民党封为滨绥图佳保安第三旅的李德林匪部还没有全部被剿灭。二支队进驻海林后，首先围剿的就是这伙土匪。经过多次打击，该匪部已经溃散，匪旅长李德林也被擒获，但 3 个凶恶的匪首：营长刘俊章、副官丁焕章、副连长郑三炮漏网。梨树沟的群众反映，海林北部闹枝沟附近山里有土匪活动。二团得到情报后，决定由副政委曲波和杨子荣带领侦察排两个班和机枪班共30多人组成的小分队，前往侦察搜剿。

2月22日，小分队由海林镇向北进发，天黑后到达夹皮沟，后半夜继续向东北走了30来里路，在闹枝沟找到一个打皮子老人的小窝棚。经询问，得知附近山里的猎户孟老三和一个土匪在闹枝沟山梁上盖了一间马架棚子。匪首刘俊章、丁焕章等来到这里，送给孟老三一支七九步枪，拉他入了伙。郑三炮被打伤后也潜伏到这里。此时，马架棚子里连孟老三在内共有7个土匪。

天刚亮，杨子荣带着侦察员前去侦察，发现了雪地上的脚印。顺着脚印走了十几里路，发现山梁上的马架棚子。杨子荣几步跃到窝棚前，一脚踢开门，大喊："不许动！"屋内传来拉枪栓声，杨子荣扣动扳机，但没有打响。跟在身后的孙大德的枪也没打响。原来是早晨在窝棚里烤火，枪膛缓霜，行军时天太冷，枪栓冻住了。屋里的孟老三冲门旁开了一枪，正中杨子荣胸部。杨子荣倒在门旁。孟老三猛地冲了出来，拼命向林子里跑。战士们打了几枪，但都没打中。

杨子荣牺牲地

孙大德扑过去抱住杨子荣，连喊："排长！排长！"杨子荣用微弱的声音说："大德……任务……"话没说完就牺牲了，时年31岁。

队伍冲上来，见杨子荣牺牲，都红了眼，向窝棚猛烈扫射。土匪拼死抵抗。曲波令魏成友上房，从窗户扔进去5颗集束手榴弹。爆炸声后，只有一个小土匪受伤爬了出来，其余的全被炸死。逃跑的孟老三改名潜藏起来，新中国成立后被挖出，并供述了当时的情况。

杨子荣的牺牲令指战员们万分悲痛。大家卸下窝棚的门板，把他的遗体抬到梨树沟，买了一口棺材装殓上，运回海林镇团部。

海林杨子荣烈士之墓

1947 年 3 月 17 日，杨子荣公祭大会在海林镇朝鲜中学操场举行，海林镇方圆几十里的群众都赶来参加追悼会。牡丹江军区首长致悼词，并宣布命名杨子荣所在排为“杨子荣侦察排”。第二团连排以上干部轮流抬着杨子荣的灵柩，在一阵阵排枪声中，绕海林镇一圈，将杨子荣和其他在剿匪中牺牲的战士一同葬在海林东山坡上。

鉴于杨子荣在剿匪战斗中的卓越功绩，东北军区司令部授予他“侦察英雄”的光荣称号。同年 7 月，第二团奉命开赴前线，编进东北民主联军第一纵队第一师，成为后被誉为“万岁军”的第三十八军的一员，“杨子荣侦察排”一直走到今天。

家人成了“匪属”

杨子荣走了，但他的传奇经历并没有结束。就在杨子荣牺牲前后，嵎峡河村一位从东北回来的人报告：杨子荣在东北根本就不是当兵的，而是土匪。

原来，杨子荣在绥阳一带剿匪时，一股土匪进了一个村庄后就隐匿不见了。杨子荣奉命化装成土匪进村侦察，不想碰上他一个儿时的伙伴。杨子荣怕暴露身份，故意骂了一句没有相认。几天后，由于叛徒告密，剿匪部队中了土匪的埋伏，死伤40多人。杨子荣查到这名叛徒后，当场将其击毙。这个场面恰巧又被那个同乡看见了，以为杨子荣打死的是共产党的干部。不久，这个同乡回了老家，便将杨子荣“当了土匪”的事报告了村里。当时，国民党军正向山东重点进攻，形势紧张。村里干部取消了杨家的军属待遇，杨家人从此成了“匪属”。

杨子荣参军后，南北转战，一直没给家里写过信，家乡的人不知道，杨子荣就是杨宗贵。部队这边，只知道杨子荣是胶东人，但没有人知道他原籍的详细地址，更不知道杨宗贵就是杨子荣。没有想到杨子荣参军时以字代名的小小举动，竟引来如此的麻烦。

1952年秋，杨子荣的妻子许万亮带着不白之冤走到生命的终点，弥留之际还念叨着不相信杨子荣会当土匪。杨子荣的老母亲踮着小脚一次次到各级政府“讨说法”。1958年11月，她拿到一张“革命牺牲军人家属光荣纪念证”。她不知道，全国凡查无实据叛变投敌的下落不明的解放军军人的家属，都得到同样的纪念证。

“娘，这是真的……这是真的……”

1966年，英雄的母亲去世。也就在这一年，海林县委成立了寻访传奇英雄身世之谜的调查小组。小组和部队一次次派人到胶东去寻找。直到1969年，在曲波等杨子荣生前领导、战友和杨子荣家乡有关部门的多方努力下，才初步确定杨子荣就是当年从牟平参军的杨宗贵。

1973年，调查组得到了杨子荣的一张照片。这是从1946年10月第二团战斗模范合影照片上翻拍下来的，照片翻印放大后，寄给了牟平县民政局。民政局长带着不同的4张照片，来到嵎峡河村，请杨子荣的近邻、村干部和老人们辨认。

从战斗模范合影照上翻拍的杨子荣照片

人们点着杨子荣的照片说："这是俺村杨宗贵。"民政局长赶到杨子荣的哥哥杨宗福家，拿出4张照片让他看。杨宗福的眼睛发直，他拣出兄弟的照片，呆呆地看了许久。"宗贵兄弟……"他轻轻地叫着，眼泪滚落下来。民政局长告诉杨宗福："你家宗贵就是革命现代京剧《智取威虎山》里的那个杨子荣啊！"杨宗福一下子愣了。他想起母亲临终前，曾对他说："匣子里说的杨子荣，是不是俺家宗贵？他的字不是叫子荣吗？"他拿着照片冲出门去，直奔老母和弟妹的坟地。他一边跑一边哭喊："娘，这是真的……这是真的……"

杨子荣的家乡为出了这样一位英雄而感到自豪和荣耀。1991年，牟平县委、县政府在杨子荣的故乡建起了杨子荣烈士纪念馆。

烟台市牟平区杨子荣纪念馆

海林杨子荣纪念馆

海林县在20世纪60年代就将杨子荣长眠的海林东山修建为烈士陵园。之后，又对杨子荣的墓和纪念碑进行了多次改建、扩建，1981年建成了杨子荣烈士纪念馆，花岗岩砌成的纪念碑上镌刻着杨子荣、马路天、高波等第二团在牡丹江剿匪中牺牲的165名烈士的名字。

长眠在黑土地上和苍松翠柏中的不是一个英雄，而是一个群体，他们用热血和生命写下的这段历史将永远为后人铭记。2009年9月，杨子荣被评为“100位为新中国成立作出突出贡献的英雄模范人物”。

（杨明清）

电影《南征北战》原型
——莱芜战役

有一部战争题材的电影让人难忘，剧中大量的经典段落和台词至今被人们津津乐道，其中的战争场面更是创造了那个年代的奇迹，那就是新中国银幕史上不朽的战争史诗——《南征北战》。这部影片是以 1947 年 2 月发生的莱芜战役为原型创作的。

大军压境

抗日战争胜利之后，中国革命进入了两种命运、两个前途决战的时期。和平既无可能，停战协议成了一纸空文。蒋介石“表面愿求妥协以欺骗国人，暗中布置军事”，终于从 1946 年 6 月，开始向解

莱芜战役纪念馆

放区展开大规模的军事进攻。华东解放区是国民党军进攻的重要目标。国民党不惜派出重兵50余万人，以蚌埠、徐州、济南为中心，由南向北，由西向东，逐步压缩，企图依次夺取华中、山东解放区。蒋介石步步紧逼，企图依托所谓“迅速结束苏北战事的军事计划”，寻求与山东野战军和华中野战军主力的决战。华东野战军坚决贯彻“积极防御、内线歼敌”的方针，接连进行了苏中、宿北、鲁南等战役，取得了歼敌近20万人的巨大胜利。

对于当时的形势，毛泽东在为中共中央起草的对党内的指示中有着深刻的论述：“目前军事形势，已向有利于人民的方向发展。”“蒋介石的攻势，在鲁南、鲁西、陕甘宁边区、平汉北段和南满等地虽然还在继续，但是比较去年秋季已经衰弱得多了。”“我军如能于今后数月内，再歼其四十至五十个旅，连前共达一百个旅左右，则军事形势必将发生重大的变化。”根据中央的指示，华东党、政、军领导在缜密分析研究当前局势的基础上，进行了一系列部署，统一整编山东、华中野战军兵团和地方兵团，组建华东军区、华东野战军（以下简称华野）和中共华东野战军前线委员会。在整编的同时，华野前委于1947年1月底在临沂召开了军事干部会议，司令员兼政委陈毅代表前委作了《一面打仗、一面建设》的报告。会后，陈毅写了《决胜之歌》并谱曲，在部队中广为传唱，部队的士气异常高涨。

蒋介石为达到挽救其于危亡之际的目的，绞尽脑汁，炮制出一个所谓的“鲁南会战计划”，意在依托陇海、胶济、津浦等铁路线，集中23个整编师、53个旅、31万人的兵力，以临沂、蒙阴为目标，用南北两个集团对进夹击的方式迫使华野主力与之决战，或迫华野退至沂蒙山地区而后伺机消灭。蒋介石雄心勃勃，申明“党国成败，全看鲁南一役，只许成功，不许失败”，并命令陈诚坐镇徐州指挥。具体的部署是：南线，由整编第十九军军长欧震率7个整编师和第七军共20个旅组成主要突击集团，自台儿庄、新安镇、城头一线，分左中右三路向临沂方面压进；北线，由第二绥靖区副司令官李仙洲指挥第四十六、第七十三、第十二军组成辅助突击集团，自淄川、博山、明水向莱芜、新泰南进，配合南线的进攻。妄图使华野陷入腹背受敌的境地。同时，国民党还从冀南、豫北战场，抽调王敬久集团4个整编师，阻击晋冀鲁豫野战军东援和华野西进。正如当时的报纸所评论："这样的集中兵力，是此次内战中规模最大的空前的一次，正因为如此，它也很可能成为绝后的一次。就是说如果人民解放军粉碎了此次进攻，蒋介石虽然可能再抽调兵力集中进攻某一地点，但是决计很难像这样一次集中兵力了。"

挥师北上

莱芜战役战前态势复杂，作战方案几经调整。根据集中优势兵力消灭敌人的有生力量，以及先打弱敌的基本方针，华野前委首先作出保卫临沂、诱歼南线敌人的计划。陈毅、粟裕、谭震林向中央军委报告："我们可以集结50个团在鲁南进行决战，……我正商决先打敌右翼二十五、六十五两师，再引诱七十四师、十一师北进，再行歼击。"次日，中央复电表示肯定。1947年1月28日，中央军委致电华野前委：必须估计到陈诚直接指挥进攻的时机以及兵力部署问题，要提前有所考虑。31日，中央军委再次电示华野前委："我军方针似宜诱敌深入，不但不先打陇海路，即敌至郯马地区是否就打亦值得考虑"。并提请华野领导"按实情决定"。

由南向北推进的国民党军，吸取了鲁南战役贸然深入被分割歼灭的教训，采取"集中兵力、稳扎稳打、齐头并进、避免突出"的梳篦战术，缓步齐头并进。华野始终未获良好战机。针对此情，中央军委电示华野前委："只要你们不求急效，并准备于必要时放弃临沂，则此次我必能胜利。”

华野于2月5日重新拟定了3个作战方案。为诱使南线国民党军出援或放手北进，6日，华野第二纵队以突然动作向东南挺进，在白塔埠、驼峰地区歼灭国民党右路军侧翼的第四十二集团军郝鹏举部主力，生擒郝鹏举。欧震集团未敢增援和北进，反而向后收缩。

鉴于南线战机难寻，陈毅、粟裕、谭震林认为不宜再等，下定决心，集中兵力，打北线之国民党军。中央军委电示华野，在1星期至10天内，原地整训，对外佯装打南面模样，待北线国民党军占领莱芜、新泰之后，迅速移动全军，然后攻占胶济线。此时，国民党军北线李仙洲集团第七十三军进驻博山以南，第十二军已占莱芜、吐丝口，第四十六军占领新泰，孤军深入，兵力分散。其第七十三军为国民党中央军，第十二军原为国民党东北军，第四十六军原为桂系，内部派系矛盾较大，有利于各个歼灭。鉴于此，华野前委决定放弃临沂，以小部兵力阻击南线敌人，主力转兵北上，于新泰、莱芜地区围歼李仙洲集团。

为迷惑国民党军，2月10日，华野司令部令第二、第三纵队及总部骑兵团、特务团、鲁南十师共18个主力团的兵力，配以鲁南、滨海地方武装、民兵，在参谋长陈士榘指挥下，在临沂以南伪装全军作宽正面流动防御，钳制南线欧震集团，主力隐蔽北上。同时布置地方武装佯装正规部队大张旗鼓地向西行进，进逼兖州，在运河上架桥，造成西渡假象，掩护大军北进。华野司令部北移至沂源县东西唐庄。

北上途中进一步察明敌情，华野司令部调整部署并发布作战预备命令。以第八、第九纵队组成左路军，由许世友、王建安指挥，歼灭和庄及其南北地区之国民党军，并准备伏歼由博山南援之国民党军，向南扩大战果。以第四、第七纵队组成中路军，由陶勇指挥，歼灭颜庄、蒙阴寨地区之国民党军。以第一、第六纵队组成右路军，由叶飞指挥，歼灭莱城、口镇地区之国民党军。以第十纵队主力、附独立师控制锦阳关，阻击明水之国民党军，堵击李仙洲集团北逃。华野指挥所前移至莱芜辛庄石湾子村。

15 日，国民党军“顺利”占领临沂城，并对此进行大肆宣传。国民党第二绥靖区司令官王耀武对华野行动发生怀疑，急令李仙洲集团全线后缩。但蒋介石、陈诚则判断华野放弃临沂是由于“伤亡惨重，不堪再战”，开始总退却。于是一面令王耀武催促李仙洲集团南进，确保新泰、莱芜，防止华野北渡黄河，并派主力部队插至蒙阴、大汶口之间堵华野西去；一面令南线整编第十一、第六师兜堵华野。

19 日，华野数路大军逼近莱芜城、颜庄等地，完成战役合围。20 日下午，第八、第九纵队各一部在和庄设伏，全歼由博山南下归建的第七十七师，击毙师长田君健。

激战吐丝口

20 日晚，华野主力向李仙洲集团发起全线进攻。第一纵攻击莱芜，第六纵攻击吐丝口（口镇），第四、第七纵攻击颜庄阻击国民党第四十六军，第十纵攻锦阳关切断国民党军向北的退路。第一纵一师一团一营一连向城北的小洼村发动夜袭，占领小洼村。第一师师长廖政国评价说：“一连起了一把铡刀的作用，铡断了李仙洲向吐丝口伸出的狗头！”在安乐山阵地，第一纵一师二团三营八连的战士发扬英勇顽强的战斗精神，成功击溃了数倍以上的国民党军的 7 次冲锋。

此役战况最惨烈的当属对吐丝口的争夺。吐丝口位于莱芜城以北 14 公里，是由胶济路进入鲁中的咽喉，俗称口子、口子街。吐丝口东西长约 1.5 公里，南北宽约 1 公里，四周是用泥土夯筑而成的围墙，墙基由石头砌成，较为坚固。国民党重兵进攻莱芜时，留第十二军一一一师把守吐丝口。战役打响前夕，王耀武令国民党第十二军新编三十六师接替一一一师的防务，进驻吐丝口，并在此处储备了上百吨的炸药及数十万斤的粮食。至于为什么让新编三十六师驻守吐丝口，李仙洲回忆说："新编三十六师是王耀武拨归第十二军建制的一个新成立的师，不是霍守义的基本部队。这个师如受到损失，甚至全部被歼，与霍守义的影响不大，所以王耀武决定把这个师留在吐丝口镇。"

由于吐丝口的战略地位和战略价值，这里成为华野部队和国民党军争夺的焦点。华野参战的是富有攻坚经验的第六纵3个师及鲁中军区警备第四团。时任第六纵司令员的王必成在《忆莱芜大捷——华野第六纵队莱芜战役参战纪实》中写道，第六纵在指挥所召开了有各师师长、政委参加的作战会议，大家清醒地意识到"口镇的得失，关系全局，是敌我必争之地，我军将面临着一次艰巨的攻坚战斗"，会议详细分析了地形和敌情。20日晚，发起第一次攻击。担任主攻的第十六师隐蔽进入吐丝口西南阵地，经过几个小时激战，控制了吐丝口街区的大半，取得了初战的胜利。鉴于国民党守军的疯狂火力袭击和轰炸扫射，第六纵首长令第十六师暂停攻击，除留少部分兵力控制已占阵地外，将主力撤出，择时再战。被打得焦头烂额的国民党军第三十六师师长曹振铎接连发报向李仙洲呼救，后又令驻守青石桥的第一〇六团火速向吐丝口靠拢，企图兵合一处。曹振铎未料到他与李仙洲来往的电报内容和他向青石桥守敌下达的命令，全被人民解放军截获。21日下午，为迅速解决青石桥之敌，第六纵令第十七师于20时开始强攻青石桥。经过枣园一战，国民党第一〇六团被一网打尽，警四团不发一枪乘机占领青石桥。

21日夜，第六纵对吐丝口之守军发起第二次攻击。国民党军飞机和火炮狂轰滥炸吐丝口阵地。根据吐丝口有着多层坚固防御工事的特点，第六纵集中第十六、第十八师共6个团的兵力实施强攻，击落飞机 1 架，控制吐丝口全部街区 2/3 的地区，将守军压缩到东北关帝庙一隅。激战到 22 日黎明，第六纵攻城部队在狭窄的正面使用了 5 个团的兵力，情况异常危急。部队及时调整部署，准备强力攻坚。22 日上午，吐丝口残敌数次向第六纵既得阵地反扑，双方形成对峙之势。

王必成回忆："22 日中午，从华野发下的紧急通令中得知，敌酋李仙洲率第七十三军、第四十六军共 5 个师，企图放弃莱芜向北突围逃窜，令我纵在攻击口镇的同时，派出一部兵力在口镇以南堵击敌人，协同兄弟部队将突围之敌全部围歼于运动之中，不使一个漏网。"第六纵遂调第十八师于当日下午进至吐丝口以南，布置钳形阵地，严阵以待堵击莱芜北窜之敌；第十六、第十七师于黄昏后继续攻击吐丝口之敌，并随时准备参加围歼莱芜北窜之敌的战斗。但因攻击面太过狭窄以及敌人的火力压制，最终未能彻底歼灭残存守军。

巧布口袋阵　活捉李仙洲

战至 22 日，战况已趋明朗。华野首长察觉到莱芜守军有向北突围迹象。实际上，此前一天，感到战况不对的王耀武，即电令李仙洲迅速向明水方向突围。为此，华野指挥部紧急调整部署，以第一、第七、第二纵队组成西突击兵团，以第四、第八纵队组成东突击兵团，以第六纵队主力继续攻歼吐丝口之国民党军，抽一个师于吐丝口以南布防，堵击北窜之国民党军。进一步察明李仙洲突围部署后，华野指挥部遂将计就计，在莱芜、吐丝口之间布成南北长 30 里、东西宽 10 余里的袋形阵地。23 日上午 8 时，李仙洲部在近 20 架飞机掩护下向北突围，预伏的第一、第七、第四、第八纵队将李仙洲集团 4 万余人包围在东西六七里，南北十几里的狭长地区。下午 1 时，华野部队全线出击。李仙洲部如"堕入陷阱的老虎，乱窜乱撞"，指挥系统完全混乱，几万人的部队搅成一团。尽管蒋介石派出了飞机，指挥空军集中全力掩护部队北撤，但由于其队形密集混乱，“人马互相践踏，车辆拥挤不堪”，仍无济于事。15时，国民党第七十三军军长韩浚率千余人，冲开第六纵十八师五十三团和五十四团结合部的小洼村防线，向东北逃窜，被第九纵队截歼，韩浚被俘。24日，李仙洲被第八纵队第二十四师活捉。

隐形将军韩练成

莱芜战役的顺利进行，除了华野首长的运筹帷幄、解放军指战员的英勇奋战，还与一个人有着重要的关系。这个人就是被称为“隐形将军”的韩练成。

韩练成（1908—1984），宁夏固原人，曾用名韩圭璋，原国民党军高级将领，中共深入龙潭虎穴的四大传奇将军之一，是被蒋经国称为在“总统身边隐藏时间最长、最隐秘的隐形将军”。

莱芜战役打响之前的2月9日，在莱芜、新泰地区进行敌前侦察的华野司令部侦察科长严振衡，与华东军区派到桂系第四十六军的杨思德（化名李一明，公开身份是军长韩练成的秘书）相遇，获取了北线国民党军的作战部署。陈毅、粟裕听取严振衡的汇报后，决定让严振衡通过李一明转告韩练成：打李仙洲集团时，将不打第四十六军，但一定要把部署和行动提前告知，免得打错。如此，华野与韩练成取得联系。战役期间，韩练成按照约

韩练成

定迟迟不进，为华野北上集结争取了时间。李仙洲部署撤退突围时，韩练成坚持要有一天的准备时间，又为华野布置口袋阵争取了时间。在李仙洲按照原定计划准备突围的关键时刻，韩练成与杨思德提前离开部队，藏于莱芜城东关一家饭店后院内，放弃指挥。李仙洲为寻找韩练成不得不将原定早6点突围的时间拖至8点，再次为围歼李仙洲集团创造了战机。1948年，韩练成脱离国民党部队，1950年加入中国共产党，1955年被授予中将军衔，曾任兰州军区第一副司令员，甘肃省副省长。

莱芜战役，华野以伤亡8800余人的代价，歼李仙洲兵团指挥所、两个整编师（军）及所辖6个旅（师）等5.6万余人，俘李仙洲等高级将领15人。连同南线及胶济路沿线作战，共歼敌7万余人。战役胜利结束当天，中央军委即致电陈毅、粟裕、谭震林："今日接陈粟谭梗日十八时电悉。李仙洲五万人被歼极为欣慰，全体将士应予嘉奖。"

为配合华东作战，晋冀鲁豫野战军向陇海南北地区出击，连克拓城、鹿邑、亳县、杞县、太康、睢县等10余座城镇，又以一个纵队攻击聊城，一个纵队钳制豫北国民党军，有力地策应了莱芜战役作战。

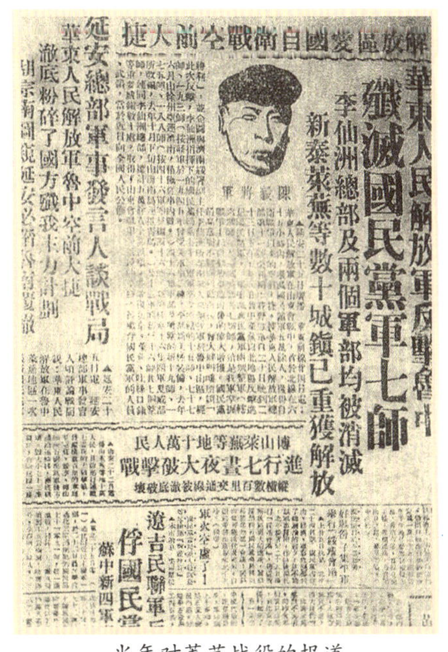
解放區愛國自衛戰空前大捷

華東人民解放軍反擊魯中

殲滅國民黨軍七師

李仙洲總部及兩個軍部均被消滅

新泰萊蕪等數十城鎮已重獲解放

陳毅將軍

延安總部軍事發言人談戰局

華東人民解放軍魯中空前大捷

澈底粉碎了國方殲我主力計劃

博山萊蕪等地十萬人民

進行七晝夜大破擊戰

縱橫數百里交通線被澈底破壞

当年对莱芜战役的报道

莱芜战役后，华野乘机扩大战果，先后收复博山、淄川、明水、邹平、益都等县城，以及周村、张店等重要城镇数十处，胶东部队发起以攻歼岞山庄车站国民党军为中心的胶济路东段作战，收复高密、胶县，占领胶济路东段 200 里的铁路线，渤海、鲁中、胶东解放区连成一片。

莱芜战役的胜利，粉碎了国民党全面进攻的战略部署，加剧了国民党内部的矛盾，参谋总长陈诚被降职，徐州绥靖公署被撤销。

人民战争为人民，人民战争靠人民。除了全体官兵奋勇杀敌英勇参战，解放区人民大力支前、无私奉献的付出和牺牲是莱芜战役取得全面胜利的关键因素。他们用生命和鲜血谱写了一曲曲激动人心的华丽乐章，是最朴实但却最伟大的英雄。

（孙希江）

电影《红日》原型
——孟良崮战役

沈振新、梁波、刘胜、石东根，这些名字熟悉吗？这些生动可爱的银幕形象，您还记得吗？读过小说《红日》，以及看过战争史诗影片《红日》的人，对上述人物形象，一定不会陌生。小说和电影，反映的正是人民解放军自苏北北撤山东，鏖战孟良崮的战斗经历。

“玩龙灯”中寻战机

1947 年 3 月，蒋介石为解决进攻兵力不足的问题，放弃全面进攻计划，改以陕北和山东解放区为重点，实行被称为“双矛攻势”

孟良崮战役遗址

的重点进攻，而对其余战场采取守势。蒋介石盘算，共产党在关内有 3 个重要根据地，即以延安为政治根据地，以沂蒙山区为军事根据地，以胶东为交通供应根据地。因此，对这几个地区，必须坚持“犁庭扫穴，切实攻占”。由此，蒋介石制订了一套所谓先占延安，次取胶东，进而集中力量攻占沂蒙山区，随后北渡黄河“肃清”华北，最后集中兵力转向东北的计划。

为了实施对山东解放区的重点进攻，国民党对指挥系统进行了改造，决定撤销徐州、郑州两个绥靖公署，成立陆军总司令部徐州司令部，委任陆军总司令顾祝同坐镇徐州，统一指挥原徐州、郑州两个绥靖公署的部队。同时，将王敬久兵团由冀鲁豫战场调至山东，将整编第三十一师、整编第七十四师以及第五军都部署在山东战场，并以这 3 个主力部队为骨干，组成 3 个机动兵团，担任主要突击任务，由汤恩伯、王敬久、欧震分别指挥，以弧形向鲁中地区推进。国民党的战略意图是：迫使华东解放军在沂蒙山区与之决战，或逼迫华东解放军放弃沂蒙山地区，北渡黄河，从而占领整个山东地区。

对于国民党的企图，党中央、毛泽东早有预见。1947 年 3 月 6 日，毛泽东在给华野的电报中特别指出：“至下一步行动，目前可从几个方案考虑，待敌情发展再行决定。但考虑行动应以便利歼敌为标准。不论什么地方，只要能大量歼敌，即是对于敌人之威胁与对于友军之配合，不必顾虑距离之远近。……对敌津浦集团北进不要阻止，让其进至泰安一线，于我最为有利。”遵照中央指示决定，华东局要求各级党委加速土地改革的进程，深入发动群众，积极参加自卫战争，抓紧时间开展生产运动，确保完成支前任务。华野前委和华东野战军也迅速作出了全军集中在胶济铁路两侧、淄博地区休整的决定。华野前委在淄川大荒地召开了高级干部会议，决定继续贯彻落实“鲁南会议”精神，尽快完成整编工作任务。

3月下旬，国民党军开始向华东野战军展开进攻。华野领导根据双方态势，制订了“歼灭国民党军第一兵团大部于临沂、郯城地区”的作战计划。华野各部在新泰、蒙阴、青驼、葛沟、十字路一线待机，力求在运动战中消灭其有生力量。这次国民党吸取李仙洲部被歼灭的教训，3个兵团采取加强纵深、密集靠拢、稳扎稳打、逐步推进的战法，由南至北向鲁中地区全面推进。其间，华野多次下定歼敌决心，5次作了部署，并于4月22日至5月1日发动泰（安）蒙（阴）战役，取得歼第七十二师（欠1个旅）等胜利，但一直未能寻找到有效战机。

形势多变，战局多变。打不打？怎么打？选择什么样的战机？

5月5日后，国民党军开始实施“拉网”战术，企图逼迫华东野战军主力退出山区，退至胶东、渤海狭窄地带，以达围歼之目的。中央对此高度重视，多次电示陈毅、粟裕：“敌军密集不好打，忍耐待机，处置甚妥。只要有耐心，总有歼敌机会。你们后方移至胶东、渤海、胶济线以南广大地区均可诱敌深入，让敌占领莱芜、沂水、莒县，陷于极端困境，然后歼击，并不为迟。惟（一）要有极大耐心；（二）要掌握最大兵力；（三）不要过早惊动敌人后方。因此，请考虑一六两纵是否暂缓南下为宜，因南下过早，敌可能惊退，尔后难以歼击，但一切由你们自己决定。”“目前形势，敌方要急，我方并不要急。鉴于青驼寺教训，尤不宜分兵，不但一六两纵不宜过早分出，即七纵亦似宜暂留滨海地区一个月左右，作为钳制之用，一个月后看情形再行南下。因此，五六两月你们除以七纵位于滨海外，其余全部似宜集中莱芜、沂水地区休整待机，待敌前进或发生别的变化，然后相机歼击。第一不要性急，第二不要分兵，只要主力在手，总有歼敌机会。凡行动不可只估计一种可能性，而要估计两种可能性，……当此时机好打则打之，不好打则以主力转入敌后，局势必起变化。”随后，华野调整了作战部署，决定：主力后撤到莱芜、新泰、蒙阴以东地区，让国民党军放胆前进，第一、第七纵队停止南下，已经南下的第六纵队隐伏于鲁南，准备配合主力作战。此后，在莱芜、新泰、蒙阴附近的各纵队继续后撤。

总的来说，在孟良崮战役正式发起以前，华野部队一直在运动中寻求有利战机，不断调动国民党军，搞得国民党军东西难分，南北张望，晕头转向，无所适从。费尽心力，却始终搞不清楚华野的军事意图。陈毅形象地用“玩龙灯”或“叫花子打狗，边打边走”来形容这种机动灵活的山地运动战。由于频繁往返，行踪不定，华野干部战士中也产生了一些思想问题和急躁情绪。针对这种情况，华野在部队中开展了卓有成效的思想政治工作。

齐进虎侦敌立奇功

我军主动后撤后，国民党方面误以为我军兵力不足、攻势疲惫，可能向东北方向的淄川、博山地区撤退。5 月 10 日，顾祝同遂电令第一兵团：“国军决跟踪进剿，进出于莒县、沂水、悦庄、淄博之线。第一兵团应于明日开始进剿，以一部控制于后方各要地，扫荡残敌。”国民党军第一兵团司令官汤恩伯马上改变之前“稳扎稳打”的战法，不待其他友邻兵团统一行动，即令整编第七十四师、整编第二十五师分别自垛庄、桃墟北上，限于 12 日占领坦埠，第七军和整编第四十八师、整编第八十三师、整编第六十五师相应行动。在整个兵团中，整编第七十四师进犯最猖狂，态势比较突出。该师依仗自己的实力，未等其他部队一起行动，便贸然前进。几乎与此同时，国民党军第七军及整编第四十八师一部已进至沂水以南的苗家曲，并有继续北犯沂水的迹象。华野前委经过研究认为，该敌身处第一兵团侧翼，较为孤立，适合歼击，遂决心以野战军主力歼灭该敌于沂水、苏村之间，并择机歼灭可能由蒙阴、桃墟等地东援的第一兵团主力一部。各纵队按照作战部署立即行动，奔赴指定地点。

提到孟良崮战役，或者说提到任何一场战争，都绕不过战场情报侦察的问题。但是，这一点，在孟良崮战役中体现得特别明显。如果掌握了敌人确凿的行动路线、准确的位置，那么对于战局的发展就是至关紧要的，一定程度上说，甚至是决定性的。这里，必须要提到著名的侦察英雄齐进虎。齐进虎，1925 年生于山东省荣成县（今荣成市）崖头镇密文村的一个农民家庭。1944 年，19 岁的齐进虎参加了村里的民兵。他认真学习军事技术，苦练杀敌本领，样样工作走在前头。1945 年齐进虎入伍后，先在崖头区中队、县独立营、胶东军区东海军分区当战士。同年 9 月，调入八路军胶东第五师通信队当战士；10 月调师侦察队当侦察兵。孟良崮战役前夕，齐进虎所在师首长指定齐进虎率领 3 名侦察员去芍药山里捕捉俘虏，侦察敌情。为了完成任务，他们只能避开敌人绕道前进。刚走了一段路，又发现正南方有敌人，只好再避。在转移中发现公路上有个敌人，行动慌张，听枪声一响立即隐蔽在路边的水沟中。齐进虎机警地向敌扑去。这个敌人被齐进虎抓住后，做梦也想不到解放军侦察员会插到这样严密的防区内，还装模作样地说："别误会，自己人，我有公事。"说着就把要送的文件拿了出来。齐进虎他们打开文件一看，原来是国民党军第五十一旅旅部送往突击大队的机密文件，齐进虎把敌人的机密文件送到师部后，这些文件都是国民党整编第七十四师的兵力部署

侦察英雄齐进虎

和作战计划。师首长如获至宝，立即报送上级。不久，威震中外的孟良崮战役开始了。齐进虎等侦察到的敌情和缴获的敌人密件对取得孟良崮战役的胜利，作出了重要贡献。

在此基础上，粟裕副司令员认为这是一个绝佳的歼敌机会，迅即向陈毅司令员作了汇报，并建议主力部队停止东移，改变原部署转而攻打第七十四师。为保证机密，华野立即停止电讯联络，通过乘车骑马等方式赶往各纵队传达命令通知开会。此时，中央电讯："敌五军、十一师、七十四师均已前进。你们须聚精会神选择比较好打之一路，不失时机发起歼击。究打何路最好，由你们当机决策，立付施行，我们不遥制。"一句"我们不遥制"，赋予了华野前委领导们充分的自主权和临场决定权，展现了毛泽东的战略眼光和伟大气魄。

在作战会议上，陈毅司令员传达了中央军委的指示，代表华野前委提出了围歼国民党军整编第七十四师的初步作战意图，并说道："当时，我们把第七十四师留在南面没有动它，是准备把猪养肥了再杀，油水会更多一点。现在，蒋介石把这只肥猪送上门来了，很好！这真是坐地等开花，财喜上门来！""这次准备围攻整编第七十四师，就是这种打法，叫做'百万军中取上将首级'。要取这个'上将首级'，就要把这个'上将'从'百万军中'剜割出来。这的确是一项十分艰巨的任务，必须经过一番苦战，一面要挡住外围敌人的增援，一面要穿插楔进分割敌人，然后围歼该敌。"

华野司令部也认真研究了歼灭第七十四师的根据和条件。首先，该敌虽为蒋军精锐主力，处于战线中央，左右援兵较多较近，但已全部展开且所处地形不利，粮弹携行量不足，且态势较为突出，与其左右友邻有一定间隙。加之该敌骄横跋扈、气焰嚣张，与其他敌军矛盾较深，便于我分割歼灭。其次，我军主力正集结在其正面，有 5 个纵队可以就近利用，围歼该敌的兵力足够，特别是隐伏在敌后的第六纵队，如隐蔽向北急进，可收奇袭和迅速切断敌人后路之

陈毅（右）与粟裕

效。而且，全体指战员情绪高涨，有必胜的信心。再次，该地系我鲁中解放区腹地，群众条件极好，民兵组织坚强；地区多山，地形复杂，山路少而窄，便于我隐蔽集结，寻隙穿插，而不利于敌辎重装备部队运动，是我最理想的歼敌战场。最后，歼灭该敌，对震撼敌军，沮丧敌士气，鼓舞我军斗志，以及转变华东战局，将起到重要作用。

就这样，一场“歼灭第七十四师，活捉张灵甫”的好戏即将上演。

急织罗网合围张

歼灭整编第七十四师之决心既下，华野司令部及时拟定了孟良崮战役的整个部署。鉴于国民党军整编第二十五师距整编第七十四师较近，遂决心连同整编第二十五师一起歼灭。战役发起时间，预定于 5 月 13 日黄昏。司令部要求，在战役发起时，首先以第一、第八两个纵队抄袭敌后，待这两个纵队完成迂回任务，第四、第九纵队再行出击。各部立即派出侦察部队，掌握敌情变化；派出参谋人员，与友邻部队取得联系，互通情报，以求协同作战。为确保战役胜利，华野前委在开战以前又对战略部署作了 3 次调整，同时进行了政治思想发动。中央高度关注战场局势，在战役打响之后，中央军委、毛泽东指示华野：“不要贪多，首先歼灭整编第七十四师，然后再寻战机。”

12日晚，国民党军第一兵团司令官汤恩伯又一次向各部队下达了具体作战计划。按照第一兵团的命令，国民党军第一兵团各部于13日晨分头行动。整编第七十四师向马山、桃花峪、大崮等地发起猛烈攻击，直取坦埠。经过一天一夜激战，整编第七十四师只占领了几个山头，被我华野九纵牵制住，我华野主攻部队借此机会进行了穿插楔进、分割包围。

13日17时，孟良崮战役开始了。14日拂晓，国民党军第一兵团仍按计划分头行动。整编第七十四师向正面发起进攻，并且准备首先攻下坦埠后再挥师向东，配合第七军攻占莒县。此时，我华野正面部队根据穿插部队已经楔进两翼纵深的情况，开始出击。上午，整编第七十四师方才判明华野的真实意图，因而决定“转移师之主力于孟良崮附近”。由此，整编第七十四师忙以第五十七旅断后，其他部队纷纷向孟良崮、垛庄方向溃退。

两翼穿插部队能否按计划完成任务，是华野前委最担心的问题。战斗开始不久，粟裕副司令员就对一纵下达了穿插楔进、分割包围的任务，提出要认真寻找敌人空隙，向敌人纵深楔进；向八纵司令员提出在向正面敌人进攻的同时，以一个较强的师寻机向敌纵深挺进以抄袭敌人后路，顺利完成分割包围任务。整编第七十四师在向整编第二十五师靠拢不成、向南突围无望的情况下，被迫退向孟良崮山地附近。

经过几个小时的激烈战斗，八纵第二十三师第六十七团消灭了国民党军整编第八十三师第十九旅第五十七团，攻下了万泉山，不但完全切断了整编第七十四师与整编第八十三师的联系，而且封闭了整编第七十四师东南方向唯一的退路。

这里，必须要提一提华野六纵。对国民党军整编第七十四师，六纵并不陌生。早在1946年10月，六纵在涟水城外阻击整编第七十四师的进攻，歼灭了几千人。第二次涟水战役时，担任阻击任务的六纵因兵力悬殊，付出了较大代价。六纵的干部战士见此场景，对整编第七十四师的憎恨有增无减。但是，在孟良崮战役前夕，在原拟围歼国民党军第三兵团整编第十一师的作战计划时，六纵突然接到撤围的命令，因此向鲁南挺进，后隐伏于鲁南，准备配合主力作战。12 日中午，华野前委电令六纵，立即兼程北上，迅速抢占垛庄，切断整编第七十四师的退路，并对其实施围歼。六纵于 14 日早晨到达垛庄西南的观上、白埠地区，标志着华野对国民党整编第七十四师的包围态势基本形成。六纵的第一步计划是攻占垛庄。因为垛庄是国民党军进攻沂蒙山区的交通要道和后方补给基地，是国民党军重点设防并守备的地区。后来，华野第一、第六、第八纵队打通了联系，完全封闭了合围口。国民党军整编第七十四师及整编第八十三师的第五十七团，全部被合围在五二〇高地、五四〇高地、孟良崮、雕窝、芦山一带山地。

蒋介石对战场形势作出了错误判断，命令距孟良崮较近的 10 个整编师迅速向整编第七十四师靠拢，对华野主力形成反包围，拟采取内外夹击的办法合歼华野于蒙阴以东、汶河两岸地区。

华野第一、第六、第八纵，除担负主攻孟良崮的任务之外，还承担着阻击国民党军整编第二十五师、整编第八十三师、整编第六十五师等各路援军的任务。华野八纵在穿插楔进国民党军整编第七十四师与整编第八十三师之间，完成包围整编第七十四师任务的同时，命令第二十二师及第二十三师一部阻击国民党军整编第八十三师。14 日，鉴于国民党军整编第十一师可能增援孟良崮的情况，粟裕命令三纵“务必要占领常路及两侧山地，截断新泰至蒙阴公路，阻敌南援”。同日，华野七纵主动向第七军、整编第四十八师发起攻击，“以主力部队积极攻击敌人的侧后，使敌人不能前进、也不敢前进，不得不仓促应付我之攻击”。战役期间，各级地方武装及联防民兵加强攻势，以各种方式阻击、牵制国民党军，有力支援了野战军主力部队作战。

15日拂晓后，华野加强了攻击力量。下午1时发起总攻，野战军主力部队从四面八方向整编第七十四师展开猛攻。这一天，焦急万分的蒋介石亲自到徐州督战。困守孟良崮后，整编第七十四师曾组织了几次突围，但均被堵回孟良崮山地。此时，国民党的增援部队在蒋介石、顾祝同、汤恩伯的严厉命令下涌向孟良崮。华野东西两面阻击部队“森严壁垒，众志成城”，勇敢顽强地打击增援的各路国民党军。

16日，孟良崮战役结束。是役全歼国民党军整编第七十四师及整编第八十三师第五十七团。加上国民党军整编第十一师、整编第二十五师、整编第四十八师、整编第六十五师、整编第八十三师、第五军、第七军的8000多人，共毙、伤、俘国民党军32676人。整编第七十四师师长张灵甫、副师长蔡仁杰、第五十八旅旅长卢醒等被击毙；少将参谋长魏振钺、少将副参谋长李运良等被俘。

粟裕在5月20日汇报会上的讲话中指出：“这个伤亡代价是值得的，我们换取了在敌人重点进攻的高峰、在敌人密集的进攻队形中歼灭其一个主力师的巨大胜利，砍掉了敌人一支最强的骨干力量。”“这次战役过程中，我们几次定下决心和变更决心，而最后决心集中全部兵力捕歼位于敌军密集队形中央的王牌第七十四师于孟良崮地区，是很不容易的。充分体现了歼敌决心的坚定性和战术的灵活性，这要归功于中央军委、毛主席的正确领导，也是陈总创造性地运用毛泽东军事思想和积极贯彻诱敌深入、在运动战中速决歼敌方针的又一杰作。”

（孙希江）

揭开人民解放军战略进攻序幕的鲁西南战役

1947 年 7 月 14 日，晋冀鲁豫《人民日报》发表了新华社记者李普采写的报道《横渡黄河即景》。报道中有这样的文字：“解放军就是这样在五分钟之内粉碎了为蒋介石吹嘘的黄河天险等于四十万大军的神话。当记者和水手们谈起蒋介石的这个神话时，他们都莫不哈哈大笑。”那么，令这些水手们哈哈大笑的，是什么事情呢？这就是揭开了人民解放军战略进攻序幕的鲁西南战役。

位于山东省金乡县羊山革命烈士陵园内的刘邓群雕

“黄河战略”与“哑铃”战术

解放战争进行一年后，这场由国民党蒋介石集团挑起的战争，形势发生了有利于我而不利于敌的变化。国民党军队的总兵力已由战争开始时的430万人减少到373万人，其中正规军由200万人减少到150万人。由于大量兵力深陷在山东、陕北战场，国民党军队在这两个战场之间的鲁西南、豫皖苏直至大别山区的兵力十分空虚，形成两头强、中间弱的哑铃状布局。而此时的人民解放军总兵力已由127万人增加到195万人，其中野战军由61万人发展到100万人以上，解放军在晋冀鲁豫、晋察冀、东北等战场转入局部反攻。

战争进行到第二年，国民党统治集团继续向山东和陕北解放区实施重点进攻，力求迅速结束这两个地区的战事，再转用兵力于其他战场。对于山东战场，蒋介石的意图是“迫使华东陈粟部退至胶东狭窄地带西消灭之，以解除对京沪的威胁”。为达此目的，蒋介石打起了黄河的主意，决定把黄河水引入故道，认为“把黄河水调动起来，足可以抵挡四十万大军的防守”，意图将刘邓大军隔于黄河北，伺机聚歼。实际上，黄河归故问题由来已久。1938年6月9日，为了阻滞日军前进，蒋介石下令炸开郑州东北花园口黄河大堤。1945年冬，国民党政府决定堵复花园口决堤之门，让黄河水重归故道，从山东流入渤海。国民党当局的这个决定，表面上是为了解除豫皖苏黄泛区人民的灾难，实质上是阴谋以水代兵，淹没和分割冀鲁豫和渤海解放区，配合国民党军向解放区进攻。1947年3月上旬，蒋介石批准了国防部和参谋总部拟定的军事方案，即所谓的“双矛攻势”，对陕北和山东两个解放区实行重点进攻。为配合重点进攻，实施“黄河战略”，指望以黄河天险来代替“四十万大军”，阻挡解放军的南进，利用黄河从陕北到山东所构成的“乙”字形防线将华北解放军聚歼于“乙”字形弧内的华北平原。

为打乱国民党的战略部署，1947 年 1 月中旬，中共中央开始谋划晋冀鲁豫野战军向中原出动、转至外线作战的问题。5 月至 8 月，中共中央和中央军委根据整个战局的发展状况，针对蒋介石关于将战争引向解放区，进一步破坏和消耗解放区的战略企图，以及国民党军队在南线的战略布局，先后作出了 3 支野战军采取中央突破战术，转入战略进攻的新的部署。其中，由刘伯承、邓小平率领的晋冀鲁豫野战军 4 个纵队计划在长江以北的鄂豫皖边地区实施战略展开；由陈赓、谢富治率领的晋冀鲁豫野战军第四纵队、第三十八军和新组成的第九纵队计划在豫陕鄂边地区实施战略展开，协助刘邓大军经略中原；由陈毅、粟裕率领的华东野战军六个纵队及特纵组成华东野战军西线兵团，并指挥晋冀鲁豫野战军第十一纵队，在豫皖苏边地区实施战略展开，配合刘邓大军南进。同时，中央还决定以华野 4 个纵队组成东线兵团，西北野战军在西线，分别在山东和陕北战场钳制敌人，以策应 3 支南进大军中央突破的行动。这样，在南线就逐步形成了“三军配合、两翼牵制、内外线密切配合”的战略进攻态势。

根据汪东兴的回忆，毛泽东对此战略的比喻是：“蒋介石两个拳头（指陕北和山东）这么一伸，他的胸膛（指中原）就露出来了。所以，我们的战略就是要把这两个拳头紧紧拖住，对准他的胸膛插上一刀！这一刀就是我们刘邓大军挺进中原。”

运筹帷幄黄河岸

在历史发展的关键时刻，晋冀鲁豫野战军（刘邓大军）承担了特殊的使命和任务，发挥了独特的作用和价值，留下了浓墨重彩的一笔。此时，蒋介石集团正在为刘邓大军是西窜还是东进而揣测不已，却没有料到，此后不久，一把钢刀将插进他们的心脏。

凡事预则立。1947 年 2 月 10 日，刘邓指示建立黄河河防指挥部，指挥部设在孙口。随后，在临濮至东阿 150 多公里的黄河地段上，选择了 7 处主要渡口，每个大队为一处，每处五六百人左右。3 月，冀鲁豫行署向各县下达了《关于封购各村大树用以造船的紧急通知》，由此掀起了轰轰烈烈的造船运动。同时，还对船工进行了政治教育，举办了军事和渡河技术训练班。部队进行了形势任务、新区政策教育，在部队开展了查思想、查政策、查成分的“三查”运动。部队整训期间，编组了新的野战军纵队。整编后，晋冀鲁豫野战军下辖 5 个纵队：第一纵队司令员杨勇，政委苏振华，下辖第一、第二、第十九、第二十旅；第二纵队司令员陈再道，政委王维纲，下辖第四、第五、第六旅；第三纵队司令员陈锡联，政委彭涛，下辖第七、第八、第九旅；第六纵队司令员王近山，政委杜义德，下辖第十六、第十七、第十八旅；第四纵队司令员陈赓，政委谢富治，在太岳地区牵制敌人。

当时，鲁西南地区国民党军的态势是：国民党军队的主力正集中于山东和陕北两翼作“重点进攻”，鲁西南及其附近之敌均处于防御态势，企图依仗黄河天险阻止刘邓大军南进。从开封至东阿的 250 公里黄河防线，仅有国民党军第四绥靖区刘汝明的整编第五十五师、第六十八师共 6 个旅，结合地方团队防守。鲁西南外围的情况是：东面，敌第二十绥区 2 个旅防守东阿至长清一线，第七十师 2 个旅位于嘉祥一带机动；南面，豫皖苏地区有敌 4 个半旅；西面，豫北地区有王仲廉集团 9 个半旅。刘伯承司令员将蒋介石的重点进攻比喻为“哑铃”战术，蒋介石的黄河防线好比哑铃的把子，刘邓大军的任务就是要突破敌人的防线，打断它的哑铃把子，把子断了，两头的哑铃砣就不起作用了。刘邓大军还设计了“明修栈道，暗度陈仓”的战术，即将十几万大军集中在身边，进行渡河的准备工作，让太行、冀南军区部队伪装成主力，在豫北发起攻势，同时以豫皖苏军区部队向开封以南地区佯动，以转移敌人视线。

6 月 22 日，刘邓发布强渡黄河，实施鲁西南战役的基本命令。刘邓设计的声东击西策略果然奏效，我方截获的敌方情报证实了这一点。是月下旬，冀鲁豫军区接到晋冀鲁豫军区首长发出的秘密命令，要求独立一旅先行渡河，在黄河南岸向敌出击，以牵制沿岸守敌，分散敌对河防的注意力。26 日，刘邓下达了晋冀鲁豫野战军鲁西南战役作战命令。30 日夜，正式发起渡河作战。4 个纵队的 12 万大军在临濮集至张秋镇 150 公里宽正面上，选择敌防御的侧翼和结合部，从 8 个地段上发起渡河作战，当夜黄河防线即被我军突破，从而拉开了鲁西南战役的序幕。

郓城定陶展雄风

得知黄河防线被突破，蒋介石大惊失色，匆忙自豫北、豫皖苏抽调第三十二、第六十六、第五十八 3 个整编师和第六十三师的一五三旅，在王敬久指挥下，从陇海铁路分东西两路北援，企图将我军消灭于黄河和运河交叉之三角地带，或将其重新逼过黄河以北。

怎么办?

刘邓综合分析各方面情况，决定将计就计，采取“攻其一点（郓城），吸其来援（金乡），啃其一边（定陶），各个击破”的战术，果断决定首先歼灭郓城和西路弱敌。这一任务由一纵和冀鲁豫军区独立旅来完成。

杨勇和苏振华率一纵日夜兼程，于 7 月 2 日到达郓城外围。郓城古城位于黄河南岸和大运河交叉的三角地带。四周有高达 7 米、宽约 3 米的砖质城墙和坚固的 4 个城门。敌人在城墙和城内各主要路口筑有大量地堡，形成以城垣为依托，火力点和副防御相结合的多层次防御体系。7 日夜 20 时，一纵以多点突破的手段对郓城守敌发起总攻。参战部队作战勇猛，密切协同，大胆穿插迂回，一夜激战，全歼守敌 1.5 万余人。10 日夜 21 时，六纵总攻定陶。十六旅、十八旅分别由东、北两面发起攻击，十七旅在城西、城南聚歼逃敌。最终攻下敌人负隅顽抗的最后堡垒——天主教堂，全歼守敌六十三师之一五三旅 4000 余人。11 日，刘邓向中央军委及陈粟等通报首战郓城的情况和经验。

血染红旗六营集

7 月 10 日，在定陶告捷的同时，国民党军东路援军之第七十师师部及一四〇旅、一三九旅（缺 1 个团），第三十二师师部及一四一旅、一四九旅，第六十六师师部及十三旅、一八五旅，分别进至金乡县西北至巨野县东南一线。七十师在北边的六营集，三十二师在中间的独山集，六十六师在南边的羊山集。各师彼此间隔十余公里，摆成了一条断断续续的一字长蛇阵，此为兵家之大忌。刘邓首长根据中央指示及战局变化，不给敌人调整部署的时间，连续作战，斩断敌之长蛇阵，迅速扩大战果。

13 日，各纵队按预定计划，迅速完成了对国民党军的分割包围。王敬久发现其 3 个师（七十师、三十二师、六十六师）被分割包围后，先令七十师向南，六十六师向北，靠拢居中的三十二师。后又改令三十二师向北接应七十师，会合后一起向南靠拢六十六师。14 日，国民党军三十二师由独山集、鹿湾向西北方向突围，仓皇向七十师靠拢。一纵抓住此机会立即以十九旅附骑兵团予以追击。同时，六纵主力赶至六营集以西之薛扶集，配合一纵对六营集紧缩包围圈，准备当晚发起总攻，将其一举全歼。为避免国民党军作“困兽之斗”，一纵决定采取诱敌突围策略，采取“围三阙一”打法，纵

解放军战士在阵地上

敌向济宁方向突围，于运动战中将其歼灭。至 15 日 8 时结束战斗，全歼敌三十二师、七十师共 1.9 万余人，取得了六营集大捷的彻底胜利。

狼山战捷复羊山

“六营集战斗之后，全纵队集结于巨野之姚官屯、土山集、狼山屯、戴店、三官庙地区，整顿组织，调配武器。此战役俘获甚多，增强了步兵与炮兵之火器准备，部队人员足额，士气更为昂扬。”国民党军三十二师、七十师覆灭后，在敌人的这条长蛇阵上，只剩下蜷缩于羊山集的六十六师一个半旅了。这个师装备精良，战斗力较强。羊山集是一个有 1000 多户人家的大镇。镇北起伏 2.5 公里的几个山头，像一只头东尾西的卧羊，故名羊山。羊山集坐落在最高的山头“羊身”山脚下。北面靠山，三面环水，易守难攻。敌除控制“羊头”“羊身”“羊尾”各制高点外，还派兵一部扼守在西北 1 公里外的葛山，力图凭险死守待援。

13 日晨，对羊山形成围攻之势后，刘邓决定二纵从西南，三纵从东面，冀鲁豫军区独立一、二旅在羊山南面的万福河打援，共计使用 7 个旅的兵力，攻击国民党军整编第六十六师。按作战部署，二纵攻“羊尾”，三纵攻“羊头”。自 14 日对羊山集包围之后，人民解放军先后 3 次对守敌发动进攻，但均未能奏效。此时大雨滂沱，整个羊山集一片汪洋。为挽救危局，蒋介石急令调兵遣将驰援羊山集，令王敬久就近率五十八师及六十六师之一九九旅，由金乡北渡万福河，解羊山集之围。围绕万福河，敌我双方展开了激烈的战斗。

23 日，中央军委致刘邓等的电报指出：“刘邓对羊山集、济宁两点之敌，判断确有迅速攻歼把握，则攻歼之，否则立即集中全军休整十天左右，除扫清过路小敌及民团外，不打陇海，不打新黄河以东，亦不打平汉路，下决心不要后方，以半个月行程，直出大别山，占领大别山为中心的数十县，肃清民团，发动群众，建立根据地，吸引敌人向我进攻打运动战。”刘邓作出了不放过战机，迅速全歼羊山之敌的决定。27 日夜，对羊山集发起总攻。经过苦战，羊山各制高点全部为我军夺取，敌人全部被压缩于羊山集村内。次日，战斗

晋冀鲁豫野战军士气如虹

胜利结束，全歼国民党军六十六师师部及十三旅、一八五旅旅部，共计 1.42 万余人。至此，为时 28 天的鲁西南战役胜利结束。战役期间，我太行和冀南军区部队、豫皖苏军区部队，以及华东野战军之一部均采取积极行动，有力配合了刘邓大军的作战。刘伯承后来说：“1947 年夏鲁西南战役是我们一次得意之作。”

29 日，中共中央通令嘉奖刘邓大军，电称：自卫战争第二年第一个月作战，除山东及各战场均歼灭敌人一部外，我刘邓军自 7 月 1 日到 7 月 28 日，在郓城、巨野、定陶地区以连续不停作战，歼灭敌人正规军 9 个半旅及 4 个师部，毙伤俘敌 5 万余人，战绩甚大，特此通令嘉奖。

但是，此时的陕北却极其困难。这从 29 日中央军委致刘邓等的电报中可以看出：“现陕北情况甚为困难（已面告陈赓），如陈谢及刘邓不能在两个月内以自己有效行动调动胡军一部，协助陕北打开局面，致陕北不能支持，则两个月后胡军主力可能东调，你们困难亦将增加。”刘邓大军审时度势，通观全局，根据中央军委之前确定的战略方针，命令部队提前结束修整，直出大别山，在大别山建立根据地，吸引敌人的进攻，在运动中歼灭敌人。与此同时，中央命令华野主力一部及晋冀鲁豫野战军太岳兵团采取相应行动，由东西两翼掩护刘邓大军从中央突破。经过准备，刘邓大军于 8 月 7 日黄昏开始兵分三路直插大别山。17 日晚，部队到达黄泛区，随后渡过沙河，经过汝河之战，跨越淮河，先于敌人进入了大别山。30 日，毛泽东接到刘邓“我军已胜利完成渡过淮河”的电报，忍不住对周恩来、任弼时发出“我们终于熬出来了”的感叹。

鲁西南战役，在中国人民解放战争的历史上写下了光辉灿烂的一页。

（孙希江）

“打进济南府，活捉王耀武”
——济南战役

在波澜壮阔的人民解放战争中，有一场战役，对于整个战局的发展变化起到了特殊的作用，以至于当时的新华社社论评价说：“这个伟大的胜利，不但使国民党反动派及其美国主人目瞪口呆，甚至全国的人民也因为它的意外的迅速而惊异。”这场战役，就是济南战役。

大战前夜势如弓

人民解放军在转入战略进攻的一年中，共歼灭国民党军队152万人，收复和解放拥有3700万人口的15.6万平方公里土地和164座中、小城市，为进行战略决战创造了有利条件。到1948年6月，国民党不得不放弃“分区防御”改为“重点防御”，其5个战略集团被分割在西北、中原、华东、华北、东北5个战场，相互之间难以形成配合，颓势更加显著。随着军事形势的日趋不利，国民党政府的统治危机愈加严重，国民党统治集团的内部矛盾进一步激化。

1947年底，毛泽东指出：“中国人民的革命战争，现在已经达到了一个转折点。这即是中国人民解放军已经打退了美国走狗蒋介石的数百万反动军队的进攻，并使自己转入了进攻。”1948年4月潍县解放以后，国民党在山东的“重点防御”变成固守“一线三点”（一线为津浦铁路，三点为济南、兖州、青岛）的防御。兖州攻克后，济南周围300公里左右的地区全部被人民解放军控制。

蒋介石深知济南的战略位置和战略价值，因此格外重视济南在战略防御中的作用。1946年1月间，蒋介石先后将五十四军、四十六军、七十三军开到胶济路沿线，让王耀武率11万重兵驻守，并在日伪原有工事的基础上构筑了支撑点式的半永久性防御体系，由外围防御地带（警戒阵地和主阵地）与基本防御地带（商埠阵地、外城阵地、内城核心阵地）构成。蒋介石同时将徐州“剿总”的3个兵团17万机动兵力置于商丘、蚌埠等地，企图在兖州、济宁间击破华野主力；此外，还准备了162架战斗机、41架轰炸机待命驰援济南。

根据王耀武的回忆，莱芜战役以后，蒋介石怕解放军乘胜攻占济南，在军事、政治上受到严重影响，因而张皇失措地飞到济南，亲自指示他布置防务，研究如何守住济南，并对他说：“济南在军事、政治、地理上都很重要，如发生问题，你要负责。”1948年5月15日，王耀武乘飞机到南京面见蒋介石，向他报告军事情况并建议放弃济南，将在济南一带的军队撤至兖州及其以南地区，与徐州一带的部队连成一片，巩固徐州至兖州的铁路交通。蒋介石态度很强硬，要求“从大处着眼”，“必须确保济南，不能放弃”，守住济南就能稳住华北局势。无奈，王耀武怏怏不快回到济南，研究如何确保济南这座“完全陷于孤立”之城的问题。

未雨绸缪早动员

8月，王耀武得悉有解放军主力部队由苏北、皖北、豫东等地向山东调动，随即召集幕僚人员开会研究，综合各种情况，最终得出了“以济、青、临三处而论，当前济南遭受解放军进攻的可能性最大”。最终，王耀武判断华东野战军下一个作战目标必定是济南。

为此，王耀武命令各部队到处征工征料，大量砍伐树木，加强防御工事。王耀武对这样的部署很满意，曾对陪他视察的整编第七十三师师长曹振铎说：“这样坚固的工事，共军如想攻下一个据点，是极不容易的事，我们如再守不住，那真太无用了。”王耀武将济南分为两个守备区，东守备区由整编第七十三师、特务旅、保安第六旅等守备，以整编第七十三师师长曹振铎为指挥；西守备区由整编第八十四师、整编第九十六军独立旅、保安第四旅、青年教导总队等守备，以整编第九十六军军长吴化文为指挥；由整编第二师师长晏子风率五十七旅和十九旅及准备空运来济的七十四师为总预备队。除了在军事上积极布置以外，还执行了蒋介石的一项破坏解放区金融的密令。

在华野积极准备发起济南战役的同时，中共华东中央局及各级党组织也为济南战役及战后城市接管做了大量准备工作。其一，作了详细准确的敌情和社会情况调查。早在1945年11月，中共济南市委就组织情报部、国军部及市内地下党组织，对济南展开了全方位的调查。1948年5月后，济南市委接连发出多次通知，就全面调查济南的政治、军事、经济和文化等情况作出部署安排。经过努力，先后整理完成了几十份调查材料，编辑《济南政情通报》23期，还绘制了各种地图。其二，迅即组建接管济南的领导机构。1948年4月，潍县解放不久，华东中央局即在青州组建了中共济南市委、济南市政府、济南市警备司令部联合筹备处，对外称“青州建设研究会”，筹备接管济南的工作。不久，又成立了统一的济南市接管委员会。后来成立的中国人民解放军华东军区济南特别市军事管制委员会标志着接管济南的组织准备工作基本完成。华东中央局还决定由济南市委统一协调渤海工委、鲁西工委等各区对接济南的地下工作。其三，充实壮大接管队伍。通过有效的培训教育，提高了接管人员的政策水平，为顺利接管济南奠定了思想和组织基础。其四，发动群众参战支前。攻打济南时，成千上万的民工英勇地战斗在前线，运送粮食弹药，抢救伤员。最后，积极开展分化瓦解敌军工作。

运筹决策济南府

攻克济南的任务已经明确了，但是，对于已具有较强战斗力的中国人民解放军来说，强攻这样坚固设防的大城市，还是一个必须慎之又慎，需要反复思考并慎重决策的大问题。对于这次战役的作战方针、目的和部署等问题，军委都作了系统明确的指示。根据中央的要求，华野召开了作战会议，围绕如何把中央攻克济南的战略决策转化为详实周密的"攻济打援"计划，进行了深入研讨，后提出3套作战方案。第一套方案将重点放在打援上，集中全力转到豫皖苏及淮北路东地区作战，截断徐埠铁路以孤立徐州，努力在运动中大量歼敌；第二套方案将重点放到攻打济南上，对可能北援之敌仅以必要的兵力阻击；第三套方案侧重攻济与打援同时进行，但应有重点地配备与使用兵力。粟裕倾向于第三套方案。1948年8月10日，华野前委将3套方案上报中央军委。12日，中央军委复电："九月作战，预计结果有三种可能。第一，打一个极大的歼灭战。这即是你们所说既攻克济南，又歼灭五军等部大部分援敌。第二，打一个大的但不是极大的歼灭战。这即是攻克济南，又歼灭一部分但不是大部分援敌。第三，济南既未攻克，援敌亦不好打，形成僵局，只好另寻战机。"同时，军委还分析了第三方案的弱点是"只以两纵占领飞机场，对于济南既不真打，而集中十一个纵队打援，则援敌势必谨慎集结缓缓推进，并不真援"，"在一个条件即是在使用许谭全力而不要其余各纵队参加，或者即使参加也只是个别的师，至多不超过一个纵队的条件下，我们目前倾向于攻城打援分工协作，以达既攻克济南，又歼灭一部援敌之目的，即采取你们第二方案，争取上述第二项结果。我们觉得这样做比较稳当，比较能获结果”，“你们集中六至七个纵队不但能阻住援敌于适当地区，而且能歼灭其一部分，至少能保障攻克济南。这就是我们所想的攻城打援分工协作计划”。中央提出的集中最大兵力阻援打援和真攻济南的思路，为华野前委审时度势谋划整场战役提供了明确的方向。

华野前委基于此，在山东曲阜召开了由纵队以上干部参加的作战会议，制订了攻济打援的具体作战计划。

首先，以足够的兵力攻打济南。攻城集团由许世友、谭震林、王建安统一指挥，攻城部队达 14 万之多，兵力超过守敌。参加攻城的部队有山东兵团的第九、第十三纵队和渤海纵队、鲁中南纵队（4 个团），以及外线兵团中善于攻城的第三和第十纵队，渤海军区、冀鲁豫军区的地方武装。攻城集团又分为东西两个兵团：以第三、第十纵和鲁中南纵队、两广纵队、冀鲁豫军区部队以及野司警卫团组成西线兵团，担任主攻任务，由第十纵司令员宋时轮、政委刘培善指挥；以第九纵、渤海纵队和渤海军区部队组成东线兵团，担任助攻任务，由第九纵司令员聂凤智、政委刘浩天指挥。另外，将华野指挥部警卫团和华野政治部警卫营，配属给两广纵队，负责在战役开始扫清济南外围长清地区，以减轻攻城部队的负担。以华野特种兵纵队炮兵大部配合攻城，能参战的 4 辆坦克也全部用于配合攻城。

其次，主力用于打援，确定以八个半纵队，配属特种兵纵队一部，附冀鲁豫军区两个独立旅和鲁中南军区地方武装共约 18 万人，由粟裕统一指挥阻援打援。

再次，建立了强大的预备队。攻城兵团除各纵队都建立了预备队外，还以第十三纵队作为攻城兵团指挥部的预备队，集结潜伏在济南南部。为保证打援兵力充足，华野报请中央军委批准，把苏北兵团第二、第十二纵队从苏北调至滕县及以东地区，准备参加打援，为攻济和打援取胜奠定牢固的基础。为钳制徐州地区的国民党军，华野指挥部还电令江淮军区、豫皖苏军区配合行动，破击津浦铁路徐蚌段，进逼徐州。中央军委同时电告中原解放军要拖住国民党军张轸、孙元良兵团，对济南战役进行有力配合。曲阜会议最后宣布攻城战斗拟于9月16日开始发起。31日，粟裕等向中央电告了曲阜会议的全部内容。9月2日，中央军委复电同意战役部署。

研究作战方案

实际上，要理解济南战役的作战部署，可以从9月11日中央军委给刚从胶东牙山养病归来的许世友的电报中看得更清楚：“你已到前方，甚慰。你所说的有重点地使用兵力，是正确的。此次作战部署是根据军委指示决定的，即目的与手段应当联系而又区别。此次作战目的，主要是夺取济南，其次才是歼灭一部分援敌，但在手段上即在兵力部署上，却不应以多数兵力打济南。如果以多数兵力打济南，以少数兵力打援敌，则因援敌甚多，势必阻不住，不能歼其一部，因而不能取得攻济的必要时间，则攻济必不成功。”在提到攻城部署时，军委的电报提出应分两阶段，在第一阶段应“集中优势兵力攻占西面飞机场，东面不要使用兵力，此点甚为重要，并应迅速部署”。但从济南战役的发展进程来说，原本担负助攻任务的第九纵率先突破了济南东郊的茂岭山、砚池山，让最初判断解放军主力在西的王耀武得出了主力在东的判断，扰乱了王耀武的指挥。这是怎么回事儿呢？原来，在纵队的作战会议上，第九纵司令员聂凤智提议把“助攻”改为“主攻”，经大家一致同意，所以才有了后来给东线攻城兵团和各师团下达“主攻”命令的事情。

凯歌高奏泉城新

面对解放军的攻势以及济南的紧张局势，国民党第二绥靖区下达了防守济南的命令，将济南划为东西两个守备区。自城北黄河的泺口（不含）至城南的八里洼一线以东至郭店为东守备区，由整编七十三师师长曹振铎任东区指挥官；自城北沿黄河泺口至城南八里洼（不含）一线以西至长清为西守备区，由整编九十六军军长兼八十四师师长吴化文任西区指挥官。外围独立据点的守备由保安团队担任。以五十七旅、十九旅及准备空运来济南的整编七十四师为总预备队，由整编二师师长晏子风统一指挥。守备重点置于飞机场以西以南地区。

至9月15日夜，解放军攻城部队迫近济南。西兵团于15日扫清了肥城、平阴之敌，16日拂晓包围长清，主力进至长清东南。王耀武慌忙令晏子风率预备队西援。16日夜，攻城东西兵团以猛烈的炮火同时向济南外围阵地发起全线攻击，各路解放军如猛虎下山般从四面八方扑向济南城，济南战役正式揭开帷幕。华野九纵奉命扫除了济南东部外围之敌，占领了茂岭山和砚池山，打开了济南的东大门。国民党东守备区指挥官曹振铎指挥七十三师等部反攻茂岭山、砚池山失败后，即退至马家庄阵地顽强抵抗。

西线战场，解放军17日夜全歼长清守敌，击退了晏子风的增援，并强渡玉符河防线。玉符河防线一天即崩溃。王耀武西守备区丁家山、卧牛山、簸箕山等处部队均被击溃。面对解放军强大攻势，加之前期的争取工作，王耀武西守备区指挥官吴化文率部起义。吴化文起义后，解放军迅即完全占领了包括飞机场在内的商埠以西阵地，加速向商埠区推进。此时，身陷重围的王耀武致电国防部请求突围，蒋介石则令王死守待援。王耀武无奈，只得留一个营守千佛

人民解放军突破济南城垣

山、一个团守马鞍山，以新编第二师之二一一旅、青年教导总队、保安第八旅及新编第七十四师之一七二团等防守商埠外，将主力撤入城内，绥靖区司令部也由商埠移驻城内省政府院内。感觉大势已去的王耀武此时心情极为低落，想一走了之，但由于解放军的铁桶合围，只能退回到城内继续指挥战斗。吴化文撤离阵地后，许世友命令西线集团迅速向商埠实施进攻。商埠区内的战斗，以国民党第二绥靖区司令部——邮电大楼的战斗最为激烈。22日下午，解放军彻底攻克国民党第二绥靖区司令部，全歼守军整编第七十四师五十八旅之一七二团，商埠之战胜利结束。

商埠的硝烟还没有完全散去，攻城集团即展开对外城的攻击。外城的战斗同样异常激烈，年轻的华东坦克部队也首次参与了进来。解放军各纵队突入外城后，与守军展开了激烈巷战。至23日下午，解放军全部占领外城。随后，华野攻城集团又展开了对内城的猛烈攻击。一次，两次，三次，都没有成功。到24日凌晨1时33分，第四次突击开始了。李永江、于洪铎、滕元兴等撕开了内城东南角的一个突破口，后续部队源源不断涌上城头。战后，华野九纵二十五师七十三团因首先突入内城，胜利完成上级交给的战斗任务，被中央军委授予“济南第一团”的光荣称号。同时，十三纵在西南角坤顺门的争夺也是险象迭生。激战至24日下午5时30分，解放军攻占省府，全歼内城守敌，济南战役宣告结束。

遍地皆现“王耀武”

前面提到，王耀武曾想在济南战役战斗正酣时逃脱出城，但未遂。内城形势岌岌可危的时候，王耀武又想到了这一招。据王耀武自己回忆，9月24日上午11时，他看到局势已经绝望，即派十五旅高子曰团的一个营及特务团的一部，通过北极阁出城的坑道向北突围，但受解放军的猛烈阻击，无力前进。此时的王耀武在一个小村庄里乔装打扮，向东逃去。为迷惑我方，王令跟随突围的部队向后撤退。根据寿光县公安局的报告，28日上午，潍坊寿光县公安局在仓潍公路必经之桥——张建桥上查获了两辆胶轮大车，车上拉着2个女人5个男人。经过一番盘问，这几个人的行动比较诡异。一个自称叫乔玉龙的人说车上躺着的那个男子是自己的叔父，叫乔堃（即王耀武）。经过几番审讯，情急之下的王耀武提出要见县长，并说：“我已经到了这个地步，干脆我就说了实话吧，我是王耀武呀！那几个人是我的卫士。我要找县长谈谈……”但在当时，山东省内各地出现了很多个“王耀武”。原来，这是王耀武的诡计，妄图通过制造这些真真假假的“王耀武”，迷惑我方的视线，达到顺利逃脱的目的，但终究逃不过人民战争的汪洋大海。王耀武在总结反思济南战役失败的教训时特别提到，“这次济南失守主要是士气低落，即上级长官，虽然口里不作声，也是不高兴。总之基层问题没解决，士兵们每天吃不饱、穿不暖，还能打仗吗？”“国民党老是落后，共产党老是进步，共产党进一尺，

被俘后的王耀武

国民党进一寸。我见到你们这边整风，我也叫下面整风，结果不管事。因为他们（指其下层）光说不做。另外政治、经济、文化、军事四大要素都不如你们，因此国民党不行。”

王耀武兵败之后的反思，正好可以从另一个角度证明我们党的先进性纯洁性和坚强战斗力。

（孙希江）

“胜利是人民用小车推出来的”

中国新民主主义革命的胜利，是中国共产党领导人民经过浴血奋斗得来的。那不畏艰险、一往无前的人民群众，不仅是驰骋于疆场的军队，还有为军队输送给养的普通百姓。山东1100多万人次的支前大军，就是其中一朵瑰丽之花。山东人民空前高涨的支前行动，在解放战争时期，为取得新民主主义革命在大陆的彻底胜利，提供巨大的人财物助力。就连陈毅元帅也曾激动地说：“淮海战役的胜利，是人民群众用小车推出来的！”

部队打到哪里　支援就到哪里

山东，有丰富的革命传统和文化根基。王尽美和邓恩铭两位共

运送伤员步履稳

产党人，在1921年就建立起山东共产党早期组织。遭受残酷压榨而较早觉醒的山东人民，在大革命中奋起呐喊，在土地革命中积极暴动，在抗日战争中冲锋流血，在解放战争中无私牺牲。苍茫的山东大地，铭刻着18.9万在册烈士的英名，记录着1106万人次支援前线的英勇。不计其数的无名烈士血染黄土，近百万山东青年在枪林弹雨中穿行。

战争年代，尤其是解放战争中，列全国支前活动首位的是山东人民输出的兵员和财物。有“母亲教儿打东洋，妻子送郎上战场”革命基础的山东人民，在解放战争中创造出一幅繁忙的支前景象：运粮车轮滚滚向前疾行，伤员担架匆匆向后撤退，运输民工风餐露宿日夜兼程，支前人马一片欢腾……陈毅在《记淮海前线见闻》中，用平实的语言，抒发心中的激情：“几十万，民工走不通。骏马高车送粮食，随军旋转逐西东。前线争立功。担架队，几夜不曾睡。稳步轻行问伤病：同志带花最高贵，疼痛可减退？”

说不尽的山东人民支前行动，道不完的山东人民与战场子弟兵的鱼水深情。在党的教育引导下，山东人民深深懂得，民族命运、国家命运和自己的命运密不可分。没有一个独立的国家和民族，个人就无法摆脱受三座大山压迫的悲惨境地。

有了清晰的政治认识后，山东人民就有了克服恐惧、摆脱阻力、投身斗争的勇气。

人民群众的支前足迹，踏遍各大战场。黄海之滨的波涛，微山湖畔的渔船，鲁北平原的焦土，泰沂山区的层峦，都见证过齐鲁儿女高抬的担架、运送的粮弹。一袋袋的粮食，一包包的医药，一车车的盐巴，一件件棉衣……山东人民把对国民党军队惨绝人寰暴行的愤恨，转化为义不容辞的支前行动。

“一切为了前线，一切为了战争胜利”“解放军打到哪里，我们就支援到哪里”等口号，是许多基层干部和翻身群众的真心写照。

解放战争中的山东人民，为了革命的胜利，男女老幼伴随华东、中原、东北和西北野战军辗转各个战场，足迹踏遍中国17个省市，参加的大大小小战役有几十个。整个解放战争时期，据统计，山东输送出95万多兵员，支前人数多达1100多万人次，动用的大小车辆达100多万，运送的粮食达11亿余斤。更有11万多支前的齐鲁儿女，永远地把生命留在了战场上。山东的沂蒙革命老区，根据地支前情况更是空前。解放战争时期，沂蒙地区共有人口420万，参加到支前活动中的人数达120万。还有人仅把各战役的情况统计起来，得出数据：不包括后方准备支前物资的群众，仅参加战役中支前民工的数量就多达320万人次。其中，有3万多沂蒙儿女把生命献给了全国人民解放事业。沂蒙人民为解放战争付出的代价，是无法准确计算的。

人民军队敢打胜仗，能打胜仗，所依靠的就是人民群众的无私支援。山东有着深厚的革命文化底蕴，作为老根据地有着雄厚的物质基础，党和军队做了充足的部署动员。人财物俱备，党和军队与群众心心相通、息息相关，水乳交融的纽带，把群众与党的领导和军队战斗紧紧连接起来。“山东人民用小米喂养了军队，用小车推出了胜利”，这是中国共产党对革命胜利经验的深刻总结。陈毅同志讲，“我陈毅死在棺材里也忘不了山东人民对我们的支援”，这是中国共产党人对自己根基的深刻怀念。

军民互爱一家亲

战争年代，血与火交融。山东人民踊跃的支前热情，从何而来？这个问题，恰恰是中国共产党和国民党两个政党以及两个政党率领下的两支军队，走向不同命运的原因所在。

2013年，习近平总书记会见“沂蒙母亲”王换于的孙女于爱梅等模范人物。在会见时，习近平总书记的一番话，揭示出沂蒙人民勇敢支前的原因所在，也揭示出整个山东人民配合人民军队战场作战的奥秘。他说，党和人民水乳交融，党把人民利益放在第一位，为人民谋解放，人民跟党走，无私奉献，可歌可泣啊！沂蒙精神要大力弘扬。

党把人民利益放在第一位，这就是中国共产党和党领导的军队一步一步走向胜利的根本原因。

山东，作为革命老区，早在抗日战争时期，就是八路军在战场上抗击日寇侵略的重要后方支撑。到抗日战争胜利时，鲁中、鲁南、滨海、渤海和胶东 5 个战略区，连成一片，支撑起山东抗日根据地的大好局面。在面积上，山东解放区有 12.5 万平方公里，约占全国解放区总面积的 13%；在人口上，2400 万解放区人口占全国解放区总人口的 23%；在军队人数上，山东的八路军多达 27 万人，民兵 50 万人，自卫团 150 万人。这样的革命力量规模，决定了山东在解放战争时期的地位和作用。

这些大好局面，依赖的是在战争中建立起来的党和人民军队与山东群众之间的血肉亲情。日伪的“扫荡”“清乡”，使根据地军民日益紧密地团结起来。共产党宣传群众，教育群众，武装群众。党和人民军队帮助群众发展生产，改善和提高人民的生活待遇。“三大纪律、八项注意”、拥政爱民运动、减租减息、土地改革、“吃苦在前、享乐在后”……军民一家亲，人民利益至上，给山东注入拥军支前的光荣传统。人民群众对共产党和军队的拥戴，融入为一句“我们的子弟兵”中。共产党爱人民，人民军队爱人民；人民热爱共产党，人民拥戴子弟兵。

朴实的山东人民，深深懂得共产党的恩情。共产党和人民军队坚持“发展经济，保障供给”，带领群众开垦荒地，兴修水利。1946 年，山东一部分老解放区开始土地改革。1946 年 3 月的统计显示，山东全省有 245 万难民还乡。到 1946 年 6 月，全省救济灾难民粮食700多万斤，钱款721万余元。1946年，共产党领导下的山东省政府带领群众，仅在渤海、鲁中、滨海、鲁南和胶东5区就打井6万余眼，增加土地灌溉面积85万亩，全省增产粮食8600多万斤。1947年，进行土地复查，到1948年淮海战役前，土地改革在解放区基本完成。翻身的农民，以高涨的热情，投入到生产和革命中，他们喊出“反蒋、保田、保饭碗”的心声。据不完全统计，在鲁中南区，分给贫苦农民的土地有200多万亩，胶东区有180多万亩土地分给了100多万农民，渤海区的200多万农民也获得200余万亩土地。

与此相反的，是国民党的残酷暴行。1947年，国民党军队重点进攻山东时，他们那些奸淫烧杀、无恶不作的罪行，一桩桩、一件件都埋在群众心里。“还乡团”在莱阳县屠杀3000余人；进攻鲁中南地区的国民党，仅在郯城县就活埋1400多人；在临沭县城中，两个小时奸污妇女130多名。鲁中地区15个县，国民党洗劫村庄无数，杀害和抓走的干部群众达14万人，劫掠的猪羊等牲口7万多头。国民党军队对同胞的这些滔天罪行，哪一件为天理所容?

有人说，1949年“国民党的失败和共产党的胜利，是在革命最初就已经注定的”，此话绝非虚言。

“党爱民，民爱军”，这不是一句口号，而是党和军队与人民群众之间的情感写照。“群众的眼睛是雪亮的”，国民党的失败，早已萌生在国民党及其军队的倒行逆施中；共产党的胜利，则是以山东人民为代表的中国大众，在生死关头作出的历史选择。

淮海战役打不完　咱们坚决不复员

从1945年9月到1946年6月，是山东人民对解放战争支前行动的准备阶段。这一阶段，全国范围内是国共双方谈谈打打的时期，所以战争规模不大。战场和支前动用的力量，都不是很多。山东所承担的支前工作，主要由人民武装部组织实施。支前队伍以民兵为骨干组成，担负各项战勤工作。

从 1946 年 6 月到 1947 年 1 月鲁南战役结束，是山东人民支前活动的第二阶段。这一阶段，全面内战爆发，国民党进攻重点是中原解放区。由此，山东野战军和华中野战军已开始配合作战，部队人数多达 20 万以上，物资消耗巨大，支前任务较重。其中，仅鲁南战役，出动的民工就达 60 万。此时，就需要建立专门的支前组织机构。1946 年 7 月 20 日，以冀鲁豫行署主任段君毅为司令员的后方战勤总指挥部成立，支前动员等各项工作开展起来。

从 1947 年 2 月莱芜战役，到 1947 年 7 月的南麻、临朐战役，是山东人民支前工作的第三阶段。这一阶段，山东人民的支前工作逐渐走向正规成熟。同时，随着战场形势的变化，山东支前出现新的特点。一是需要的民工增多；二是需要的物资补给增多；三是支前运输更加困难；四是支前密度加大，马不停蹄地支援，成为支前工作常态。这一时期，支前的组织机构得到健全充实。为使支前具有可持续性，陈毅给部队下达了“一面打仗，一面建设”的任务，促使军地结合，“以战养战”。这样做既保障了军队供给不断，又减轻了群众负担。

莱芜战役中民兵缴获的枪支

从 1947 年 8 月到 1948 年 9 月济南战役结束，是山东人民支前工作的第四阶段。这一时期，山东人民已经遭受国民党的洗劫，鲁中、鲁南地区甚至达到“十室九空”的程度。对此，战斗中的人民军队执行华东局的生产救灾任务，“不荒一亩地，不饿死一口人”，努力为打胜与国民党的战斗积蓄力量。山东人民在国民党的反复搜刮下，承受着夏季洪水泛滥、粮食减产的压力，在严重灾荒中节衣缩食，和解放军一起渡过难关。

从1948年11月淮海战役开始，到1949年10月解放战争结束，是山东人民支援解放战争的第五阶段。在这一时期，支前任务重大，直接影响了全国解放战争的战略决战。

淮海战役中，参与人数和所耗军资都非常巨大。在军队人数上，仅华野和中野参战部队就达23个纵队、56个师（旅），人数共计60万人。同时，淮海战役所跨地域十分辽阔，东西350公里，南北250公里。在战役的66天中，前线吃粮人数达150万人，每天的粮食和马料消耗，约要350万至500万斤。战役过程中，调运的粮食达到9.6亿斤，运输的弹药多达1460万斤。

淮海战役，共出动民工540多万人，包括随军常备民工22万人，二线转运民工130万人，后方临时民工391万人。动用的运输和交通工具也多种多样，其中，担架200多万副，大小车辆88万多辆，挑子30余万副，牲畜近77万头，船只8500多只，汽车

车轮滚滚运粮急

257辆。

支前队伍中，有许多身负国仇家恨的人，他们在支前工作中表现得尤为坚决。在面临亲人被“还乡团”杀害、家乡被国民党军队洗劫的命运时，他们集体杀鸡盟誓，甚至咬指写下血书，坚决要求参军参战，要求参加支援前线工作。

在支前队伍中，有几十万的随军民工。济南战役结束后，他们的支前服务期满，可以返回家乡。但是，这些随军民工坚决不同意复员，甚至在被送出返乡路300多里后，他们又返回部队，坚持跟随华野大部队辗转到淮海战场。在枪林弹雨中，随军民工在担架上写上他们的豪言：“淮海战役打不完，咱们坚决不复员，消灭敌人立大功，老婆孩子都喜咱！”这些朴素的语言，把善良的中国人民对和平的期盼，充分地表达出来。

支前的山东人民，不仅期望和平，他们还为了和平，冒着牺牲自己的危险来保护战士的生命。渤海第一专区担架团特等功臣李省三，一直主动组织民工到火线抢救伤员。在枪炮声中，他们一夜连续三次上火线抢运伤员，决不放弃受伤的战士。在一次抢救运输中，遇到敌伪的强烈火炮封锁。李省三趴在地上背着伤员，直到爬行出敌伪的火力封锁范围。胶东北海民工团，有4个民工在转运伤员时，遇到敌机扫射。来不及隐蔽的民工队员奋不顾身地扑到伤员身上，用自己的躯体，为伤员作掩护。他们对伤员说：“同志，打不死我就打不死你！”

随军常备民工火线入党

他们的这种牺牲精神，已经远远超越了普通支前行为，所体现的崇高精神，也达到了共产党员的标准。支前队伍的这种牺牲精神，得到了党和军队的高度认可。在战场上，随军常备民工表现突出可以火线入党。这些火线入党的民工，是用生命和鲜血书写了特殊的“入党申请书”。他们用“要为死者报仇，减人不减担架，不彻底歼灭敌人不回家”的豪言壮行，完成了特殊的“入党仪式”。

妇女撑起半边天

在解放战争的支援前线工作中，巾帼不让须眉，女性同胞同样付出了艰辛努力，作出了重要贡献。

长夜漫漫针织忙。山东各地的农村妇女，悉心为前线战士赶制衣袜。前方战场炮声隆隆，后方支援异常繁忙。“针儿细，线儿长，识字班姐妹做鞋忙。双双军鞋送亲人，战士穿上打胜仗。”

这首脍炙人口的歌谣，村里小儿都会唱。通宵达旦缝制衣服的妇女们工作起来，像战斗像比赛，没日没夜地赶制军衣。她们在鞋上绣上“将革命进行到底”“为人民杀敌立功”等字样，用各种各样的方式，使前线的亲人感受到温暖和激励。统计显示，仅胶东掖县的妇女，在半个月时间内，就赶做出军袜 12 万双；鲁中南区妇女赶做出军鞋 100 万双，极大地保障了前线战士的需要。

除了针织衣物，后方妇女还承担着为前线加工军粮的任务。为了保障战时供给，山东解放区的妇女同胞日夜劳作，成为“家家户户齐动员，男女老少忙支前”热烈场面中一道亮丽的风景。在山东滨海区，1 个月左右的时间里，数十万妇女赶办 3 批加工粮，数量多达 2000 余万斤。她们以对待亲人般的态度，加工的粮食做到“米中无糠无壳”“面中无沙无麸”。

滚动的碾子嚯嚯向前，磨盘上的粮食金灿灿。勤劳的妇女们脚下呼呼生风，把碾子推得比平常快一倍。不少妇女给自己定下任务，像南旺县郭堂村的妇女“不碾完两布袋就不睡觉”的事迹，在其他地区也多有出现。她们甚至拿出自己准备做新衣的布料，缝制成米面袋子，把粮食运往前线。文化不高、识字不多的朴实女性，懂得一个深刻的道理：“咱盖被套也能过冬，军队没饭吃无法打仗！”

支前中的女性，既有男同胞的拼劲，也有女性的细腻。在缝制米面袋子时，她们像给自己缝制衣物一样细心、认真。临邑狮杜区吕家村有一名妇女，名字叫做刘青兰。白天，她和其他妇女一样推碾子磨米磨面；晚上，她还坚持缝制米面袋子到深夜。上级为了保证袋子结实，要求每个袋子缝400到500针。刘青兰用双线蹚两遍针脚，每袋足足有700针。她怕袋子口在路上撒开，还打上“穿心结”。在她细腻的内心里，想的是“若不缝结实，路上拽破，耽误支前”的朴素道理。

山东妇女的优异表现，成绩巨大，华中六分区对她们的成果作过总结。从淮海战役打响，前后两个多月时间里，六分区的支前主

“拥军支前模范沂蒙六姐妹”中的五位在纪念孟良崮战役胜利50周年时合影

力军是妇女，全区60万妇女参加了支前生产。她们共磨麦面650多万斤、稖面1080多万斤、稖糁330多万斤，总量达2000多万斤。另外，还做鞋1.7万多双，糊鞋衬3万多张，洗衣1.6万多件，缝制衣服3.3万多件。在支前大“比赛”中，各县妇女开展了纺纱织布运动。全区有纺车1.2万余台，织机1700多架，生产的布匹全部用于支前。

除了在后方进行物资保障工作，也有妇女冲到前线。她们像男同胞一样，抬着担架在烽火硝烟中穿梭。李兰贞、淮阳四区副部长王世欣，都是女担架队员中的佼佼者。淮海战役打响后，一天，李兰贞和村里的5个人一同抬起一副担架。他们奔波400余里路，赶到前线，转运伤员。在转运时，别人是两人抬担架的一头，李兰贞自己抬一头，中途还不要别人替换。到了驻地，疲劳的人们倒头就睡。李兰贞却忙着烧水、做饭、喂伤员。一天，李兰贞发现，另外村庄的一名孙姓民工想开小差。她悄悄地走过去，对那人说：“大哥，我是妇道人，难道你还不如我吗？”那位孙姓民工听后，惭愧万分，开小差的念头，也被彻底打消了。

国民党败于人民战争的汪洋大海

解放战争的胜利，是毛泽东新民主主义革命思想的胜利，也是中国人民的胜利。人民踊跃参军，百姓踊跃支前，倒行逆施的国民党最终落得失败的下场。作为战略决战中三大战役之一的淮海战役，山东人民在战场和后方都付出了巨大代价。淮海战役期间，据不完全统计，山东出动民工218万多人，担架5万多副，大小车辆33万多辆，挑子近20万副，牲畜近18万头，船只3000多艘，汽车200多辆，调运粮食近4亿斤，柴草4亿多斤，食油近73万斤，食盐近84万斤，猪肉80多万斤。在军队军需品供应的准备和运输中，在穿过硝烟弥漫的战场的担架上，蕴含的是共产党领导的人民军队，与大胆、勇敢、富于牺牲精神的中国人民的鱼水深情，是人民子弟兵与淳朴的山东人民水乳交融的真挚感情。

“战争伟力之最深厚的根源，存在于民众之中”，山东人民用自己的行动，验证了毛泽东人民战争思想的伟大正确性，也将自己全力支援前线的历史伟绩，永远地镌刻在中华民族追求独立解放和自由幸福的历史画卷中。2013 年 11 月，习近平总书记指出，沂蒙精神与延安精神、井冈山精神、西柏坡精神一样，是党和国家的宝贵精神财富。这是对沂蒙老区人民在革命年代跟党走、听党话、为民族解放奋斗拼搏的高度认可和评价。

（刘树燕）

山东干部南下

山东南下干部，是一支特殊的队伍。他们就像一颗颗璀璨的明珠，闪耀在祖国南方大地。在浙江，在福建，在贵州，在云南……南方各地都留有山东干部传播革命精神、建设新生政权、为人民幸福和民族富强而奋斗不息的身影。

为了全国的解放，在解放战争由战略进攻转为战略决战的同时，1948年10月28日，党中央作出《关于准备夺取全国政权所需要的全部干部的决议》，要求华东等老解放区抽调干部支援新区，同时也要求华北准备干部随军南下，接管新区政权。

乘坐敞篷车南下的干部

在党中央的号召下，志在四方的齐鲁儿女，舍小家为大家，以坚定的政治原则，怀着崇高的革命情怀，背井离乡，赶赴南方，谱写了一曲家国天下的南下凯歌。

八路英豪援驰南方

近些年来，各地对解放战争时期山东派出干部数量都有过统计和研究。在浙江、福建等地的年鉴整理中，均有针对山东南下干部梳理的单独内容。根据目前统计，解放战争时期，开往南方的山东干部队伍至少有8路英豪。

第一路是晋冀鲁豫及山东南下干部支队。这一批次南下干部就是有名的“桐柏英雄”，即1947年跟随刘邓大军挺进大别山的队伍。这路英豪是晋冀鲁豫中央局根据党中央的指示，从4个地方（冀鲁豫、冀南、太行、太岳各区）抽调的1850名干部。这批南下干部中，有1450人是区级干部。近2000人中，一部分被直接分配在豫北，其余的跟随刘邓大军挥师南下。第一批南下干部，分兵向南挺进，8月底到达大别山区。在落脚地点上，这批干部有被分配到安徽金寨等县的，有被分配至江汉区鄂中分区的京山和豫东南的光山等县的，但主要人员的落脚点是大别山革命根据地新划定的4个区（豫东南、鄂皖、皖西、鄂东）。

第一路南下干部肩负的使命比较复杂艰巨，一要配合刘邓大军实现主力作战；二要开展剿匪、反霸等打击破坏的任务；三要推动地方土地改革，完成征粮征款、支援前线的任务；四要帮助完成建立地方政权并扩大革命武装等。

中共中央华东局也在山东解放区抽调了一部分干部共1000多人组成南下大队。这部分人先在渤海惠民集合受训，后南下至大别山，主要分配在豫西、陕南和江汉地区参与斗争和建设。

第二路是中国人民解放军中原支队。这一批次是1948年南下的干部，包括了几个部分，总数1万多人，曾被邓小平高度评价为“相当十万大军”。第二路南下干部主要承担的使命是前去巩固中原解放区。第二路南下干部在行进中，机智勇敢，胆大无畏。为了躲避国民党飞机轰炸，他们经常昼伏夜出，灵活应敌。行进途中，为了更好地完成党交付的任务，基本是一路行进一路培训，陈毅曾经给第二批南下干部当政治和军事学习的校长。

第二路南下干部有留在惠民地区学习的，有随西兵团去苏、皖及豫东工作的，有在陕南、桐柏、江汉和豫西地区的。在这些地方，南下干部结合当地形势，完成了粮食支前、清匪反霸以及动员参军等多项任务。1949 年 10 月，其中又有几百人分配至湖南邵阳地区工作。

第三路是华东南下干部纵队。即 1949 年成建制参与接管江南的南下干部，这支队伍由各级地方领导干部组成，称为南下“干部”名副其实。1948 年，随着济南战役拉开解放战争战略决战的序幕，党中央作出《关于准备夺取全国政权所需要的全部干部的决议》。华北、东北、华东、西北和中原 5 个老解放区理所当然成为抽调革命干部的首选之地。第三路被抽调的干部就是这样被选择的。与以往抽调工作不同的是，这批干部抽调是整建制的安排，即把干部依据来源，按照区、地、县的建制搭配好，组成完整的接管班子，然后组织南下。

整建制抽调的方法，具有鲜明的优越性，成为后来干部抽调工作的参考样板。第三路干部共抽调 1.5 万人，分期分批集结训练，华东局和山东省的领导饶漱石、陈毅以及舒同、黎玉等人都曾亲自给这些干部讲话做思想工作。第三路干部的去向比较复杂，有在浙江扎根的，有去上海接管的，有南下福建的，还有到祖国大西南的。他们多用毕生的心血，参与了地方接管和政权建设工作。

第四路是中国人民解放军第二野战军五兵团南下、西进支队。这支干部队伍包含范围较广，除了二野五兵团南下、西进支队外，还包含冀南南下的齐鲁儿女。这支队伍从 1949 年 2 月开始抽调组织，先由冀鲁豫区党委抽调各级党政军干部 3993 人，组成一个完整的外调区党委架子，对外即称冀鲁豫南下干部支队。3 月，在南下途中，队伍获得“中国人民解放军第二野战军第五兵团南下支队”的番号，并扩充至 5580 人，其中 3993 人为干部，另有勤杂人员和战士 1587

人。这支队伍的领导人员配备正规而且高级，由傅家选任司令员，徐运北任政治委员，参谋长则由万里担任。为保证队伍安全，上级还给这支干部队伍配备了9个警卫连担任警戒保卫任务。后来行进过程中，队伍又得到扩充，总数超过1万人。

这支队伍的落脚点，有4月在万里带领下去接管南京的620余人。另有一批人在赣东北建立起地方政权。7月中旬，遵照中共中央和中央军委指示，建立起西南局，邓小平、刘伯承和贺龙等人都是其中成员。8月下旬后，第四路南下支队的部分人员到达贵州，成立贵州省委，接管贵州。10月，第四路队伍中的西进支队干部总数达到1万人以上，加上勤杂人员，总数就达1.5万余人。他们分赴贵州各地市县进行接管工作，建立党政机构。在经过8000余里的长途跋涉之后，第四路南下、西进干部队伍为新区建设贡献出一生的精力。

第五路是中国人民解放军冀南南下干部支队，即山东干部南下服务团带领的“学生军”南下队伍。这支冀南抽调的队伍由各级领导班子一分为二，一半冀南区干部留原地工作，一半按照中共中央和华北局的指示南下。冀南南下干部支队于1949年春节前后抽调组成，共约4000人，内含3500名干部，另500名为后勤服务人员。3月初，冀南区全体南下干部集中起来，4月上旬启程南下。冀南南下干部的主要目的地是湖南，约2000人组建起常德地委，另1000多人组建起益阳地委。冀南南下支队历时半年多，或火车行进在徐州、蚌埠铁路线上，或轮船逆流激荡于长江中。奔波行进数千公里进入湘地，出色完成入湘支援的伟大使命。

第六路是中国人民解放军华东随军服务团。华东随军服务团是毛泽东和中央军委为使东南各省早日解放而组建，张鼎丞被任命为福建省委书记，并兼任南下服务团的团长。全团由近3000人组成，其中主要是上海知识青年，约有2400人，还有老干部200人，医务警卫等人员300人。南下服务团从1949年6月中旬开始组建，到

10月中旬建成。他们昼夜行进，经上海、江苏、浙江、江西后到达福建。

在南下服务团中，抽调的山东干部主要是来自齐东、高青、益寿三县的干部。这批山东干部先参与上海接管工作，后继续南下至福建，与华东军区卫生部抽调的50余名山东籍人员一起，共同为福建接管和政权建设作出重要贡献。

第七路南下山东干部隶属于中国人民解放军第二野战军西南服务团。西南服务团是为及早解放祖国大西南的130万平方公里土地而组建。1949年上半年，蒋介石在西南地区集结了国民党军队和地方武装90多万人，对当地人民进行盘剥，伺机反扑。考虑到国民党的企图，毛泽东在渡江战役胜利后，代中央军委起草了电报，准备以主力或全军向西南开进。

祖国西南地域广阔，需要大量干部帮助接管。这年6月11日，中共中央发出《关于布置抽调三万八千名干部问题的指示》，招收大量人员到西南工作。由邓小平建议，这支招收的随军干部队伍定名"中国人民解放军西南服务团"，总团部主任为宋任穷，总人数约为1.7万人。

西南服务团中，山东干部主要由两大部分构成：第一部分是包含3000名干部的华东支前司令部和苏南等4个前方办事处的人员；二是专门抽调的350名山东干部，其中大部分编为云南支队第六大队。西南服务团中的山东干部总数约为3000人，他们随着1万多人的大军，于1949年10月1日这个特殊的日子，离开已经解放了的大后方，向西南开拔，踏上了被邓小平称做"小长征"的漫长征途。他们最后随军落脚于云南和四川等困难之地，带着对胜利的无限期望，克服重重阻力，为接管并建设新西南，立下不朽功勋。

第八路是山东公安南下干部。山东公安南下干部主要有两部分组成，一部分是华东警官学校学员，一部分是济南市公安局干警。

这个特殊的群体，与那些本来就从事政权工作的地方干部一起，奔赴南方需要的地方，参与到当地的政权建设中去。

1948 年 9 月济南解放，次年 5 月初，中共济南特别市公安局接到华东局指示，要求抽调干部，参与接管上海警察系统。济南特别市抽调了一半的骨干，全部是来自省内各老解放区和原华中的骨干同志，准备南下。华东局社会部也抽调了一部分公安保卫干部，总计近 700 人。

1949 年 4 月下旬，在舒同任部长的华东社会部率领下，华东警官学校师生和公安干部接管上海国民党警察、特务机构。他们组建人民机关，对城市进行管理。5 月，1400 多名南下干部赶赴上海。他们奉命接管旧的警察系统，包括上海伪警察训练所、伪警察局和博物馆等。6 月，一部分南下干部在梁国斌率领下，南下福建。后又有一批人前往重庆。济南市委书记张北华还曾率领一部分南下干部到达徐州，参与接管工作。

深情洒满征途

山东干部南下过程中，最多的时间就是集结、学习、训练和行军。在动辄上千里的奔波途中，发生过不少令人感慨的事情。

纪振忠，山东籍南下干部。在 87 岁时，回忆起当年行军往事仍记忆犹新："当时湿热多雨还有鼠疫，渴了喝一口稻田里的水，条件确实很艰苦。"虽然条件艰苦，但浓浓的官兵情、真挚的战友情、深厚的鱼水情，时刻感动激励着大家。

官兵情化解离乡之愁。南下干部抽调，并非一帆风顺，实际工作中面临着很多具体的困难。被抽调干部有对父母亲人的牵挂，有对前途未卜的忧虑，也有对南方"天无三日晴，地无三里平，人无三分银"，甚至"三个蚊子一盘菜"环境的恐惧。尽管在干部抽调之

行军途中风餐露宿

初，就会对被抽调人员进行思想动员，但行进途中仍然会有这样那样的阻力，化为浓浓乡愁，萦绕在南下人员心头。

1949 年 2、3 月间，冀鲁豫南下干部支队曾在菏泽和江西等地，进行大规模集训。

3 月 5 日，在菏泽城南晁八寨的学习动员大会上，区党委书记潘复生的一句“我们学习好了，是可以少死人的”告诫，曾触动很多南下干部的内心。从当年的会议记录上看，当时的中共冀鲁豫区党委书记潘复生，针对压在南下干部心头的轻敌情绪和困惑，曾说：“现在虽然组织上准备好了，但思想上要好好地准备一下，一切准备好了我们再走，愉快地走到新区去，担任起党交给我们的光荣任务。我们学习好了，是可以少死人的。特别是部队的同志在这点上，体会是很深刻的。我们早做好了，很快就取得胜利。”

其他领导同志，如行署主任韩哲一、军区司令员刘致远、南下支队政治委员徐运北和政治部主任申云浦等人，也针对南下干部和战士在思想和作风上存在的问题，进行讲话和个别交谈。这些党和军队领导同志对普通干部和士兵的关怀，不单纯是衣食住行的叮咛，更有对人的生命价值和思想深处的高度关注。通过动员，南下干部和战士了解了南下工作的重要性，对面临任务的长期性有新的把握，从而放下了思想包袱，自觉自愿跟随队伍南下。

战友情温暖游子心田。山东南下干部一路上睡地铺，挑燎泡（脚底水泡），不惧饿肚子和气候水土的差异，彼此配合，互相照顾，温暖旅途。

山东籍冀南支队南下干部赵建中，曾谈及行军途中一件“趣事”。

当时，行进途中怕搞不到粮食挨饿，队伍就把上级调来的大米随军携带前进。背不动的粮食，他们就雇请民工帮忙运送。路途难行，官兵一起上阵，肩扛、手拖，缓缓前行。其中有一位被称为李县长的中队长李志刚，也和大家一样，甩开膀子拉车。被雇请的民工听到，很是惊奇：“国民党的县长坐轿子，共产党的县长拉车子，真是天壤之别！”驻地群众也都跑来，想要亲眼目睹这位共产党的拉车子的县长。

共产党南下干部的作风，不仅感动温暖了自己的队伍，也教育和宣传了沿途群众。

鱼水情洋溢干群心间。谈到党和军队与群众的鱼水情，让人不免想到陈毅。陈老总在群众对党和军队的感情问题上，理解颇深。他除了那句“胜利是群众用小车推出来的”名言，更用实际行动教育官兵塑造良好作风，筑牢党群、干群深情。据南下干部黄锡芬回忆，在华东随军服务团南下途中，就有一件陈老总幽默处理南下干部与当地群众关系的事。当时，随军服务团有一部分人是学生，还有一小部分是社会青年。这些学生和社会青年为了追求“艺术范儿”，显示风度，故意敞开军装上的风纪扣，把军帽上翘或歪戴。在驻地，还有的同志拿着相机，四处闲逛，三三两两，上小饭馆，作风散漫。

结果，有群众就问他们了：“你们是什么队伍？”这些南下的人员回答说："我们是中国人民解放军。"群众摇着头说："不像，你们和前些天路过的队伍可不一样。"南下人员惊问："哪里不同？"当地群众回答说："你们有三多。"在南下人员的一再追问下，当地群众告诉说："你们一是戴手表的多，二是戴眼镜的多，三是小白脸儿多，有的手上还戴戒指呢！"

此事被报告到陈毅那里后，陈老总哈哈大笑。他诙谐地说："人家刘、邓嘛，是画工笔画的；我陈毅嘛，是画漫画的喽！"一句工笔和漫画的概括，就把刘邓正规大军与南下干部的区别刻画出来，并把南下学生团的责任自己承担下来，用实际行动，教育南下干部，使他们受到触动，主动改正。

1949 年 9 月下旬，邓小平在南京作题为《老实》的报告，听报告的西南服务团干部感慨万千。邓小平说，中国共产党是无产阶级的先锋队，代表着全人类的利益，代表着中国人民的利益，代表着未来。这句话，把中国共产党与其他中国社会的党派清晰地区分开来，使南下干部对党的性质宗旨有了准确认识。邓小平接着讲，青年们要接受党的教育，要忠于党，忠于人民。而是不是忠于党，忠于人民，就是看他是不是老实，是不是实事求是。在革命即将胜利的时刻，邓小平要求大家对党、对人民群众都要采取老实的态度。他把这归结为三点具体要求：老老实实学习，老老实实说话，老老实实做事。一个戎马生涯的党和军队高级将领，把对党负责的思想与要求归纳为普通百姓都熟悉的"老实"两字，启迪了南下的干部战士，以对党忠诚的政治原则，对群众忠诚的政治觉悟，知行合一，扎根祖国边陲，奉献一生。

一走就是一辈子

山东南下干部，就像一粒粒种子，随着革命的需要，撒向全国各地。这些干部，肩负着配合部队作战和接管城市的重要使命，胸怀革命抱负，虽心有千言万语的乡愁，但脚下毅然开往四方，努力在各地生根发芽，完成党交付的任务。

8 个批次的南下干部，总人数约计十几万之多，均来自全国解放战争时期中共中央山东分局所管辖的地域。这些地域，有的今天依然是山东行政区划管辖的地方，有的则归山东邻省管辖，如河北南部地区、江苏北部地区等。

这十几万南下大军，仅从今天山东省行政区划南下的，就至少有 3 万余人。而从广义上来讲，则这十几万大军都是山东南下干部，都是山东这个老解放区穷尽自己所能，为支援祖国新解放区政权建设，所作出的巨大贡献。

近年来，对山东南下干部的统计和梳理工作，日渐丰富。据《东阳年鉴》统计，1949 年到东阳市工作的山东南下干部有 90 人。磐安县地方史志梳理中发现，在磐安县工作战斗和生活的山东南下干部有 48 位，多是解放磐安时随部队过来的指战员，且多数随部队的撤离而离开磐安（磐安在 1958 年并入东阳）。《山东南下干部在海盐》中，记录了在接管和建设海盐县中作出重要贡献的山东南下干部 100 多位。

杭州也是山东南下干部的一个重要接管地。据统计，山东南下干部入余杭、杭县的有 530 余名。《南下杭州》一书，整理了 1949 年 2 月至 4 月，山东省渤海、鲁中南、胶东三大区南下干部和华东大学的干部、师生，根据中共中央统一部署，千里南下接管杭州的艰苦历程，及接管期间领导全市人民巩固新生政权、稳定社会秩序、恢复工农业生产的艰难历程。加上《南下淳安》《南下建德》《剑侠桐庐》《南下临安》共形成五卷本的一套《山东南下干部入杭纪事》系列丛书，于 2013 年编辑出版。

南下干部中的大部分人，在年轻力壮正有作为的大好时光，响

外滩街头的山东南下女干部

应党中央和军委的号召，从解放区奔赴新的战场。为了新中国的建设和人民的幸福，他们从相对安定的后方，义无反顾地赶赴尚未解放的或刚刚解放的前沿，从相对和平的家乡，奋不顾身地赶赴硝烟尚在弥漫的他乡。

尽管心有不舍，尽管知道前路凶险，深明大义而胸怀家国的山东人民，还是送别自己的丈夫儿女，让他们心无旁骛地踏上远行的路。在他乡，南下的山东干部遵照中央指示，接管城市，建设政权，更有人在那里建立起家庭，开始异乡生活。他们扎根在祖国需要的地方，一生无悔。

身心安处即故乡

在南方的一些省份，干休所里生活着不少的老人，他们都有一口浓浓的北方乡音。南下干部贡献了毕生精力的南方城市，和他们魂牵梦绕的故乡，都深刻铭记着他们的付出。

在福州，有一座“山东南下干部纪念碑”，巍然矗立在苍松翠柏之间。那激情洋溢的《南下赋》，生动记录着南下干部的精彩过往。在巍峨的泰山脚下，山东省政府修建的“老战士纪念广场”，则把南下干部的英名，镌刻其上。

干休所里，那些步履蹒跚的老人说：“我们是幸福的，我们有两个故乡。”

乡愁就像一把尺子，丈量出的，是山东南下干部的家国情怀，也有他们无法更改的思念。任启俊，一名当年跟随队伍南下的山东籍干部，他说：“不管怎么说，还是想家。我去世以后，还是要埋葬回老家，叶落归根。”更多淳朴的山东南下干部，用朴实的语言，描述出一副既惦记故乡又安心当下的内心“景象”：“已经身在这个地方了吧，这个地方也是故乡了，但是那个故乡是永远忘不了的。”

那叶落归根的梦，是如此悠长。南下干部把对家乡亲人的思念，对故乡热土的依恋，深深地融入到他们的政治品格和道德示范中。在国家需要的时刻，南下干部挺身而出，顾全大局，勇于牺牲，展现出深厚的家国情怀；在人民需要时刻，他们率先垂范，艰苦奋斗，乐于奉献，展现出共产党员的闪亮风采。新时代，南下干部身上凝聚的宝贵精神、政治品格和坚强意志，必将激励一代又一代共产党人忠诚于党，忠诚于人民事业，为实现中华民族伟大复兴的中国梦，贡献更为磅礴的伟大力量。

（刘树燕）

战争年代的《大众日报》

《大众日报》于 1939 年 1 月 1 日创刊，先后为中共山东分局机关报、中共华东局机关报，1954 年后为中共山东省委机关报。2018 年 12 月 31 日，习近平总书记就《大众日报》创刊 80 周年作出重要批示："80 年来，大众日报不懈践行'党的立场，群众的报纸'办报宗旨，是一份有着光荣传统、广泛影响的党报。希望大众日报始终把坚持党性原则、坚持正确政治方向放在第一位，弘扬沂蒙精神，加强改革创新，为鼓舞大众、团结大众、服务大众作出新的贡献。"

抗战号角党报诞生

抗日战争进入相持阶段以后，日军为巩固对其占领区的统治，从各方面抽调兵力增强在山东的防务。1938 年底至 1939 年，日军从津浦、胶济、陇海等铁路沿线，深入到沂蒙山区，先后占领了蒙阴、沂水、莒县、费县、新泰、莱芜等县城及其周围村镇。同时，国民党也在调整部署，加强其在山东敌人后方的力量，先后占据了沂蒙山区和莒（县）日（照）临（沂）费（县）等重要山区。这就使得当时山东敌后抗战面临着新的严峻考验，既要抗击日伪军的大规模残酷"扫荡"，又要坚决反对和打退国民党顽固派的摩擦和进犯。

为了加紧动员一切力量，迅速创立和建设巩固的敌后抗日根据地，山东党组织迫切需要有一份能够宣传贯彻党的路线、方针和政策，发动和组织全省人民抗战的报纸。于是，山东人民抗战的号

《大众日报》创刊地——沂水县城西王庄

角——《大众日报》，经过短暂紧张的筹备，于 1939 年 1 月 1 日在沂水县城西 80 余里的王庄创刊了。

《大众日报》的创办工作，最初是由中共苏鲁豫皖边区省委领导的。1938 年 5 月下旬，中共中央决定山东省委改为苏鲁豫皖边区省委，郭洪涛任书记，并于 6 月下旬到达费县。当时军政干部学校校长孙陶林在徂徕山起义后，发现了部队里有几位泰安籍印刷工人，他们有的会排字，有的会装订。孙陶林便找他们商量，决定成立印刷所。首先从泰安城内倒闭的私人印刷局买了一部脚蹬圆盘印刷机和半盘铅字；随后又从部队调来共产党员、排长苏仲华搞联络，派共产党员于一川任所长。

10 月，苏鲁豫皖边区省委移驻沂水县王庄，随后印刷所搬到王庄东北八里的荫蔽山村——云头峪。云头峪是这一带著名的八大峪之一，四面环山，北山最高，七峰高耸，似圆柱直立，四周云海飘渺，故名云头峪。整个厂房是一间不足 20 平方米的农家草屋，一头排字、拼版，一头机器印刷。因为用的是原来印《圣经》的铅字，许多常用字如“共产党”“八路军”“帝国主义”“游击战争”“抗日民族统一战线”“扫荡”“根据地”“鬼子”“汉奸”等，不是没有，就是有也不够用，因此排一版报，要几个人跟着现用铅水浇铸缺少的字。标题字短缺更多，只好用木头刻。有的工人没有排印过报，不会拼版，编辑得一个字一个字地划好版样。当时又是深冬，在零下十几度的严寒下工作，靠烧湿木柴取暖，弄得满屋是烟。工人一边抹着眼泪，一边拣字、排版、印刷，每天只能印1000多份报纸。尽管条件很差，可大家工作热情却很高。

12月，中央指示苏鲁豫皖边区省委改为中共中央山东分局。报社经过几个月紧张筹备，初具规模，全社已达65人。经过12月31日紧张的一夜，1939年1月1日，凌晨5点，《大众日报》创刊号印刷完毕。在白雪皑皑的沂蒙山，《大众日报》诞生了！

大衆日報

《大众日报》创刊号（1939年1月1日）

《大众日报》创刊后，受到了广大人民群众的欢迎，在短短两个多月中，就由开始每期发行1000多份猛增到六七千份，在社会各阶层人士中产生了广泛的影响。

在战斗中成长

《大众日报》在抗日战争的硝烟里诞生，在同敌人的浴血搏斗中成长。

1939年6月，《大众日报》刚刚诞生不久，就遇到了敌人对山东抗日根据地的第一次大“扫荡”。这时，《大众日报》已发展到140多人。根据山东分局和八路军山东纵队指挥部的指示，以印刷厂工人为骨干，组成了一支有七八十人的沂蒙大队，其余人员分成宣传队、民运队、编印队。一面打游击，掩护群众转移，保护机器和印刷器材；一面坚持出版战时油印报。虽然当时只有7支长枪，但大家却表现得很勇敢，在1个多月反“扫荡”中，先后同敌人激战3次，杀伤敌兵几十人。在这次反“扫荡”中，《大众日报》不仅胜利地经受了战争的严重考验，而且在战斗中发展壮大。到反“扫荡”结束时，这支号称“沂蒙大队”的印刷工人武装，已经发展到拥有3挺轻机枪、200多支长枪，成为一支很有战斗力的队伍了。“扫荡”的敌人刚一撤退，《大众日报》就很快恢复印刷，以新的姿态同广大读者见面。

在这次战斗洗礼中，《大众日报》工作人员先后有6位同志负伤，共产党员赵钧同志不幸壮烈牺牲。

更严重的一次战争考验，是1941年冬粉碎日军5万多人对沂蒙山区持续2个多月的大“扫荡”。当时在东、西蒙山坚持反“扫荡”的《大众日报》第三战时新闻小组，以第一印刷厂的工人武装为依托，在当地人民群众的大力掩护和支持下，一手拿枪、一手拿笔，穿枪林、冒弹雨，神出鬼没地日夜活动在敌人周围。有一次，正当工作人员在抄收延安新华总社播发的重要新闻时，忽然接到敌人正从附近据点出动扑来的情报。为将这份重要新闻电稿收完，印刷所派出两个游击小组去袭扰敌人，直到把电稿抄收完才向山上转移。刚刚爬上半山腰，敌人就冲进了驻地的村庄。还有一次，《大众日报》刚刚编完一期报纸，正在紧张印刷的时候，敌人突然冲到了驻地。大家赶快把没有印完的报纸收拾好，迅速转移到山上，继续把报纸印完。在行军转移途中，遇到延安新华社发稿，就找一个避风的地方，把无线电收报机天线往小树上一挂，打开机器，以石头做桌凳，一边抄收电稿，一边编报、印报。由于人手少，每个人既是编辑，又是记者和交通员，又编又采又送，还要轮流站岗放哨，外出侦察敌情，帮助伙房做饭。虽然出版的是油印报纸，每期只有1000余份，编排印刷也不是很讲究，可是它在反“扫荡”中所起的作用却非常大。部队看到报纸鼓舞了杀敌士气，群众看到报纸安定了人心，县、区干部看了报纸心中充满了胜利的希望。大家纷纷传说：“大众报还在，共产党、八路军就在，鬼子再凶再狂也不怕。”

可是，在这次反“扫荡”中，《大众日报》也付出了沉痛的代价，受到了严重的损失。由通讯部长郁永言和电台台长叶凤川率领的《大众日报》第一战时新闻小组的30多位同志，负责与延安新华总社联络，向全国报道山东军民反“扫荡”斗争的消息，在随山东分局机关和一一五师师部行动中，不幸陷入敌人设在大青山的合击圈内，除个别同志成功突围外，其余的编辑、记者、报务员、译电员、电台监护班战士，包括郁永言和叶凤川在内，全部在同敌人血战中壮烈牺牲。

在全面抗战时期，《大众日报》从鲁中转战滨海，又从滨海转战鲁中，几乎每年都要遭受敌人两三次或三四次“扫荡”，历经大小战斗100多次。即便是在平时，也一直处在战备之中，报社每到一地，就同当地的民兵、游击小组、“青抗先”结合起来，一同站岗放哨。在反“扫荡”中，同他们一起埋地雷、坚壁清野、侦察敌情，捉拿汉奸特务。有一次反“扫荡”，报社的交通员亲手活捉了1个日军机枪射手，缴获了1挺崭新的歪把子轻机枪。报社工作人员既是光荣的人民新闻工作者，又是冲锋陷阵、勇敢无畏的斗士。在1944年冬解放莒城和1945年9月临沂之战中，《大众日报》的前线随军记者，和攻城突击队战士一起，冒着敌人的密集炮火，在硝烟弥漫的厮杀声中，冲进城内。

在抗日战争期间，《大众日报》先后有400多位工作人员，在同敌人的战斗中献出了宝贵生命。在这些革命先烈中，有《大众日报》老社长、中共中央山东分局宣传部长李竹如，印刷部长丁柱，通讯部长郁永言，电台台长叶凤川，印刷二厂厂长肖辉，指导员应为民，以及为数众多的编辑、记者、报纸发行员、交通员、材料采购员、物资器材保管员和一些印刷工人同志。他们中许多人牺牲的时候，只有十几岁、二十几岁，是他们用生命和鲜血，为《大众日报》的成长和发展开辟了前进的道路。

在艰难困苦中磨炼壮大

《大众日报》不仅经受了残酷战争的考验，而且还经历了物质上的重重困难。特别是在1940年至1942年那段最困难的日子里，报社所遇到的困难是难以想象的。首先最大的困难，是印报用的新闻纸来源断绝了。过去用的新闻纸，一直是靠地下工作人员通过商人从济南、泰安等敌占城市采购的，不仅数量少，而且要冒着生命的危险。后来，敌人检查封锁，到处盘查，无法再采购，而当时报社存的纸只够一两个月用的，眼看就有停办的危险。为此，《大众日报》社长李竹如，亲自找报社工人商量，提出能不能用油光纸代替新闻纸印报。油光纸是一种用途比较广的普通纸张，当时敌人检查封锁比较松。可是这种纸很薄，非常容易渗油墨。又因只有一面光滑，反面起毛，还有一些小疙瘩，印出来的字常常模糊不清，笔画不全。为了试验油光纸两面印报问题，许多工人同志吃住在机器旁边，一个个都熬红了眼睛，整整拼了两三个月才取得成功。与此同时，李竹如还组织工人，通过访问群众，学习当地用桑树、榆树皮和麦秸等作原料制造糊门窗纸和火纸的经验，建立了造纸厂。经过一次次试验，最终造出一种能印两面的土新闻纸。当时大家给它起了一个非常雅致的名字，叫“文化纸”。这种纸虽然光度和色泽比较差，拉力和韧性都不够，可是，却为解决印刷用纸困难作出了难得的贡献。

解决油墨问题更是一场艰苦的战斗。当时报纸用的油墨，也和新闻纸一样，要到敌占区去采购。在敌人的眼里，油墨是属于一种军用物资，封锁检查特别严。凡是贩运油墨的，一旦被敌人察觉，一律按所谓“通匪”“资敌”治罪，非杀即打。因此，油墨来源比新闻纸还要紧张。还是李竹如，向报社提出就地取材，自己办油墨厂，用桐油、花生油和豆油，与锅底上的黑灰造油墨。开始，许多人都怀疑这个办法，李竹如就用花生油代替煤油调开油墨的例子，说明既然能用花生油调开油墨，也就有可能用它造出油墨来。经过两个多月的试验，果然造出了能用来印报的土油墨。起初，以少量掺在进口的油墨里混合使用，以后经过改进，提高了质量，就完全代替了舶来品。制造油墨开始是小量试验，用的黑灰是从伙房大锅上刮的。每隔几天，就把烧饭大铁锅翻过来，用木片将锅底上的黑烟灰刮下来，在清水里沉淀，滤去杂质，然后把它掺到熬好的油里拌匀，最后加热熬成油墨。后来，要成批生产了，需要大量黑烟灰，不仅伙房的锅灰，连驻村群众的锅灰也都刮光了。于是又发动周围村庄群众，把各家各户的锅灰都收集起来，工厂派出收集黑烟灰的“货郎”，到各村流动，每收一斤给二三角钱，以质论价。附近村庄群众不知道收集黑烟灰的用途，传说是给八路军造炸药打鬼子的，因此交售很踊跃。后来又发现，用松柴烧的黑烟灰油性大，黏结力强，造出来的油墨又黑又亮。于是，就发动群众专门成立了烧松柴黑烟灰生产小组。

《大众日报》克服了重重困难，胜利地渡过了 1940 年至 1942 年这段最艰苦的时期，实现了党和人民交给的“坚持下去”的任务，而且还有了很大发展。到 1943 年初，《大众日报》每期发行 2 万多份，印刷厂发展到 3 个铅印厂和 1 个石印厂，并且添置了新的机器，增加了铜模和万能铸字炉，可以自己铸造铅字和铅条，大大提高了报纸的印刷质量，报社人员也发展到六七百人。特别是经过几年敌后战争的锻炼，报社干部的思想政治水平和业务能力有了很大提高，培养出一大批熟练的编辑、记者和各方面的业务骨干，为《大众日报》的进一步发展打下了有力的基础。

铜墙铁壁鱼水情深

《大众日报》从 1939 年 1 月 1 日创刊至 1947 年 5 月，一直在沂蒙地区活动。在 8 年多的艰苦战争年代里，《大众日报》始终与沂蒙人民紧密地团结在一起，战斗在一起。

在残酷的战争年代，每当敌人“扫荡”的时候，是沂蒙人民帮助报社埋藏机器和纸张，掩护疏散人员，侦察敌情，站岗放哨，盘查行人，保护报社的安全。在工厂搬家的时候，是沂蒙人民帮助印刷厂工人，把沉重的机器部件一件一件拆卸下来，肩扛人抬，在漆黑寒冷的夜晚，翻山越岭，蹚冰河，过封锁线，从一个村庄到另一个村庄，一晚上走七八十里，然后再把机器安装好。尤其不能忘记的是，报社驻村的一些群众，为了掩护报社人员和物资器材安全而落入敌手，他们眼看着自己村庄被烧毁，亲友惨死在敌人屠刀下，仍然坚贞不屈，拒不向敌人说出报社同志的去向和报社机器纸张埋藏在什么地方。1941 年冬，沂蒙反“扫荡”时，《大众日报》的白铁华被敌人逮捕，受尽严刑拷打，后在群众的帮助下脱身，被战友送到东新庄于大娘家。在此，大娘全家喂茶饭，端屎尿，精心看护。为了安全，又在东面山脚下挖个地屋，于大爷在门外放哨；于大姐忍着脓臭给他按时煮草药水，洗敷伤口；组织上也派工人王建为协助护理。于大娘外出几十里，找来獾油，掺入自家的头发灰，给他擦伤口，又找来老鼠油擦，20 天后伤口渐渐结痂脱落。于大娘一家吃糠咽菜，尽力为白铁华改善生活，一个月后白铁华终于恢复了健康。白铁华的虎口脱险、死而复生，凝聚着沂蒙人民的深情厚爱，鱼水深情。这正如毛泽东所说："真正的铜墙铁壁是什么？是群众，是千百万真心实意地拥护革命的群众。这是真正的铜墙铁壁，什么力量也打不破的……"

诞生于抗战烽火硝烟中的《大众日报》为山东抗战、乃至全国抗战的胜利作出了巨大的贡献。1940 年 1 月 1 日，在《大众日报》创刊一周年之际，毛泽东在延安亲笔题词写道："动员报纸，刊物，学校，宣传团体，文化艺术团体，军队政治机关，民众团体及其他一切可能力量，以提高民族觉悟，发扬民族自信心与自尊心，反对任何投降妥协的企图，坚持抗战到底，不怕困难，不怕牺牲，我们一定要自由，我们一定要胜利。"

（张衍霞）

后　记

习近平总书记指出："对我们共产党人来说，中国革命历史是最好的营养剂。多重温这些伟大历史，心中就会增加很多正能量。"

山东是著名的革命老区，山东党组织有着光荣而辉煌的历史。在波澜壮阔的新民主主义革命时期，山东党组织带领人民群众进行了英勇顽强、不屈不挠、前赴后继的卓绝斗争，涌现了一大批视死如归的革命烈士、一大批顽强奋斗的英雄人物、一大批忘我奉献的先进模范，创造了英勇悲壮的光辉历史，谱写了激动人心的历史篇章，为全国的解放事业作出了不可磨灭的历史贡献。据不完全统计，在28年奋斗中，山东牺牲的登记在册烈士189344人，无名烈士难计其数。革命故事的珍贵价值，不仅在于它的历史光辉，更在于它在当下依然能带给我们思考和精神滋养。本书选取了这段历史中的若干片断，以故事的形式展现出来，抚今思昔，我们一定要牢记，中国革命的胜利来之不易，新中国的诞生来之不易。

《山东红色文化故事》是山东省委组织部组织编写的党员教育培训教材丛书之一，由中共山东省委党校（山东行政学院）具体承担编写任务，王巨新担任主编，杨明清、张文担任副主编，济南市委党史研究院、海阳市委党校、费县县委党校的部分研究人员和教师参加了书稿编写工作。本书成稿后，我们特邀中组部党建读物出版社、中共山东省委党史研究院有关领导、专家进行了审稿，听取了原中共山东省委党史研究室副主任、红色文化研究中心首席专家丁龙嘉同志的意见建议。在此，向参与本书编写、审核的全体同志表示衷心的感谢！

由于时间仓促和水平有限，书中难免存在疏漏和不足之处，敬请各位读者批评指正，以便再版时予以修正。

中共山东省委组织部党员教育中心

2021 年 6 月